ルイザ・メイ・オルコットの秘密

＊煽情小説が好き＊

廉岡　糸子

燃焼社

装幀——松原民雄

まえがき

ルイザ・メイ・オルコット（一八三二～一八八八）は『若草物語』（一八六八年）と『続若草物語』（一八六九年）の著者として、特に児童文学の分野で広く世に知られている。正続の『若草物語』はマーチ一家を描いていて、母マーチ夫人に見守られる四人姉妹メグ、ジョー、ベス、エイミーの心の葛藤やかれらの日常生活が描かれている。この作品はオルコット家の初期の暮らしを題材にしたもので、思春期のオルコット自身と彼女の三人姉妹の物語である。続編も母娘の暮らしが語られるが、それに加えて娘たちの結婚へのプロセスも描かれている。いずれもフィクションではあるが、そこに書かれたマーチ家の人々や一家の日常に起こる出来事は概ねオルコット家の人々が実際に経験したことに基づく自伝的な物語である。

もっとも『若草物語』は二巻で終わらず、さらに『リトル・メン』（一八七一年、『第三若草物語』）と『ジョーの子どもたち』（一八八六年、『第四若草物語』）などが加わってシリーズものになっている。これらの物語にも続編で亡くなるベス以外の三姉妹の結婚後の姿が描かれている。しかしそこに焦点は置かれず、特にメグとエイミーは物語に点在する存在に過ぎない。また初めの正続編の中心的なヒロインであったジョーですら脇に退いている。『リトル・メン』はジョーが開いた学校で学ぶ少年たちが主人公になっており、その中で現実にオルコットの父親ブロンソン・オルコットが唱える教育理念を実践するジョー夫婦とさまざまな資質を持つ少年たちの姿が描かれている。最後の『ジョーの子どもたち』は『リトル・メン』に書かれた少年たちが青年に成長した姿とその動向が物語の中心で、いずれも正続の『若草物語』と違って自伝的要素は消えている。

初めの二巻の『若草物語』は人気を博し、数ある家庭小説・少女小説の中で代表的な作品となっている。

家庭小説とは家庭を舞台にしてヒロインの日常やその中で生じる出来事や精神的成長などを細々と描くもので、大まかに言えば大人の女性を主人公にしているのが家庭小説、少女を主人公にしているのが少女小説に分けられる。とはいうものの『続若草物語』になると娘たちの結婚が大きなテーマになっているので少女小説とは言い切れず、家庭小説と呼ぶ方が相応しいかもしれない。実のところ『若草物語』に関しては二つの境界線はあいまいでいずれを使ってもよいとも思われるが、『若草物語』のシリーズは特に少女の読者ために書かれたことを思えば、少女小説ととらえてもいいだろう。初めの二つの物語はひとつにまとめられて幾度も映画化され、日本でもアニメ化されており、原作を読まない人にも『若草物語』は名作として知られていると思われる。

『若草物語』以前にもオルコットは子どものための物語を書いており、初期のものとしては『花のおとぎ話』(一八五四年)があげられるが、本格的に少女小説に取り組んだのは『若草物語』以降である。主な作品は『昔気質の一少女』(一八七〇年)『八人のいとこ』(一八七五年)『花ざかりのローズ』(一八七六年)『ライラックの花の下』(一八七八年)などだ。これらは『若草物語』の人気の波に乗って、かつては多くの読者を獲得しており、オルコットは児童文学の作者として生涯揺るぎない地位を保つ作家になった。しかしその実彼女は少女小説執筆にそれほど意欲を持っていたとはいえない。だが、正続の『若草物語』の成功は否応なくオルコットが少女小説の作家であることを強いる結果となり、「若い人のために物語を書くアメリカで最も愛されている作家」とか「子どもの友だち」として、少なくとも一九四〇年代初期まで児童文学作家の範疇から出ることはなかった。

ところが『若草物語』発表以前の一時期オルコットが最も没頭して書いた物語群があることが明らかにさ

れた。それは大人向けのロマンス、スリラー、煽情小説（sensation fiction）、サスペンスなどで、主に一八六〇年代に書かれている。しかし邦訳は少なく、今以て馴染みのある作品とはいえないだろう。これらの埋もれていた作品群は一九四〇年代初めにレオナ・ロステンバーグとマデレイン・スターンによって見出された。そしてロステンバーグは一九四三年に「匿名及び筆名によるルイザ・M・オルコットのスリラー」と題する論を発表した。しかし作品群が復刻されるまでにはかなりの年月を要し、一九七〇年代半ばまで待たなければならなかった。スターンがこれらの作品を編集し、まず一九七五年に『「仮面の陰で」ルイザ・メイ・オルコットの知られざるスリラー集』（*Behind a Mask: The Unknown Thrillers of Louisa May Alcott*）、その翌年に『「V・V・あるいは策略と対抗策」ルイザ・メイ・オルコットの知られざるスリラー集』（*V.V. Plots and Counterplots : More Unknown Thrillers of Louisa May Alcott*）が出版され、オルコットの新たな世界を知ることになる。他にもスターン編のそれまで発表された作品も含めた二九話からなる『仮面を剥ぐ　ルイザ・メイ・オルコット　スリラー集』（*Louisa May Alcott UNMASKED Collected Thrillers*, 1995）やオルコットがフェミニストであることが顕著な四つの物語を選んだ『フェミニスト　オルコット』（*The Feminist Alcott*, 1996）もある。またエレイン・ショウォールター編の『もう一人のオルコット』（*Alternative Alcott*, 1997）などがあって、このジャンルの小説がどっと世に出た。これらは短編、中編が主流で、代表作は「暗闇の囁き」（一八六三年）「V・V・あるいは策略と対抗策」（一八六五年）、「仮面の陰で　あるいは女の力」（一八六六年）などで、そこには『若草物語』では見られない煽情的な要素――陰謀、嫉妬、復讐、殺人――が描かれている。その多くはサスペンス調の軽いお楽しみの読み物として書かれたのだが、作品の根底には一九世紀を生きる女性の苦悩、憤り、恨みなどが通奏低音として流れている。そこに当時の女性観に対するオルコットの視点を読み取ることが出来る。もっともこのジャンルに長編の『愛の果ての物語』（一九九五年）もあるが、これは他の物語と違って男性に向ける女性の憤りがおおっぴらに描かれていて出版されると『ニューヨーク・タイムズ』のベストセラーのリストにあがった。

煽情小説以外にも一八五二～六〇年の間に発表された作品を集めた『ルイザ・メイ・オルコットの初期の物語集』も出版され、そこには短編の家庭小説やフェミニズムを意識した物語などがある。もっとも大人向けの作品が全て煽情小説や家庭小説というわけではなく、オルコット自身の従軍看護婦の一時期を綴った『病院のスケッチ』（一八六三年）は彼女が病院で経験した事実に基づくレポートである。そこには南北戦争で傷つき病んだ兵士たちと看護婦を中心に病院の実態が描かれている。またリアリズムの小説に『気まぐれ』（初版一八六四年、改訂版一八八一年）や『仕事　経験の物語』（一八七三年）などがあり、前者は一時の気まぐれに左右されるヒロインの言動や結婚を、後者は女性と仕事および働く女性の実情などが描かれ、働く女性が遭遇する当時の現実や女性が抱える問題に焦点が置かれている。この作品はオルコットが現実に根差した小説執筆に挑戦したことを示している。彼女の作品群を概観してみると大まかに次の三つのジャンルに分けることが出来る。

① 短編・中編の大人向けの家庭小説やロマンス、スリラー、サスペンスを含む煽情小説。
② 経験に基づく報告書や女性の現実を描いたリアリズムの小説。
③『若草物語』を初めとする少女小説。

もっともオルコットは物語や小説ばかりでなく詩も書いているが、本書ではオルコットの創作活動の中心であった散文の作品群から、特にオルコットが秘密にしていた「もくろみ」が顕著な物語や小説を選び、その意図を明らかにしていきたい。ここでいう「もくろみ」とは一九世紀のアメリカの家父長制社会が作り上げた理想の女性像への抗議である。当時イギリス社会が礼賛する「家庭の天使」はアメリカにおいても女性の理想とされたが、オルコットはそれを受け入れることは出来なかった。「家庭の天使」とは純潔、従順を旨とし、自己犠牲を厭わず、深い信仰心を持つ天使のような女性を意味する。中でも美徳として最も尊ばれたのは自己犠牲で、理想の女性は己の意志や情熱、怒りや野心とは無縁の存在でなければならなかった。

オルコットはそんな女性観を視座において当時の女性が直面する不条理を明らかにすることを「もくろみ」、それを時に秘やかに、時に露わに作品に織り込んだのである。では彼女はどのように父権社会が作り上げた「家庭の天使」に疑義を呈しているのだろうか。具体的に彼女の「もくろみ」とはどのようなものなのか、さまざまな作品を通して明らかにしていきたい。だが、作品を取り上げる前に、まずオルコットの生涯を日記や手紙をたどりながら見ておきたい。なお、日記等の引用は（　）に頁数を記す。

ルイザ・メイ・オルコットの秘密／目次

第一章　不撓不屈の右手

オルコットはブロンソン・オルコットとアビゲイル・メイの次女としてペンシルベニア州ジャーマンタウンで生まれ、ルイザと名付けられた。父ブロンソンの先祖は北イングランドの由緒ある家柄の出で、一六三〇年にアメリカへ渡った。そのおよそ一〇〇年後ブロンソンの曾祖父は仕事に成功し蓄財出来るほどになったが、父の代になると暮らしは貧窮状態に陥っている。ブロンソンは六〜一三歳の頃まで学校に通ったこともあったが、それ以降正式の教育を受けたことはなかった。しかし彼は子どもの教育について独自の教育理念を持つに至り、それを実践し広めたいと考えた。母のアビゲイル（以降アッバ）は旧家メイ家の娘で経済的にも恵まれ、当時の女性としてはかなりの教育を受け、将来は学者になる夢を持っていた。二人の結婚は「ブロンソンの実際的な生活能力がない」[*1]つまり生活のために働くつもりがないことにアッバの父が不満を持ち、娘との結婚を反対したのだが、結局二人は結婚する運びとなった。

家庭の経済の安定より自分の理想に燃えるブロンソンは収入を得ることなど眼中になかったので、一家は絶えず家計の不安に晒されていた。そんな家庭にあってオルコットは家計費を稼ぐために原稿料を狙って数々の物語を執筆したのである。彼女が生きた時代、女性が働くことは難しいことだったが、文筆の才能に恵まれていた彼女は創作することで家庭の困窮に立ち向かっている。

当時原稿料に男女の別はなく、女性たちに対していかなる不公平な扱いもされていなかったといわれている。[*2]したがって、女性であってもそれなりの収入を得られる作家業はオルコットにとっては何よりの仕事だった。無論オルコットが無名の時、原稿料は低かったがそれでも「著作権の譲渡額はガヴァネス（女家庭教師）の年間の給料にほぼ等しかった」[*3]のである。オルコットも低賃金でガヴァネスとして働いたが、著作が売れると、概ね一〇ドルないし二〇ドル（一話に五ドルということもあった）が支払われており、それはいつも一家の生活費の足しになった。後に作家としての名声を確立すると原稿料はうなぎのぼりに上がり、経済的な不安から解放されるのだが、それまで彼女は荊の道を歩まねばならなかった。

オルコットは二二歳の時『花のおとぎ話』を出版しているので、それ以降三二年の間作品を書き続けた多作な作家であった。その大きな要因は彼女が当時のアメリカの女性作家が歩んだひとつのパターンをたどる運命にあったからだろう。オルコットが作家業に邁進していた頃、産業革命がもたらした産業の発達にともなって印刷技術が進み、一般庶民が書籍を購うことが容易になっていた。そのような社会の流れの中で女性の作家が台頭し、イギリスでもアメリカでも特に家庭小説、感傷小説、煽情小説、ロマンス、サスペンスなどの分野で多くの女性作家が世に出た。

かれらの執筆動機は主に家族のために収入を得ることにあった。例えば、当時広く読まれたアメリカの家庭小説『広い広い世界』（一八五〇年）の著者スーザン・ウォーナー（一八一九～一八八五）は弁護士であった父親が破産して一文無しとなり、文筆で生計を立てるために物語を書いた。因みにこの作品は『若草物語』の中でジョーが愛読しており、その人気の一端を窺うことが出来る。また逃亡奴隷取締法及び奴隷制度への反発を促した『アンクルトムの小屋』（一八五一年）の著者ハリエット・ビーチャー・ストー（一八一一～一八九六）は家庭小説の作家でもあった。彼女は家庭の経済的を支える必要があり、文筆で収入を得ていた。要するにウォーナーにとって創作は生計を立てる手段であり、ストーにとっては経済的に内助の功を発揮する方法であった。

オルコットも例外でなく、父親が大黒柱になり得なかったため、一家は絶えず経済的危機に見舞われ、彼女は家族を養うために『若草物語』出版以前に煽情小説などを執筆した。オルコットが原稿料で生計を立てる職業作家になった最も大きな要因はそこにある。無論彼女は作家になり得る萌芽を持って生まれたのだが、それを育てたのはいわば一家の経済的困窮であったといっていいだろう。彼女は一九世紀の多くの女性作家がそうであったように、いわゆる「ボットボイラー（potboiler）」と呼ばれる「金目当ての作家」であり、家庭の鍋（ポット）を煮（ボイル）たたせ、家族を飢えさせないために絶えず原稿料の高にあくせくしなければならなかった。彼女が煽情小説を書いていた頃、文字通りポットを煮立たせようと努力している。「一二月に二〇ドル手に入る。だから欲しいものは何か知らせて。……「マーク・フィールドの失策」はどうかしら？ いいのか悪いのか分からないけれど、それはポットを煮立たせてくれるし、私はそれ以上のものは望まない」[*4]。（手紙38） 簡単にいうならば、オルコットの人生は作家としてのあくなき文学修業と家族を守る現実の生活との闘いに明け暮れるものだった。彼女は子どもの頃から詩や物語を書いていて、文学修業は一六、七歳の頃から始まっている。

オルコットは一家の生計に苦慮しながら、生涯にわたって父母、姉妹の生活を支えることに腐心する。少女の頃から彼女は父親がもたらす不安定な生活に怯える日常を過ごし、その中で家族を守る意志を固めている。ブロンソンは当時としては一般的とはいえない高邁な教育理念の持ち主で、子どもたちを彼の理想とする教育法で教育しようと学校を開いた。その教育法は「それまでの教師たちのように、子どもを罰することで彼らの恐怖心に働きかけるのではなく、つねに子どもの良心や自主性にはたらきかけようとしたのである。……子どもたちが何か悪いことをしても、すぐに罰することはなかった」[*5]。

ブロンソンは人間の誕生は精神が誕生することと関わりがあるとして、性の話や出産にも言及して親の顰蹙をかい、さらに黒人の少女を受け入れたことで、白人の親の信頼を失うこともあった。ブロンソンの教育法は今の時代でも理想的なものだが、当時としては親たちがそれを受け入れる余地はなく、彼はさまざまな学校を開いては潰してしまう羽目に陥った。「その極端な理想主義のために、生身の人間の教育には対応しきれないところがあった[*6]」のだろう。

長年ブロンソンと親交を結び、オルコットも若い頃は「知的な神」として心酔していた高名な思想家でかつ詩人であったラルフ・ウォルドー・エマスン（一八〇三〜一八八二年）によればブロンソンは「話しかけるどの階層からも一様に拒絶されていることに気づかないで……来る年も来る年も、門前払いされない家を求めて歩く姿には、見ていて哀れを誘われる[*7]」ところがあったという。このように一途に己の理想の教育を追求するブロンソンだが、収入に結びつかない活動は一家に経済的な苦しみを与えることになった。したがって、一家は時として極貧の境遇に陥ることもあり、貧しさ故にコンコードの人々から蔑まれることもあった[*8]。

一八四二年五月、彼女が一〇歳の時、ブロンソンはアメリカでの教育活動に挫折していたが、学校における彼の教育実験の報告を読み、これに賛同するイギリス人の許へ大きな借金や畑仕事を放り出したままで渡英している。そして一〇月にブロンソンの教育理念に共鳴するチャールズ・レイン親子とヘンリー・ライトを伴って帰国するのだが、中でもチャールズ・レインはオルコット家に大きな影を投げかけることになる。レインの資金とアッバが兄に借りた金を足して農家付の土地を買い、フルートランズと名付けて新しい共同体を作ろうとした。そこでは物の所有と肉食が禁じられ、温かい湯にひたることすら精神をうわついたものにするとして禁止され、物質主義、金銭至上主義を批判することを旨としていた[*9]。

レインは狂信的ともいえる禁欲主義者で、ブロンソンが結婚していることを認めず、家族の絆を放棄することを求めた。この共同体は個人や家族を超えたところにある普遍的な愛に基づく社会を目指していたのである。したがって、結婚は清廉な生活と両立しないという理由で、ブロンソンは妻との性生活も断っていたという。[*10] しかしレインの「肉体的なものをほとんど排除した天国を望み、食べ物も、金も、愛も、家族の絆もいらない」[*11] という考えは、家族を愛し、人間の愛は神への愛と同じように神聖なものだと信じるブロンソンにとって受け入れ難いものになっていく。[*12] アッバは「私はこの村の実験によって、自分の正常な精神が奪われてしまわないことを祈っている。私の肉体的な忍耐はもう限界に来ている」[*13] と弱り果てている。

一八四三年暮れになると、レインとの暮らしは限界に達する。「レインさんはボストンにいます。それでみんな喜んでいます。夕方お父さまとお母さまとアンナと私は長い話し合いをしました。私はとってもみじめで、みんな泣きました。アンナと私はベッドに入ってからも泣きました。私はみんなが一緒に暮らせるように神さまにお祈りをしました」[*14]。（日記47）結局フルートランズの共同体はわずか半年で瓦解する。このように家族が崩壊の危機にさらされたことはオルコットには耐え難い経験で、これは彼女の全生涯で最も重要な出来事のひとつとなった。この危機を彼女は深く心にとどめ、生きている限り家族を守り抜くという固い決意をしたのである。[*15] 僅か一一歳のオルコットの決意だ。彼女は生涯をかけてそれを守り抜いた。

この時期のオルコットの日記には家族の行く末を心配する不安感が漂っているが、一家の経済に関する記述はそれほど見られない。しかし一三歳になると、「とっても貧しいのなら、誰がわたしたちみんなに服を着せたり、食べ物をくれたりするのだろう」（日記56）と生活の不安を窺わせるが、子どもの彼女に生計を助ける術はない。この頃から生活費の不足故に生じる不安は絶えずオルコットに付きまとい、ごく若い時から生活を支えるため自分で出来る仕事、家庭教師やお縫子などになって収入を得るために必死で働いている。しかし彼女が求める仕事がいつもあるわけではなかった。したがって、オルコットの苦労は長く続くのだが、それでも一家は己の理想を追い続けるブロンソンを守ることに徹している。例えばオルコットが二二歳の時目撃した場景はそれをよく伝えている。

二月に父が帰って来た。帰る費用は足りたようだが、ただそれだけ。夜ふけに父が帰り着いた時の光景はドラマティックだった。私たちはベルの音で目が覚めた。母は「あの人だわ！」と叫んで階下へ飛んで行った。私たちもその後を走った。白い寝間着姿の五人は半ば凍りついた放浪者を抱きしめた。父は飢え、疲れ、冷えきって失望していたが、いつものようにニッコリ笑って落ち着きはらっていた。父に食事を出して部屋が暖まると、皆、父がお金を貰ってきたかどうかを聞きたくてうずうずしたけれど誰も聞けなかった。が、父が旅の間の楽しかったさまざまなことを話し終わると、しまいに小さなメイが「ねえ、お金もらったの？」と聞いた。すると父はきまり悪そうな顔つきで札入れを取り出して一ドル紙幣を見せた。そして笑いながら「これだけだよ！　外套は盗まれ、ショールを買わなくてはならなかった。それに約束ごとはほとんど守って貰えなかった。旅は高くついてね。だけど道は開けたから、来年はきっとよくなるよ」と言ったので私たちは目をまるくした。

この時母がどんなに素晴らしく父に応えたかを決して忘れない。母は父の成功を大いに期待していたのだが顔を輝かせて、「あなたはよくなさったわ。無事に帰ってらしたのですもの、それ以上のことを望みませんわ」と言いながら父にキスをした。

アンナと私は涙を呑み込み、真の愛に学んだつつましい教えも疲れきった男と優しい女が互いに交わした表情も決して忘れない。（日記71）

「金銭のために働くことはブロンソンの良心に反することであった」[16]ので、このような彼の態度は珍しくなかったのかもしれないが、家庭の柱となるべき一家の長が収入を得ないことで家族に与える経済的な苦しみを彼は何と考えていたのだろうか。末っ子のメイですら報酬のことを気にかけている。この日記は家族の皆がブロンソンがどうであれ、彼を傷つけまいとする思いやりに溢れている様子が綴られている。一家をあげてのブロンソンへの気遣いは恐らくオルコット家の流儀だったのだろう。それを作り上げたのはアッバで、娘たちもそれにしたがっている。

ブロンソンは彼の教育理念を広めるために度々講演旅行に出かけたり、哲学思想を語る座談会を開いたりしているが、晩年に至るまでその働きに対して報酬が支払われることはあまりなかった。オルコットは「父は希望に満ちて西部へ出かけた。愛する父！　皆がただ父の話に耳を傾けて、その叡智にお金を支払って下さるならば、父はどんなにか幸せでしょうに」（日記92）と思っているが、これは家族の誰もが望んでいたことだった。ブロンソンは仕事で挫折しようが大黒柱としての役割を果たせなかろうが家族にしっかり守られていたといっていい。オルコットは辛抱強く父をサポートし、母宛の手紙にも「プラトン［ブロンソン］によろしく。お父さまは新しい靴下を欲しがっていませんか？　服は着古して、てかっていませんか？」（手紙113）と服だけでなく靴下に至るまで気遣っている。言い換えればブロンソンは極めて手のかかる人物だったと思われる。

オルコットは男性には手がかかることを実感していたとみえ、『ジョーの子どもたち』の中でジョーは男性の数より女性の数が多いという甥に向かってこんなことを言っている。「それは情け深い備えです。男の子がこの世に生まれ、人生を送り、そこを去るまでには三、四人の女の人たちが必要なのですよ。お母さん、姉妹、娘たちがその義務を果たしてくれるというのは素晴らしいことです。でなければ男の人たちは生きていけないでしょう、と。オルコット家の誰もかれもブロンソンに手を差し伸べており、彼も明らかに妻や娘たちの輪に身を委ねている。オルコットは真に親孝行な娘で終生父親を守っただけでなく、母アッバ、姉アンナ、妹ベティ、メイのことも母親のように心配していて細やかに気配りしている。

シラキュースの学校に勤めているアンナに宛てた手紙には何とか一家を守ろうとするオルコットの気遣いが浮かんでくる。

私はお母さまに素敵な暖かいショール買ってさしあげるお金を稼ごうと思って相変わらずあくせく働いています。私は一一ドル持っています。全ての稼ぎは物語ひとつで五ドル、ドクター・グレイに贈物をするグレイ協会のご婦人方のために沢山の縫い物をして四ドルといった具合です。

……メイの古いボンネットは冬の間ずっと私の頭につきまとっていました。私はあの子の身だしなみがよいと思って貰いたいのです。あの子はとても優雅でしかも美人で、綺麗なものが大好きですもの。貧しくて他人の粗末な古着を着るなんてあの子には耐えられません。お姉さまや私はそんなことをあまり気にかけないことを学んだけれど。あの子のことを思うと、飛び出していって一〇ドルほどで手に入る綺麗な帽子を買いたくって仕方がないのです。……

私たちのおさがりばかり着ている可愛い善良なベティに、もうすぐ新しい服を買って私の祝福と共にあの陽気な聖者に送ります。あの子はとっても滑稽な冗談を私に書いてきます、それに老いた父母の体調を守りながら雪の中の淋しい家を心地よく晴れやかにするように努力しています。

お父さまには新しいネクタイ数本と原稿用紙を送ります。それならお父さまは幸せでしょう。何が起ころうとも愛する日記をつけ続けることが出来るでしょうから。

私の計画を笑わないで、仕事があれば実行するつもりですから。お金がほうぼうに飛んでいくように思えます。正直なところ、ちょっとしたお金を手に入れて家の人たちを楽にさせてあげたいものです。家のあれやこれを思い、でも私の出来ることなど殆どないことを思うと、自分の無力さを感じてしまいます。

さて、お姉さまのことです。多くの涙と自己犠牲を払って得たお金はお姉さまが持っていて下さいね。ご自分の服を買って……身なりを整えて下さい。でも、もしいくばくかお金が残るようであれば、お母さまにお送りして下さい。家の人たちは何も言わないけれど、いつもあれやこれやが必要なのですから…お姉さまがシラキュースでどれほど不幸せか、叔父さまがお母さまに知らせるまで絶対に知らせないようにしますね。(8〜9)

シラキュースでの仕事はアンナにとって辛いものだった。これはオルコットが二二歳の時の便りで、彼女も懸命に働いているが、作家として独り立ちするにも閉塞状況にあって経済的にも窮していた。その翌年オルコットは両親の家を後にして自分の進む道へ、収入を得る仕事を求めてボストンへ旅立っていく。「幸運を探す決意をする。そこで手製の衣類を詰めた小さなトランクと『ガゼット』誌に寄稿した物語の稿料二〇ドルと原稿だけを持って、一年で最も鬱陶しい月の雨の日、母に見送られて出発」。(日記75) しかし家を出ても執筆は思うにまかせず、それを一時追いやって、ガヴァネスをしたり、縫い物をしたりしながら何かちゃんとした仕事を求めていた。しかしボストンへ行って二ヶ月ほど経過した後、翌年の一月に家へ帰ってみるとベティが猩紅熱にかかっていて、その病状は重くオルコットは看病に当たる。「とても心配な時。看病して家事をこなし、夏の間一ヶ月にひとつ物語を書いた」。(日記79)　オルコットはその生涯の中でどれほど病人の看病をしたことだろうか。両親、アンナ、ベティの病気や怪我には必ず看病に当たっている。

　マーミー［アッバ］とナン［アンナ］に小包を送る。母は重い病気。看護のため一週間家に帰る。私は持って生まれた看護婦の資質があるように思えるから看護婦になるべきではないのか、ベティもルイーザ・ウィリスも母も皆そう言っているし、私の性にあっている。作家か女優になれないなら看護婦になってみてもいい。(日記94)

　ここには彼女が誠実に家族の看護にいそしむ姿があるのだが、一方でこれは彼女の創作活動を絶えず中断させることにもなっている。一八五六年一〇月にオルコットは自分の生活と家族を支えるために再度ボストンへ行く決意をする。この時期「私は女性の服を着ているけれど、その下には男の子の精神を宿して生まれた。仕事が出来る時に待ってなんかいられない。だから僅かな才能を頼りにもう一度世の中へ押して出よう。過去の数々の失敗のおかげで、前よりもっと勇気があって賢くなっている」(日記79)と自分に言い聞かせている。

　当時の社会通念から見るとオルコットには確かに「男の子の精神」が宿っている。まず、男性なら当たり前のことだろうが、中流階級以上の家柄の良い家庭の娘が自分の運を試すために世の中へ乗り出して行くことはオルコットが生きた時代には一般的ではなかった。その上オルコットは結婚そのものも否定する気持ちが強く、それを夢見ることはまずなかったといってよい。彼女が二〇歳半ばの頃彼女との交際を求める男性がいたが、そういう人が欲しいと思わないと母に言っている。[*17] 一八六〇年代にオルコット家に下宿していたアン・ブラウン・アダムスはオルコットに好意を寄せている男性がいるのに注目して、何故彼と結婚しないのかと尋ねている。するとオルコットは「ああ、あの方は、私には堅苦しくって分別があり過ぎるわ。「結婚すれば」彼に絶えずショックを与えるでしょうね[*18]」と答えている。その後も結婚の申し込みは一度だけではなかったのだが、彼女は結婚に心惹かれることはなかった。だがオルコットに想いを寄せる男性は彼女が三〇歳後半の頃にも現れている。ノーマ・ジョンストンによればかつての演劇仲間のジョージ・バートレットはオルコットにロマンティックな感情を持っていたが、彼女は一生独身でいると明言したという。

当時女性は主婦・母になって家族に尽くすことこそが理想の生き方であり、それが唯一女性が目指すべき道であったが、オルコットは結婚する気はなかった。これもまた社会が女性に課す規範から彼女が逸脱する思想の持ち主であることを示している。オルコット一家やオルコット自身と親交があったエドナ・D・チェイニーは、オルコット没後の翌年に彼女の伝記を書いており、親しかった者の視点で彼女の結婚について次のように述べている。オルコットの心は結婚よりむしろ家族と深く結びあっており、恐らく家族から離れて自分のことを考えることは出来なかったと。[*19] しかしそれだけが結婚しない理由とは思えない。常日頃彼女が求める自由と独立独歩の精神は当時の結婚観に相反するもので、結婚はむしろその対局にあると考えていたと思われる。

オルコットは「贅沢が好きだけれど、自由と独立がもっと好き」(日記82)で、誰にも束縛されないことを強く願っていた。このような「男の子の精神」を持つオルコットにとって結婚して夫に仕えるという生き方は受け入れがたいものだった。換言すればオルコットは結婚がもたらす負の部分、すなわち夫に対する妻の従属関係をとくと認識しており、社会が与える結婚への幻想にとらわれることはなかったのである。姉のアンナが結婚した時、「ナン［アンナ］に会いに行った。二人はひとつがいのキジバトのように暮らしている。優しくて綺麗。でも私はむしろ自由な独身でいて、自分のカヌーは自分で漕ぎすすめたい」（日記99）と考えており、彼女は人生を自分の手で切り開こうとする気概に満ちている。

一八五八年、いつも家族のために働き口を探している二六歳になるオルコットは「今、家では必要とされていなし、唯一人の稼ぎ手のようなので、いつものように職探しにボストンへ行く」。（日記90）この時期彼女は以前引き受けていた手のかかる少女アリス・ラヴァリングのガヴァネスとして再び採用されるか、あるいは縫い物を引き受けることになるのか、どっちとも決められず落ち着かない気持ちに陥っていたが、結局ガヴァネスに決まり、「私はうれしくて歌いだした」。（日記91）針仕事は働き口が無い時の収入源だったが、オルコットのように作家として世に出たいという野心の持ち主にとって縫い物に閉じこめられることの多い日常は試練の日々であった。

不安な経済状況が続く中で、この年病んでいた妹のベティが亡くなっている。その翌年、短編の「マーク・フィールド」の評判がよく、収入を得てオルコットの意気はあがっているようで、「教えたり、執筆したり、縫い物をする他に、講演や書物や立派な人たちから出来る限りのものを吸収しようと、忙しい毎日。私には人生そのものが大学。立派に卒業し、優等の学位が得られますように！」（日記94）といたって前向きの姿勢だ。また自分の力で妹のメイを経済的に援助することが出来たことにも満足している。この頃から作品依頼は多少とも来るようになっているが、短編は一遍が五、一〇ドル程度で、稀に五〇ドルになることもあったが、一家の経済状況は相変わらず苦しかった。アンナの結婚後メイも絵の教師として働くため家を離れることになって、オルコットは縫い物をして妹の衣類を整え旅立ちの支度をしている。その翌年も相変わらず短編を書き続けているが、その間メイの頼みもあって彼女のために夏服を新調したり、繕ったりしている。しかしその年の終わりには自分の日常に欲求不満を抱いていたらしく、「執筆と読書と縫い物をした。もっと何かしたかった」。(日記106)

容易に売れない原稿を抱えながらオルコットは作家として立とうと努力を重ねていたが、三〇歳を越えると間もなく作品が認められ始める。南北戦争時における病院の実態を語るレポート「病院のスケッチ」が新聞に掲載され好評を博したからだ。それまで新聞や雑誌に短編をおよそ三〇作ほど書いていたが、一八六一年に南北戦争が勃発し、その翌年、彼女は「私は戦争を見たいと度々思う。……私は男になりたいけれど、女の私は戦うことは出来ないので、戦うことが出来る人のために働くことで満足しよう」(日記105)と考える。

もともと両親は奴隷制度廃止を支持しており、オルコットは両親が逃亡奴隷を助ける姿も見ている。それに彼女は『アンクル・トムの小屋』に感銘を受けており、彼女も黒人と白人の混血児の物語を創作して奴隷制廃止と人間の愛を描こうとしたこともあった。もっともそれは過激すぎて掲載されなかったが、ともあれオルコットは自分の力を使って南北戦争に尽くしたいと心から願った。しかしこれだけがオルコットを動かしたのではない。ワシントンでは「いま手助けが必要だし、わたしは看護をするのが好きだから。それに鬱積しているエネルギーを何か新しい方法で発散しなくてはいけないから」(日記110)だった。

恐らくは両親や姉妹との暮らしから生じる閉塞感、あるいは作家として行き詰まる感覚などがあって、「発散しなくてはいけない」何かが胸中に渦巻いていたと思われる。そこで彼女は陸軍病院で志願看護婦を募集しているのを知るとそれに応募する。そしてその経験に基づいた「病院のスケッチ」が新聞に掲載されると高い評価を得て本にもなり、一挙にオルコットの名前が人々の間に浸透していった。そこには戦争で傷ついた兵士たちを心をこめて看病する看護婦たちの姿と戦時の病院の様相が真摯に報告されていたからだ。これが出版されるまでオルコットの作品をまともに扱わなかった出版社がまるで手のひらを返すような態度を示し始める。彼女は過去を振り返りながら自分の作品に確かな手応えがあることを実感している。

一年前、私に原稿を依頼する出版社はなかった。だから原稿を持ってお願いしてまわった。ところが今三社から依頼がある。新聞数社は私の寄稿を掲載する用意が整っている。F・B・サンボーンは「あなたの原稿ならバルティモアのこちら側の出版社はどこでも喜んで単行本にする」と言っている。「原稿を出版社へ持ちこんだ時」「君は教師に専念しろ」と言われた忍耐強くて控えめなへぼ文士。援助の手を差し伸べてくれる文学上の友達も持ったことない物書きが突然持ち上げられた！　一五年間の厳しい執筆活動はつまるところ実を結びつつあるのだろう。長い間言い続けて、でもとてもその力はなかったのだけれど「借金を全て返済して、家を修理し、メイをイタリアへ行かせる。老いた両親を心地よくさせておく」。(日記121)

長年の文学修業がようやく実りを見せ始めたのである。一四年後彼女は「『病院のスケッチ』はたいしたお金にならなかったが、『私のスタイル』を示し、すぐにそれと気づかせてくれ、私を待っている栄光へと進んだ[20]」ことを再確認している。この作品の出版は『若草物語』が世に出る五年前で、そこでは傷病兵の実相が作為を施すことなく自然な文体で描かれ、作家オルコットの力量を示すものだった。すなわち彼女がそれまで書いたフィクションとは異なる形式を用いたこの作品の執筆が現実の中から真実をとらえることを彼女に教えたのである。オルコットは戦争で心身ともに傷つき苦しむ人々の姿を目の当たりにしたことで人間に対する理解力が一段と深まったと思われる。だが、『病院のスケッチ』の後に書かれた作品は煽情小説やサスペンス、スリラーやロマンスが多く、彼女自身の「自然な文体」は『若草物語』に受け継がれるまで待たなければならない。ともあれ『病院のスケッチ』が好評だったので執筆依頼が途切れることはなくなっていた。まだ『若草物語』が世に出ていない一八六八年の一月、母宛の手紙では彼女は原稿料の高を報告して母を安心させようとしており、執筆依頼があることに安堵している。

新年は物事がうまく行きそうに思えます。フォードは小さな物語に二〇ドル支払い、毎月物語を二つ依頼しています。『ガゼット』誌は「ベル」に二五ドル、ローリングは二つの「ことわざ」の物語に一〇〇ドル払ってくれます。レズリーは私が送る作品を全て引き受けてくれますし、フラーは満足しているようです。

ですから私の計画はうまくいっています。病気や不安にもかかわらず、今年は千ドル都合出来るでしょう。神さまを称え、忙しくしておいて下さいとお祈りします。……

今、私はかなり具合よくいっています。自分を忙しくさせていますので病気になる暇はありません。出版社の人は皆とても抜け目なくて、まわりをみまわすと私が頼んでもいませんのに、自分がこなせる以上の原稿依頼があって六つばかりの出版社が物語を求めています。かつて私は短いお粗末な作品を売りながら気弱に出版社から出版社を巡っていて、一〇ドルでとても金持ちの気分になっていましたのに。……

私がお送りしたお金を全部持っていて下さい。全ての請求書を支払い快適になさってお母さまご自身を楽しませて下さい。陽気にしていられる間は陽気にしていましょう。そして困った時のために少し蓄えておきましょう。（手紙113）

オルコットは『若草物語』以前は煽情小説などを書いて原稿料を得るのに忙しかったのだが、そんな彼女に少女向きの物語を書いて欲しいと依頼してきたのはロバーツ・ブラザーズ社のトーマス・ナイルズだった。しかし彼女はそれにはすぐに応じず、雑誌『メリーズ・ミュージアム』のホラス・フラーが編集者としての仕事を依頼してきたのでまずそれを引き受けている。少女向きの物語の執筆依頼にオルコットは一応書いてみますと言っているが、それを書くことにそれほど興味をそそられなかった。それで編集者の仕事と創作がもたらす年俸五〇〇ドルの仕事を優先し、ナイルズの要請に応じるのは後回しになっている。

一八六八年一〇月に『若草物語』が出版され、非常な人気を博し、オルコットの名前は一挙に広がっていくのだが、同年の一月にオルコットはやがて訪れる成功の予兆を感じているかのように先き行きを明るく見通している。

私は自分の小さな部屋にいて、忙しいけれど幸せな日々を過ごしている。静寂、自由、仕事も充分あって、それをこなす体力があるからだ。フラーは私の名前と『メリーズ・ミュウジアム』誌の編集に年に五〇〇ドル払ってくれる。『ユース・コンパニオン』誌に毎月二つの短編で二〇ドル、レズリーは五〇ドル、さらに今後送る原稿に全て一〇〇ドル払ってくれるという。他の出版社も私の原稿なら何でも採用してくれる。元気でさえあれば今年私の進む道は明るいように思える。家族を支え、完璧に自立するという夢を叶えたい。実現しますように！

昨年は二五編の物語を書いた、その他に一二編の話を収めた妖精物語を書いた。千ドル稼いで私の経費に使い、いくらかを実家に送金し、借金を支払い、メイの援助をした。

ここ何年もの間これほど心安まったことはなかった。メイと私は働いていて、アニィ［アンナ］には頼りになるジョンがいる。そして老いた父母は自分たちの心地よい家にいる。昨年の冬が厳しかっただけに今どんなに感謝してもしきれない。

今日私のヒアシンスが初めて咲いた。白くて良い香り―吉兆―恐らくこれまでの年月闘っていた敵が揚げた休戦の小さな旗だろう。多分私たちは勝つことになっているのだろう。貧困、軽視、苦痛を克服し、借金を完済して、勝利の旗を掲げて新たな世界へ、新たな年へ行進して行く。（日記162）

そして五月になるとナイルズは少女向きの物語を書くのをしぶるオルコットにブロンソンを通して再度執筆を依頼する。しぶる主な理由は、好みはいつも女の子より男の子を描くことにあるというオルコットの心情によるのだが、それでも引き受けてみようと思いはじめる。

ナイルズ氏は少女向けの物語を望んでいる。それで「リトル・ウィメン」［『若草物語』］を書き始める。

マーミー［アッバ］、アンナ、メイたち誰もが私の案に賛成してくれた。それでこつこつ書いているけれど、この類の作品を書くのは楽しくない。女の子たちをぜんぜん好きではないし、私の姉妹の他に女の子を知っているわけでもない。でも私たちの風変わりな芝居や経験談は面白いと思われるかもしれない、分からないけれど。（日記165～166）

「風変わりな芝居」とは、オルコットは子どもの頃から舞台で演じることに興味を持ち、子どもながら脚本を書き、それを上演して楽しんだことを意味する。また「経験談」というのは母を中心とした姉妹たちの日常生活やそこで起こった事柄を意味する。オルコットは長い間「ブロンソンの夢想とオルコット家の苦難についての、恐らくは風刺的な小説を計画して」[*21]いて、例えばそれに『哀れな家族』といった題をつけるつもりだったが、結局、父を物語から遠ざけ、オルコットと姉妹たちと母の物語にしたのである。もっともナイルズは最初これを退屈な物語と考えたが、試みに少女たちに読ませると非常に良い反応が返ってきたので出版を決めたという。その際オルコットはこの物語の版権を持つように助言され、それに従った結果長年の経済的不安は取り除かれることになる。「誠実な出版社と幸運な作家。版権が一財産稼いだのだから。〝退屈な本〟は醜いアヒルの子が生んだ最初の金の卵だった」。（日記166）

『若草物語』はオルコットが長年育んで来た夢を実現させてくれたのである。そして出版社や愛読者の要請で一八六九年に『続若草物語』が出版される。「一月、初編と同じように上手くいって、よく売れて好評でありますように。フォードとフラーは共に引き続き原稿が欲しいという。出来るならそうしたいが、頭痛、咳、疲労のためにかつてのように一日一四時間は書けない。……全ての借金を返済、有り難い！　お金で払

うことの出来る借金は全て払った。今、私は安らかに死んでいけそう。私の夢は果たされ始めている……」。（日記171）

この時期オルコットは作家としての勢いは増しているのだが、一方で体調の不安を感じている。『続若草物語』は成功したが、同年四月になると思わしくない体調にもかかわらず引き続き物語を執筆しなければならないことに苦しんでいる。「体調がひどく悪い。疲れ果てている感じ。自分のことは大して気にしていない。痛みがあってもひと休みできるのはありがたい。それでも私が身体を壊すと家族があわてふためき、困り果てるので臼をひきつづけておこう。……ロバーツ・ブラザーズ社は新しい本を欲しがっている。でも、病気になるといけないので、渦に入り込まないようにしなければ」。（日記171）

ここにある「渦《ヴォールテクス》」とは、オルコットが創作に没頭している時に生じる一種の興奮状態で、彼女は「情熱の渦」と呼んでいる。その間食欲もなく不眠状態に陥る。しかし「渦」が「続いている間はとても楽しくて不思議な感じなのだが、三週間も続けると激しい精神状態に身体がついていかなくなった。頭はくらくら、脚はぐらぐらして眠れなくなった。そこでペンを置いて、長い散歩をしたり、水浴したり、ナンと陽気に騒いだりする」（日記104）ことで彼女は「渦」と折り合いをつけている。しかしともかく「渦」は彼女の心身を酷く疲れさせたが、これなくして物語を書くことは出来なかった。

この時期彼女は病が引き起こす暗い影を引きずってはいたが、作家として認められたことを率直に喜んでいる。彼女の作品に関わったロバーツ・ブラザース社の人々に「困難な道に沿って何年も苦労して進んだ後、女性の作家にとってはその道はいつも険しいものでしたが、とうとう歩みやすくなった道を見出したことは私にとってこの上なく素晴らしいことです……」（手紙129）と書き送り、かれらの心のこもった言葉と親切に感謝の意を表している。そして『若草物語』の四年後には次のような感慨を漏らしている。「二〇年前、私は出来るなら家族を自立させようと決意した。それは四〇歳になって果たされた。借金は全て、時効にかかった分も返済した。安楽に暮らせるだけのものはある。そのため私の健康を犠牲にしただろうが、まだ生きている。私が成すべきことはもっとあるのだろう」。（日記182〜183）生活は格段に安定して、彼女の積年の努力が実を結んでいる。

出版社とつい笑いそうになるひととき。誰もかれも同時に原稿を欲しがった。三社はまだ書いてもいない原稿により高い値をつけようとする。私はそれをむしろ楽しんでいる。ロバーツ社、ロウ社、スクリブナー社はこぞって私の「つつましい」原稿に大騒ぎしているのをみると自分が偉くなったような気がする。もう原稿を売り歩かなくていい。一〇ドルもらっても金持の気分にならない。黄金の鵞鳥はよい値段で卵を売ることが出来る。働きすぎて殺されなければだけれど。（日記192）

自作に相応しい原稿料が得られることに満足し、また原稿の争奪戦をくりひろげる出版社のありさまを余裕を持って楽しむオルコット。だが、一方で黄金の鵞鳥は働きすぎて死ぬのではないかといった懸念も抱いている。自分の働きぶりをガレー船の奴隷になぞらえる記述は日記に度々記されていて、やがて彼女は名声の裏に潜むものに倦み始める。「……一ヶ月に九二名の客をもてなした。名声とは高くつく贅沢品だ。私はそんなものがなくてもやっていける。思うにこれが何よりも難点。欲しいのはパンなのに、手に入れたのは石――それも台座の形の石で」。（日記196）そして彼女が実感するのは「若い頃お金がなかった。今お金はあるけれど時間がない。ひょっとして時間が持てたとしても人生を楽しむ健やかな身体がないだろう」(日記191)であった。

かつては「仕事が私の救い」であったが、名声ゆえに押し寄せる人々や原稿依頼に悩まされ、執筆にあけくれる日々の中で彼女は自分の力が枯渇していく感覚にとらわれ始める。「ドッジ夫人から原稿依頼があり、スクリブナー社がそれに三千ドル支払うというので、馬力を出して新しい連載物に取り組む。ロバーツ・ブラザーズ社からは小説を、さまざまな新聞社や雑誌社から短編の依頼が殺到しているが、脳みそは絞られてスッカラカンだ。唯、救いを待っているだけだ」。(日記200〜201)

七〇年代半ばになると日記には彼女が働き過ぎて精神的に疲れて弱っていることや病気が深刻な状態になっていることが顕著になってくる。『病院のスケッチ』に描かれたユニオン・ホテル病院で彼女が罹病した時、熱冷ましとして与えられたのは塩化水銀だった。そのため彼女はその後ずっと健康に問題を抱えており、水銀の害毒によるひどい発作に苦しんでいた。それに痛み止めの薬としてモルヒネとアヘンの両方を服用していた。当時それは奇跡の痛み止めと考えられていて、中毒症状を起こすことなど医者ですら知らない時代だった。

「彼女はしゃがれた声、神経衰弱、消化不良、不眠に苦しんだが、周りにいる人たちの慰めとなるようけんめいに努力した[*22]」。「冬の間ホテル・ベルビュウに二つの素敵な部屋を取る。一部屋はメイの画塾用。本を書こうと頑張るが、痛みがひどくてはかどらない。モルヒネを服用しないでは寝られない。老医師のヒューイット先生に診てもらう。苦しみは必ず直せるという」。(日記192) 彼女が亡くなる二年前には「支出が多くてかなりなお金が必要。私の知りあいの貧しい人たちが助けを求めてやってくる。支出は増すばかり。

私ひとりがマネーメイカー。私自身の穀物はすり潰されて納屋の中にあるけれど、他の人のためにせっせと臼を回さざるをえない」（日記277）状態に陥っている。『若草物語』が出版されるおよそ一〇ヶ月前、オルコットは意気盛んであったが、四〇歳を少し過ぎると作家としての意気込みや充実感はもはや失われている。売れる作家になった後も報酬目当ての作家であった時とそれほど変わらない創作活動、いや、名声を得た分作品執筆の依頼は激しさを増していて、それに応じるオルコットの心身は疲れ果てた。しかし彼女は「役に立たないなら生きていたくない」[23]と思い、「のらくら過ごしながら、生きていくことになるのか、死ぬことになるのか見きわめようとしている。生きるのであれば何か新しい仕事をするためだ。それって何だろう?」（日記210）と自問している。彼女は生きることはすなわち仕事をすることだと考えていて、生涯生真面目に創作にはげんだ。オルコットは父親から「『義務に忠実な子』と言われるほど為さねばならないことを果たす娘で……彼女の人生は特に彼女が自分のものと認める義務に捧げられていた」[24]のである。そして自分を律し、隣人を愛し、己の最も近くにある義務をなす、といった母の指針からも逸脱することはなかったといっていい。

激しい性格のオルコットにとって「自分を律する」ことは子どもの頃から学ばなければならなかったことで、真面目に己を自制することを学ぼうとしている。「十代だから、もう子どもじゃないので、人生の計画を立てた。私は年のわりには大人びているし、女の子らしいことは好きじゃない。人には荒っぽくて風変わりな子どもと思われている。でもお母さまはわたしをよく理解して助けてくださる。誰にも私の計画を話していないけれど、私はいい子になるつもり」（日記59）だった。父母の指針はオルコットにとって人生で果たさなければならない大切なもので、身近な者への愛は彼女にとって義務であった。義務というと如何にも道徳的に強制されたものといった感じがあるかもしれないが、彼女の場合、自分の立場に応じてしなければならないことを家族のために深い愛情を持ってなすことを意味する。

オルコットは『若草物語』で作家として成功した後も作品執筆の陰で彼女はどれほど己の願いを封印したことだろう。例えば作家ならごく当たり前の願い——創作するため「自分だけの部屋」を持つ——といったことすら容易ではなかった。ヴァージニア・ウルフ（一八八二〜一九四一）は女性作家が小説を書くのであれば「自分だけの部屋と年五〇〇ポンドを与え、心の内を話させ、今、取り入れているものの半分を省かせれば、そのうちよい作品を書くでしょう[*25]」と言っている。だが、オルコットは『若草物語』が成功するまで自分のための「収入」も「部屋」も持っていなかった。「収入」という意味ではオルコットの場合、執筆も含めて様々な仕事から得た賃金は家族を養うためのもので、書いているものの自分が自由に使えるものではなかった。したがって、心の内で思っていることを思うままに書いたり、書いているものの「半分を省く」余裕はなかった。もっとも「自分だけの部屋」については仕事をするために時々部屋を借りたことはあった。彼女が住むコンコードは退屈でインスピレーションが生まれないのでボストンへ行って静かな部屋を借り、その中に自分を閉じ込めたこともあったが、かといって「自分だけの部屋」を持っていたわけではない。部屋のないオルコットはその創作法をチェイニーに次のように語っている。

「私は書斎を持ったことがなくて、ペンと紙があれば間に合います。それと必要なのは膝の上に古い地図があることです。頭の中には沢山のプロットがあって、その気になると、物語をじっくり考えます。時々ひとつのプロットを何年も寝かしておきます。それから突然書く準備が整っていることに気づくのです。しょっちゅう目覚めたまま横になっていて、章全体を一語一語なぞって案を立て、それからコピーするみたいに書きとばすのです[*26]」。

たとえオルコットが「自分だけの部屋」を得たとしても大抵は一時的な場合が多く、病人の看護や家事のためにそこに留まれないことが多かった。『若草物語』が出版される前、家族から離れて部屋を確保し、誰にも煩わされることのない幸せにひたっているが、その一週間後には仕事と家事に忙殺されている。「早起きして、パン、ミルク、焼きリンゴを食べ、鳩に餌をやる。それからメイにボンネットを作り、雪に埋もれたコンコードは寒いので、母にフランネルの部屋着の裁断をした。午後に編集の仕事と芝居の衣装直し」。（日記162）創作に専念して自分のためだけに自由に時間が使えるわけではなかった。また「家で必要とされているので、帰省の荷造りをする。……静かな部屋を後にするのは残念、とても楽しく過ごしていたから。長い物語を八編、短い物語を一〇編書き終わる。山積みの原稿を読み、編集の仕事終わる」。（日記165）オルコットにとって仕事が出来る「部屋」を持つことは必要不可欠なことで、『若草物語』出版後にはホテルの一室を借りて執筆が出来るようになっている。それでもそこで思う存分執筆に励める日は少なく、執筆に加えて様々な家庭の雑事に追われる極めて繁多な日々を送っている。

女性が作家として大黒柱であり続けることは男性作家よりはるかに厳しいことであったに違いない。オルコットのように家族のためにボンネットや部屋着を作る必要などなかっただろうし、家族に病人や怪我人がいる時、男性作家は仕事を中止して看護に当たることなども女性作家に比べれば少なかっただろう。オルコットの苦労は一八八〇年にメイが出産後に亡くなるとさらに増大する。メイの遺児ルルを引き取ったからだ。この時期オルコットは四八歳になっていたが、愛情あふれる母となってルルを育てる。だが、一方でこれは頭を悩ませる種ともなる。オルコットの時間と思考は子どもに奪われたからだ。ルルが身近にいては仕事にならず、オルコットは育児と仕事の板挟みになっている。

女性作家にとって　仕事と家事のせめぎあいは何もオルコットに限ったことではなかった。例えば彼女が敬愛するハリエット・ビーチャー・ストーも例外ではなかった。彼女は子どもの世話や家事に忙殺される中で何とか文章を書く時間を捻出しようと努力している。友人は彼女が台所にいて、赤ん坊をあやしながら歩き始めたばかりの二人の子どもたちも見守っている場面に遭遇する。締め切りが迫っているので原稿を書くことを友人は勧めるが、いざ書こうとしてテーブルに向かって座っても、そこには粉や卵や豚肉などの食材や台所用品などが置かれていてオーブンも熱くなっている状態だ。そんな中で彼女は家事手伝いの娘に料理の指示を与えながら文章を書いていく。

ストーも「……執筆するつもりなら、自分で部屋を持たなければなりません、私だけの部屋です。……去年の冬の間ずっと感じていたのですけれど、私が出かけられる、静かで満足のいく場所が必要だと感じました」[*27]。これはまさにオルコットが常日頃感じていたことであり、ストーが家事に忙殺されながら執筆する姿はオルコットの日常とそれほど違ってはいないだろう。

もっともオルコットは結婚しなかったので、厳密にいえば夫に仕え子どもの世話にあけくれる主婦業を背負っていなかったが、一家の家事をこなし、病人や怪我人があれば看病し、両親や姉妹を助け、小さな甥や姪の世話をする彼女は充分主婦としての働きをしている。したがって、独身だからといって彼女に時間的余裕があったとはいえず、家事労働は一般的な主婦業と比べてそれほど違いはなかったと思われる。またそれに加えて彼女が大黒柱でなければならなかったことを思えば、彼女はむしろ稼ぎ手の役割を果たす夫のいる主婦より過酷な状況にあり、そのため作家業に埋没するにはかなり苦しい闘いを強いられたのである。

オルコットの闘いは晩年まで続いている。母アッバが病気の時、オルコットは看病に力を注ぐが彼女自身も重い病気に罹り、一週間ほどは命の危険さえあった。その時彼女は母より先に死ぬのではないかと恐れたが何とか難局をのり越えて母を看取っている。そして穏やかな死を迎えた母の葬式の後、彼女は義務を果したことを実感し、それを誇りとも慰めとも思っている。「私の唯一の慰めは、母の晩年を快適にし、母が勇敢にも長年抱え続けていた重荷を軽くしてあげられたことだ。母はとても義理堅くて思いやりがあって、誠実だった。母にとって人生は厳しく、母が耐えなければならなかった全てのことは誰にも分からないだろうが、私たち子どもは分かっている」。（日記206）

オルコットが母に抱くこのような心情は『リトル・メン』にそっくり描かれている。チェイニーが述べるように「母へ寄せるこのような愛情は——とても豊かで、充足し、続き得るもの——オルコットの人生にとってこの上ない幸せだった。ルイザ［オルコット］は母の慈しみに十分に報いた。幼い頃からオルコットは母に何でも話すことの出来る子であり、友であり、慰め手であった[*28]」。ブロンソンは両者の関係をまるで「一心同体のようで、長い間別れていることなど出来ない[*29]」と見ていた。母とオルコットの絆は他の三姉妹と母のそれより強いものだった。

一方、父ブロンソンとオルコットの関係は母娘の関係とは異なる。オルコットは父に愛情を抱き、尊敬の念を持っていた。しかし当時フェミニズムの運動が男女の平等を求めて立ち上げられた時、ブロンソンはその趣旨に賛同したが、その女性観は「知性よりも感性が優っている女性、理屈よりも愛情が優っている女性が理想的な女性だ[*30]」と伝統的な女性観を尊重する男性だった。ブロンソンは姉娘と違って短気で怒りっぽくてむら気なオルコットに手を焼いていた。無論オルコット自身豊かな感性と優しさをそなえていたが、決して穏和でも従順でもなかったからだ。長女のアンナは女らしく淑やかで、三女のベティは温和過ぎるほど控えめであったし、メイは末っ子故に愛されたが、父親にとって次女のルイザだけは悩みの種だった。

オルコットは姉のように父に愛されたいと願ったが、それは叶わず父親との間に確執が生じたと思われる。それもあって無条件でオルコットを受け入れる母親とのつながりは父親とのそれより緊密なものになっていった。だがそれでもブロンソンはオルコットにとって「精神的に大きな存在[*31]」ではあったが、時としてそれがぐらつくことがあったかもしれない。というのは「ブロンソンは妻の家族、娘、妻だけでなく、友人たちの経済援助を恥ずかしげもなく喜んで受け入れる人でもあったといわれ、そのためエマソンは彼の高潔さを認めてはいるものの時にうんざりさせられという。[*32]」このような父親をオルコットはつぶさに見てきた。ブロンソンと違って報酬目的のオルコットは作品を書き続けて原稿料を確保し、着実に借金を返し、家計を支えて必死に生きてきた。父娘の生き方はひどく異なる。

チェイニーが指摘するように「恐らくオルコットは父を十分に理解するには至らなかったのかもしれない[*33]」。それ故かオルコットは正続の『若草物語』の中に自分の家族の本当の姿や暮らしを描いたが、父親は影のような存在として登場するだけだ。彼は遠い戦地に赴いていてマーチ家の暮らしから外されている。それでも物語では一応理想の父親として奉られている。いうなれば彼は理想像に閉じこめられた絵空事の人物に過ぎず物語の背景に収まっているだけだ。

ブロンソンは娘が『若草物語』の作者として広く知られるようになると西部地方への旅行の間、娘の名声が彼の歓待にかなりの暖かみを添えていることに気づく。「父の言によれば彼は『オルコットの馬車に乗って『若草物語』に登場するメグの子どもの祖父として敬愛されている』」。（日記196）そして彼は『若草物語』の祖父として歓迎されたことを話すのを好んだという。[*34] もっともブロンソンは『若草物語』が世に出る前から「オルコットの馬車」に乗っているが、オルコットはそんな父親を温かく受け止めたのだった。したがって、ブロンソンは娘が著名な作家になると、「馬車」の乗り心地は恐らく一層よいものになっただろう。オルコットが作家として成功するとブロンソンは娘にすっかり寄りかかる。「父は何もかもきちんとして気持ちよく西部へ出発。私はそのためにお金を使うのを楽しんだ。父の新しいトランクに暖かいフランネル、品のいいシャツ、手袋、その他いろいろと詰めて幸せな時を過ごした。そして愛する父が紳士のように新しいスーツや外套や帽子、その他のものを身につけて出発するのを見送った」。（日記183）この時期オルコットは四〇歳になっており、旅に出る父親にこれだけの準備が出来て大層満足している。オルコットは父親だけでなく家族の皆を「馬車」に乗せた。彼女の成功の夢は名声や栄光でなく、「平穏という名の部屋へ[*35]」疲れた家族を連れて行くことであった。オルコットはまさに全力をあげて両親と姉妹たちを穏やかな世界へと導いたのである。母の死後父が残され、彼女は父の看病にも当たったが、彼はオルコットが亡くなる二日前に没している。この時オルコット自身も病気が重くなっており、家族の配慮で父の死を知らないまま五六歳で永遠の眠りについた。病名は恐らくは大腸癌であったと推測される。

モアズによれば「父、兄弟、夫らが働くことが出来ないか、または働こうとしないので、大家族の生活の全て、あるいはその大部分を女たちに委ねたことが、アメリカの女性たちによる多くのベストセラーと少数の傑作を生み出す原因となった[*36]」。これはオルコットのことでもある。オルコットの生涯を見れば、彼女は豊かな文才を生かして作品を執筆し続け、願い通りに作家となり、『若草物語』以降は長年の夢であった一家の経済の独立を果たした。ブロンソンはひたすら創作する娘を「力の宝庫[*37]」ととらえており、オルコットは誠に「不撓不屈の右手を授かっていた[*38]」。いうなればモアズが指摘するように「経済力皆無の哲学者ブロンソン・オルコットほど、女姓の文学の歴史に寄与した人はなかった[*39]」といえるだろう。

第二章　煽情小説

まず煽情小説の特色を述べておこう。このジャンルの小説はイギリス、アメリカで一八六〇〜七〇年代に盛ん書かれた。多くの作品の中でも特に一八六二年に出版されたイギリスの作家メアリ・エリザベス・ブラッドン（一八三五〜一九一五）の『オードリー卿夫人の秘密』が人気を博し、煽情小説の原点となっている。これは幼子と生活能力のない父を抱えたままで夫に置き去りにされた若い妻ルーシー・グレアムの物語である。彼女は生活苦から抜け出すために頭を働かせて、まず他人と身元を入れ替え、偽名を使ってガヴァネスになる。その後莫大な財産を持つ年配の男寡オードリー卿に見初められて結婚するが、最初の夫が三年あまり後に帰ってくると、重婚が明らかになることを恐れて彼を殺そうとする。また彼女の過去を暴こうとする男性の目をくらませるために様々な計略を巡らせて実行する。最後にはその男性を殺すために彼が宿泊している宿に放火する。いずれの場合も殺人は不首尾に終わるが、奸計の全てはルーシーが生き残るために謀ったことだった。結局悪事は露見し、全ては狂気ゆえであったとしてルーシーは精神病に入れられ、そこで生涯を閉じる。

このように煽情小説は偽装、重婚、殺人といった毒々しい事柄が多く使われおり、『オードリー卿夫人』は出版されると爆発的な人気を得た。その要因のひとつは小説の通俗性によるのだろうが、ひとつは煽情的な要素の中に「読者の夢想」[*1]が反映されていたからである。その幻想とは

①一九世紀の女性に求められる受身で従順な生き方を転覆させることが出来るかもしれない。

②ルーシーのように主体性を持って行動すれば女であっても新たな道を開くことが出来るかもしれない。

といったことだった。ルーシーは表面的には「家庭の天使」もかくやあらんと思わせる淑やかで優しい金髪碧眼の美しいヒロインだ。しかしこと生活をかけた闘いをしなければならなくなると、策略をめぐらす頭脳

と実行力を発揮して「家庭の天使」の美徳をことごとくひっくり返す。彼女の一連の悪事は男性社会が女性に課す理想を覆し、自分の才覚で生きていけるかもしれないという「幻想」を表している。

ヴィクトリア朝の家庭小説ではヒロインはあくまで美徳を体現する存在でなければならなかったが、ルーシーに美徳はなく、困難な状況に陥ると悪事に手を染めてでも自分を守ろうとする。この小説は悪女を語るが、その実作品の根底にあるのは妻が生活の道を絶たれた時、如何にそこから這い上がるかを語るものである。ルーシーが「家庭の天使」を装う裏で策略を用いて生き残りを模索する姿は、生きる術を与えられない女性の憤りや抗議を表してもいる。女性が働く場がなかった時代にルーシーはどのように活路を開けばよかったのだろう。

彼女が様々に巡らせる陰謀の原点はルーシー親子をいわば捨てた夫にある。端的にいえばルーシーの生き方は経済力を得られない女性の絶望的な閉塞状況から生まれたものである。無論、彼女がガヴァネスとして働いたことを思えば働き口が全くなかったとはいえないが、それとて雇用先ではあいまいな立場に立たされる使用人に過ぎず、至って弱い立場でしかなかった。唯一女性に認められた生き方は結婚して妻になり母になることだった。それを実現していたルーシーだったが、家庭を守るはずの夫が姿をくらませば親子は路頭に迷う他なかった。

当時の家庭小説ではヒロインは弱さを力に生き、たとえ無力であってもその高潔さが悪を凌ぐ力となる。つまり問題が生じるとヒロインが行動を起こすのではなく、行動出来る誰か、概ね男性を彼女の純粋さや高潔さを通して動かし、その人物が問題の解決を計ってくれる運びになることが多かった。ブラッドンはこのようなヒロイン像に異議を申し立てたといっていい。彼女はヴィクトリア朝の女性がとらわれていた因習を覆すヒロインを作り上げたのである。

つまるところ全ての悪事はルーシーの血に流れる狂気のせいにしているが、医者は彼女が頭を働かせて悪事を働いたことには用意周到な冷静さが必要であり、強いて言えばショックを受けた時には自分を見失う傾向があるが、概ね「狂人」とはいえないと診断している。同様に読者も彼女が「狂気」故に罪を犯したのではなく、正常な精神状態の中で悪事を働いたことを知っている。[*2] 女性の読者は女性が遭遇する経済的危機に対する無力さなどを読み取って彼女の計略やそれを実行する様を楽しんだのだろう。

さて、オルコットの煽情小説は主に一八六〇年代初めからおよそ六〜七年の間に書かれ、『若草物語』出版後はこのジャンルの執筆は敬遠されている。オルコットの煽情小説の始まりは一九六三年の懸賞小説「ポーリーンの激情と罰」だった。その短編で賞金一〇〇ドルを獲得して後、煽情小説執筆は勢いづき、作品は主に大衆週刊新聞に実名を隠して掲載されるようになる。そこには無力な女性を語る「暗闇の囁き」や弱き性であるはずの女性が持つ力を語る「策略と対抗策」などが書かれている。それらは一九世紀の女性が抱える苦悩を端的に描いた注目すべき作品だが、その時期オルコットの煽情小説の代表作「仮面の陰で」が発表されている。煽情小説執筆の際オルコットが実名を使わなかったのは、「家庭の天使」とは対極にいる悪女を主人公にして好き勝手に行動させたかったからだ。この三点の小説と邦訳のある『愛の果て』については後に取りあげるが、その前にオルコットが煽情小説執筆に傾倒する諸要素を見ておきたい。

「がらくた」への傾倒

オルコットは煽情小説を「がらくた話（shabby tale）」ととらえていたが、実はその執筆に情熱を注いでいる。その要因は大まかにいえば次の三点にある。

① 報酬目的
② 煽情小説愛好
③ 創作意図に合う文学形式

などである。

まず一点目の報酬目的については既に一章で触れたが、友人のアルフレッド・ホイットマンには煽情小説執筆を隠す気などなく、「出版社の人たちは露骨な類の物語が好きなのです。ですから私は依頼があれば暴力や流血沙汰の物語を送ります。お金が私の目標であり、狙いなのですから」とか、「物語を書き飛ばして、感謝の念を持って現金をポケットに入れるのです」（手紙67）と書き送っている。ホイットマンはオルコットがよほど心おきなく心情を明かせる友のようで、そのうちに例えばアメリカ原住民、貪欲な海賊、熊、悲嘆にくれる乙女などの刺激的な挿絵付の「狂乱の花嫁」とか「血まみれの浴槽　情熱のスリリングな物語」といったどぎつい小説を書いて『ニューヨーク・レジャー』紙を賑わせるつもりなので、ショックを受けないで下さいねと便りを出している。（手紙79）

その頃、オルコットはノンフィクション風の『病院のスケッチ』が好評を博し、それを掲載した新聞はすぐに売り切れるほどになっていた。またその時期に発表した「ソローの横笛」（一八六三年）も好評で彼女の文名が上がりはじめていた。が、それでも相変わらず「私は報酬目当てで働く人なので、『新しいスター』とか『文学界の名士』とかいわれる名誉もさることながら一〇ドルの原稿料も同じようにうれしかった」（日記

119）のである。

実際『若草物語』が世に出るまで煽情小説の原稿料はオルコット家の暮らしを守る大きな役割を果たした。この頃かねてから懸案の小説『仕事』にとりかかっているが、煽情小説とは異なるリアリズムの小説を書くのは容易ではなく、早く書ける煽情小説を書き、これが原稿料を稼ぐのに一番良かったのである。「いくら褒めて頂いても、飢えるわけにはいかないから。センセーションな物語だと半分の時間で書き上げられるし、家族の生活も楽になる」（日記139）ので、労力を要する小説の執筆を後回しにしている。ともあれオルコットは煽情小説を次々書いた。「女性たちに作品執筆のエネルギーを放出させるには幾つかの状況がなければならなかった。すなわち、医師や夫の勧め（男性の権威者からの一種の許可）、明らかに教訓的な目的とか価値ある理由、あるいは収入を得ることが必要な状況にあるときなど」[*3]であった。オルコットの場合最後の項目が最大の理由であったことは既に述べた通りだ。

二点目の煽情小説愛好は彼女自身子どもの頃からこの類の物語に惹きつけられていたことによる。子ども時代にメロドラマを創作しており、その表題は「ノラ　魔女の呪い」「城の虜囚　ムーア人の乙女の誓い」といったもので、後に彼女が書くことになるスリラーを思わせる物語だった。その内容は「どぎつい」要素が盛り込まれた煽情的なもので、幽霊、決闘、魔法、土牢、不気味な森、殺人、自殺などがモチーフだった。[*4]このようなオルコットの能力を育んだのは母のアッバである。父ブロンソンは娘たちに読み聞かせる物語は全て教訓を教えるために使ったが、アッバは教訓的とはいえない非常にロマンティックな話、例えば先祖が関わったセイレムの魔女時代の話などを娘に語り聞かせ、娘の創意、想像力を尊重したといわれている。アッバは、娘を自分の同類と感じていた。[*5]オルコットはいつも「自分の最も楽しい執筆を魔法と結びつけ、思い出の中で、彼女は自分の想像力を、大釜、と呼び、そこへ全ての記憶や経験がほうり込まれた[*6]」のである。

この小説への愛好は大人になっても消えることはなく、一八歳の頃にも「私は「どぎつい」物語の方が好き、真実味があって説得力があるならば」(日記63)と考えている。これは単に原稿料狙いだけで煽情小説を創作したとは思えない文言である。この視点は三〇歳後半になっても持ち続けられていた。友人のL・C・ピケットとの会話の中で、ピケットが『若草物語』は暖かな家庭の物語で、若い男女の姿が生き生きと描かれていて、あの物語にこそオルコットに相応しい文学のスタイルがあると言った時、彼女は「厳密にいうとそうじゃないの、私の生来の野心の目的はどぎつい形式の物語を書くことだと思う。素晴らしいさまざまな幻想に身を任せ、それを書き連ねて読者に読んで貰いたいの[*7]」と語っている。このように『若草物語』で作家として成功した後も友人に「どぎつい」形式が好きだと漏らす言葉には、彼女が長年にわたってこの文学形式に惹かれていたことを窺わせる。因みにオルコットは人に「あなたが［煽情小説を］書いたのではないことは分かっているわ、だってあなた独自のスタイルを隠すなんて出来ませんもの[*8]」と言われるのを楽しんだという。

オルコットがこのジャンルに傾倒する傾向はその性格にも関わりがあるだろう。彼女は母アッバと同じように愛することも憎むことも非常に激しかったといわれている。[*9]オルコットは母に似て衝動的でむら気で、なおかつ短気だったが、母はそんな娘をよく理解し、その文才や豊かな想像力を愛し、娘が創作することを生涯に渡って支えた。しかし父ブロンソンは娘に文学のレベルを高く保たせようとし、彼女が煽情小説を執筆することを望まず、恐らくは作品源泉の一要素と思われる性格の激しさを抑えようとした。だが、アッバはブロンソンの要求通り温順になれない娘に無条件の愛情を注いだのである。彼女はブロンソンと違って煽情小説であれ何であれ娘の文学上の好みを受け入れることが出来た。オルコットは母親っ子で、母とは「双子」であり、「ダブル」であり、彼女の「愛すべきモデル」であった。[*10]

三点目の創作意図に合う文学形式はブラッドン同様オルコットにとっても独自の意図を羽ばたかせてくれるものだった。リアリズムの小説でフェミニズムの思想を背負ったヒロインを書くと論議を呼ぶきらいがあったが、煽情小説のような軽い読み物の中でなら女性の理想に逆らった挑戦的なヒロインが書かれてもそれほど問題視されることはなかったからだ。家庭小説家は穏和で従順な娘、貞淑な妻、愛情溢れる母の姿など、当時の女性のあるべき姿を描いていわば女性の有り様の伝統を補強していた。だが、「女性の煽情小説家は自分たちの想像的な意図に合うように女らしい小説の伝統をくつがえすこと、かつそれまで抑えられていた幅広い領域の女の感情を表現すること、抗議と逃避のファンタジーを引き出し満足させることなどによって、女性の読者に強く訴えたのである」[*11]。ここにオルコットが煽情小説に傾倒していった大きな要因がある。この形式がオルコットの創作意図に合致しているのは、彼女が煽情小説では抑圧と闘うヒロインたちを如何様にも書くことが出来たことに明らかだ。

では彼女がこの文学形式に没頭する原点はどこにあるのか。それはどのように彼女の中で根づいたのか。オルコットの両親は一八四八年にアメリカで組織された第一波フェミニズム運動に賛同し積極的に運動の発展に貢献していた。その運動は男女平等を唱え、因習にとらわれた女性の覚醒を促すもので、まず具体的な指標は女性が参政権を獲得することにあった。ブロンソンとアッバは共に女性が参政権を得ることを支持しており、オルコット自身もそれに共鳴し、コンコードの会を立ち上げるために力を尽くしている。

また一家は当時のフェミニズム運動家に大きな影響を与えたマーガレット・フラーと交流があり、彼女が目標とする意識改革、すなわち当時の大勢が信奉する理想の女性像を打ち破り、男女が平等に扱われるべきだとする考えに賛同していた。フラーは家父長的な社会制度が如何に女性に抑圧を与えるかを憂い、男性を「主」とし女性を「従」とする大勢の意識の変革を目標にしていた。彼女はオルコットの先生となって、生涯にわたって彼女に刺激を与え続けたのである。[*12] 母アッバ自身も「どこを向いても女性は何らかの形でくびきを負わされているのがわかる」[*13]と女性に課された歪みを看破している。フラーは妻、母、娘、そして「女性の」財産の保有者の権利は守られるべきだとし、女性に対する多様な雇用が女性に全ての市民権を広げることになる、それが国の福祉や進展に貢献するといった考えを持っていた。[*14] 因みにフェミニズム運動が組織された当初女性の財産保有の権利は一部の地域以外では認められていず、また参政権を含む完全な市民権も認められていなかった。ブロンソンとアッバは女性の権利について陳情し、訴え、改革を前進させる努力をして、フェミニストの指導者を支援する以上のことをしたといわれている。[*15]

オルコットはこのような両親の許で生い立ち「フェミニズムはオルコットの遺伝子だった」[*16]。したがって、小説の核である彼女の「もくろみ」の種はまずは両親に蒔かれたともいえる。オルコット自身も若い頃から女性に課せられた「くびき」を知り、それからの解放を願い、自己の自立と自由を得る方法を模索し続けた。その中で煽情小説という文学形式ならばヒロインを因習や慣習に閉じこめず、思い通りに行動させることが出来ると考えたのである。それにオルコットはもともとこの類の物語が好みであったこと、報酬目的としてもよい方法であったことなどがあいまって煽情小説が生まれたのである。

鬱憤ばらし

オルコットは煽情小説には筆名「A・M・バーナード」や匿名を使うことが多かった。実名を使わなかったのは、まずロステンバーグの指摘にあるように既に子ども向けの『花のおとぎ話』が好評を博し、『病院のスケッチ』などが出版されていて、それらが作り上げたオルコットのイメージを損なうリスクを避けるためだった。[*17] だが、それだけが実名を使わない理由ではないだろう。そもそも女性作家が男性のペンネームを使うのは、女性故に作品を低く見られることを避け、批評家から真剣に扱われるための方法でもあったからだ。[*18] オルコットが男女いずれとも決めがたい筆名を使ったのは当時の多くの女性作家がしたように「束縛された理想の女性像を越える、人間としての存在の全てを表すために男性名を使った」[*19] のかもしれない。

オルコットにとって煽情小説は彼女が暮らす保守的なコンコードでは受け入れられないだろうという彼女自身の判断、さらに「父親が彼女に何を期待しているか」[*20] という思いなどに束縛されていたことが、煽情小説を「がらくた」呼ばわりすることになったのだろう。実名を使うならば原稿料を上げるといわれてもそれには応じなかったという。だが、チェイニーによればオルコットは煽情小説の依頼がくるとすぐさまそこへ飛び込んでいき、集中して物語を執筆し、さまざまな感情を描いた。物語の内容は大衆紙が望むような煽情的なもので、荒々しい冒険的な生き方や激しい情熱やメロドラマ的な行動を描くことに情熱を燃やしたのである。[*21]

オルコットは明らかに煽情小説の執筆を好んでいて、「……私のお気に入りの誇張した空想を楽しむ……これを書くのが想像力や言葉遣いを考える訓練になればいい」とか、「物語を沢山書く。頭はよく働くし、原稿料はすぐに支払われた。この前に書いた話を書きなおしてレズリーに送った。彼はそれ以上に原稿を欲しがっている……私は苦もなくいくつも「スリリング」な物語を書く……」。（日記109）ことが出来た。このようにオルコットは自由に空想を羽ばたかせていたと思われるが、それだけでなくその執筆活動は文学修業の糧となっており、「万歳！　私の物語が採用された……これまで無駄に根気よく書き続けてきたわけではない」（日記95）ことを認識している。

経済的な困窮の中で次々創作される煽情小説は彼女に作家としての力を培ってくれたばかりでなく、彼女自身を「感情的に解放した」[*22]のである。彼女は空想を駆使した煽情小説にあからさまに出来ないがどうしても書きたい「もくろみ」を密かに入れて鬱憤晴らしをしたのである。換言すればオルコットが「現実逃避のこのジャンルに傾倒したのは経済的及び心理的必要性から」[*23]に他ならず、煽情小説執筆はオルコットに「心理的カタルシス」[*24]をもたらしたのである。そしてこの道程が彼女の作家としての成長を確かなものにし、やがて『若草物語』へ導く力になった。スターンは煽情小説について「匿名や筆名で書かれた全ての流血沙汰の身も凍る短い物語（novelette）群は概ね非常に良いもので、バランスが取れていて、サスペンスに満ち、巧みに作り上げられていて、血肉をそなえた人物たちが登場する」[*25]と評しているが、オルコットはそれを「がらくた」に過ぎないといった態度をとり続けている。

因みに「がらくた」観は少女小説にも明らかだ。『若草物語』における煽情小説については後に詳しく述べるが、他の少女小説の中でも僅かながら煽情小説について触れており、それは一貫して否定される読み物となっている、『若草物語』では煽情小説風の芝居がクリスマスの余興として使われ、皆これを楽しんだ。また姉妹たちが雑報を創った時も煽情小説を掲載して面白がっていた。だが、『続若草物語』以降の少女小説では「どぎつい」小説を楽しむ感覚は消え去っており、この類の小説は娘たちに相応しい読み物ではないことが仄めかされている。

例えば、『昔気質の一少女』に登場する軽薄な少女ファニーは友達が集まった時、イタリア人と駆け落ちした娘の話が出ると、ファニーはそんな小説があれば読みたいと言い、他の娘は煽情小説とおぼしい『幽霊花嫁』とか『蝶をくだく』を読んで楽しんでいる。しかしヒロインのポリーはそんな小説は読んだことがないと言って暗にその類の小説を批判している。またファニーが『オードリー卿夫人』を読み耽っていると、ポリーは何も言わないが不満を漂よわせている。この感覚は『花ざかりのローズ』にもあって、ローズがフランスの小説を読み耽り、アレック叔父（亡き父に代わる保護者）が部屋へ入ってくると、いたずらを見つけられたような顔をしている。ローズはその本が「何か悪い本だってことはわかっていますけれど、どうしてそうなのか説明出来ませんわ。でも何か悪いに違いないとは思いましたの。だってアレック叔父さまが入っていらしたとき、私、顔が赤くなってびくっとしたんですもの」とかまととぶりを発揮する、ローズはその本がそれほど悪いとは思わないと言い訳するが、叔父は彼女の意見に耳を貸さず、その小説の価値を一蹴する。

ローズはこの時もう二〇歳になっていて、もはや少女とはいえない年齢の娘がこれほどの後ろめたさを感じるのは、小説を読むことを禁じる当時の大勢の考え方が反映されているからだろう。ローズは幼い子どものように素直に叔父の意見を受け入れ、夜、自分が小説を読む誘惑に負けませんようにと祈っている。何事にも開明な叔父ではあったが、煽情小説は娘の雪のように清らかな心を損なうものでしかないといたって偏狭な意見を披瀝している。

『続若草物語』ではジョーは煽情小説執筆の筆を折り、ポリーはこの類の小説に眉をひそめ、ローズはそんな小説を読んだことを恥じている。頑なまでに否定される煽情小説だが、オルコットがその執筆を楽しんだことを知った今、彼女が煽情小説にどれほどアンビヴァレントな感情を持っていたかを推し量ることが出来よう。それはともかく、ここでオルコットの煽情小説を取り上げ、彼女が作品に込めた意図を明らかにしていきたい。なお、作品からの引用は（　）に頁数を記す。

「私の奉公体験」――煽情小説の原点となった短編

「私の奉公体験」（"How I Went Out to Service," 1874）[*26]は雇い主に抑圧される「私」が語る一人称の物語である。「私」の名前はルイザ（一八歳）でオルコット自身の経験が語られる。彼女が奉公に出た一八五一年には、「日光」と題される詩が『ピーターソンズ・マガジン』誌に掲載されたが、かといって無論無名の詩人に過ぎない彼女が詩作だけで生計を立てることなど遠い夢でしなかった。それもあってオルコットは文筆に頼るだけでなく女優になりたいと考えていた。そうすれば沢山お金を儲けられるし、華やかな生活が送れると思っていた。彼女は長年女優にも憧れていて、実際に女優として舞台に立ったこともあったが、当時女優はいかがわしい職業と考えられていたので周囲に反対されて諦めざるを得なくなっている。貧しい日々の中でオルコットは家計費を得るために働いたが、若い娘が手に入れる収入など取るに足らぬ額で一家を養えるわけではなかった。それで彼女は仕事があればどんなものでも引き受けようとしたルイザをヒロインにした短編を書いた。

デダムの屈辱

ある日病弱な女性の相手をするコンパニオンの依頼があった時、ルイザは即座にそれを引き受ける。コンパニオンは「雇われた相手役、付き添い」を意味し、老人や病弱な者が相手の場合が多かった。仕事の内容はその人のために朗読したり、優しく歌を歌ったり、穏やかかつ忍耐強いやり方で相手に親切に対応することが要求され、陽気な性格の持ち主であることが望ましかった。要するに親身の世話が必要で、友とも母とも思える態度が望まれる仕事だった。恐らくルイザはそれを念頭において依頼人の病弱な妹のためにその仕事を引き受けるのだが、そこで雇い主である男に手酷い扱いを受け、働く女性の現実を体験することになる。これは後に「私の奉公体験」と題して発表した実話に近い短編である。この作品はオルコットの「……女性の虐待に関する深い憤りの感覚を伝えていて、煽情小説への情熱をあおるものとなった[*27]」のである。

母が女性のために開いた「家政婦紹介所」へやって来た紳士然とした牧師のリチャードソン（実名ホン・ジェイムズ・リチャードソン、弁護士、地元の保険会社の長、式典などの演説の筆者、詩に心酔）はデダム通りに住む人物で、自宅に書物、絵画、ピアノなどがあって、この世の楽園であるかのように語る。身体が弱くて家事の出来ない妹に代わって家庭内の軽い仕事をやってくれればいい、雇われた者も家族の一員として敬意を持って遇するとのことだった。それでルイザは即座にそれを引き受ける気持になる。そして彼女が実際に働く前に彼から二通の手紙を受け取る。一通は家は古いが使っている部屋はちゃんとしていて彼はそこで愛するものに囲まれて暮らしているとのことであり、もう一通は召使いのプアが如何に性悪で恥知らずで、妹を牛耳っているかを知らせるものだった。しかしルイザはそれには構わず、小説の世界へ入っていくような気分でリチャードソンの家へ出かける。

ところが屋敷は想像以上に古びていて、年代物のおんぼろ家具が並び、使っていない部屋は壁紙が剥がれ、ネズミが走り回り、蜘蛛の巣だらけだった。またプアは恥知らずの性悪ではなく、ただ主人の思い通りにならないので嫌われているものの、実際は善良な働き者の女性だった。何もかもがルイザの思惑と違っており、そこでの経験は彼女にとって忘れられないものとなる。

リチャードソンの言動や仕事の内容、また仕事先で感じさせられた屈辱感などはルイザの憤りを買うものだった。中でも若い娘に対する雇い主の理不尽な態度は抑圧者と被抑圧者の力関係が明確に表されている。両者の闘いはイギリスの作家サミュエル・リチャードソン（一六八九～一七六一）の『パメラ　美徳の報酬』（一七四〇～四一年）に描かれたお屋敷の主人と彼に付きまとわれる召使いのパメラの姿を思い起こさせる。この小説と違って「奉公体験」はごく短い話だが、リチャードソンがルイザにまとわりつく姿は『パメラ』の屋敷の主人と同じだ。彼はすぐに散ってしまう咲きすぎの薔薇をプレゼントしたり、手を握ったりする。ルイザに執拗な態度を取るいじましい男、主人の胡散臭さを見抜いている昔から一家に仕えるプア、兄に怯える妹のイライザ、年老いて意識も明確でない父親らはオルコットが愛読するチャールズ・ディケンズ（一八一二～一八七〇）の小説のキャラクターたちを思い起こさせる。

この仕事はオルコット一家が貧しさに押し拉がれていた頃に依頼されたもので、まずルイザがその仕事を引き受けたのは「仕事をする覚悟は出来ていて、独り立ちすることを切望しており、誇りゆえに援助要らず」(461)の気持ちがあったからだ。しかしそれが本気なのかどうか怪しむ母にこの実験を試みてみたいと言う。「自尊心があるので怠けて誰かに頼るなんて出来ませんわ、お母さま。床も磨くし、洗濯物だって引き受けます。私は家族を愛しているから家事をするのです。それを家の外でお金のためにしてはいけないかしら?」(462)と言い張る。その仕事は貧しくても良い出自の娘に相応しい仕事内容ではなかった。それで、反対されそうな気配を感じ取るとルイザは「反対されることは私の静脈の革命的な血を燃え立たせるだけ……お偉いご先祖たちは私に着せても食べさせてもくれません。それに私の民主的な正直さや誠実さは怠けたり人に頼ったりさせてくれません」(463)との思いを胸に小さなトランクを片手にリチャードソンの許へ出かけるのである。これは仕事があれば積極的に取り組もうとする若い頃のオルコットの意気込みを思わせる。

ルイザがお相手すべきは蠅一匹ほどの存在感しかない心身ともに弱々しいイライザで、年老いた父親は常に居眠っているような、自分のまわりに何が起こっているか気にもかけない人物だった。だがリチャードソンだけは一見死人のように青ざめてはいるものの口は達者で見当違いなことをさまざまにしゃべり散らす男だった。初め書斎に入ってもよいと言われた時、ルイザは仕事の後、その書斎で寛いで読書が出来るだろうと無邪気に思っていた。しかし読書などは許されず、彼の朗読を聞かねばならなかった。「私は何でも受け入れる器になるべきで、彼はその器の中へ哲学的、隠喩的、感傷的なばかげたあらゆる種類のことがらを注ぎ込んだ。私は彼の要求に応じ、苦しみを慰め、あらゆる哀しみに同情することになっていた——実際、ガレー船の奴隷になるということだった」。(468)つまりルイザは妹の相手をするというよりリチャードソンの相手をするために雇われたようだった。

彼は働き始めた頃からはルイザが放つ若さや女らしさに心惹かれており、彼女が奉公人らしく帽子をかぶりエプロンを身につけていると「私の孤独な部屋に心地よい家庭的な魅力を添えてくれるのを見るのは喜びだ」(467)と言い、そういうものをしょっちゅう身につけておいて貰いたい、私の周りで、お上品で、若くて、女らしい姿を見ると晴れ晴れするなどと言うのである。スターンの指摘によればこの小説ではみだらな箇所は削り取って書かれているので、作品名は「奉公体験」というより「デダムの屈辱」と題してもよかった。[*28] 彼は全てにおいてルイザを自分の許に引き寄せようとし、彼女に密着して執拗な態度をとり続ける。パメラの場合、お屋敷の主人はあからさまに娘を誘惑しており、娘は貞操の危機にさらされていて、その顛末が細々描かれているのだが、オルコットはそこまで書いてはいない。だが、リチャードソンが性的な意味で若い娘に特別な感情を抱いてセクシャル・ハラスメントをしているのは明らかだ。

ルイザはそんな彼に辟易して書斎から遠ざかるのだが、それでも彼は皿洗いをしている彼女の傍らで詩を読み、彼女を責めるメモをドアの下に差し込んだりする。そのうえ好みの料理のリストを作り、料理をさせようとする。そこでルイザは私は料理人でありませんとそれとなく注意をうながすのだが、彼は平然と「朝食に落とし卵を忘れないように」と命じたりするのだった。あれやこれやでルイザは彼に嫌気がさし、仕事について反発を示すと彼は「私は軽い仕事を提供したんだよ。それを拒否するのか」(468)とのたまう。だが、ルイザは「私は妹さんのコンパニオンとして参りました。あなたのために参ったのではありません。その仕事を守るか、何もしないかです。私はこの仕事が嫌いです。これはきつい仕事よりもっと質が悪いと思います」(468～469)と抗議する。

彼女がこのように自分の意志を示すと、そのとたんに彼は意趣返しに彼女をこき使い始める。徐々に家の全ての仕事がルイザの手に滑り込んで来る。イライザは何事にも無能で、プアも年老いて料理以外の仕事は手に負えなかったので、やがて最も力のいる仕事さえ彼女に割り当てられた。地面を掘り、井戸から水を運び、薪を割り、火を熾し、灰を篩にかけ、シンデレラさながらだった。そもそも中産階級以上の女性の仕事として、他所の家でティーカップを洗ったり、病弱な人の看病をすることなどは体面を傷つけることだったたが、ルイザはそれ以上の仕事を押しつけられている。

リチャードソンは、プアは思うようにならないものの、妹やルイザを威圧して支配力を振るっている。それでもルイザが仕事を途中で放り出さなかったのは一ヶ月働くという約束をしていたからだが、イライザやプアの頼みで結局七週間働いている。現実にはもっと短い期間だったが。その挙げ句彼女に支払われた賃金は七週間働いてわずか四ドルだった。母が開いた「家政婦紹介所」では技術を持たない貧しい女性の家事労働の賃金は一日たった二〇セントだったが、ルイザの稼ぎはそれに劣るものだった。

この物語は雇い主に牛耳られる娘の話で如何にもヒロインが憐れな感じもするのだが、一方でルイザは彼と闘う姿勢も示している。まず彼女は自分がなすべき仕事を彼にはっきり告げるのもそれに当たる。また彼女はシンデレラのように灰まみれに近い状態で仕事をしているが、内心では彼を笑いものにして鬱憤を晴らしてもいる。例えば彼女が禿頭のセンチメンタリストであるリチャードソンの様子や彼の言葉に腹の皮をよじって笑っている姿もそれだ。また彼がルイザに靴磨きをさせようとブーツをならべる場面でも彼女はいいなりにならない意地を示している。これもコンパニオンがする仕事ではないので、磨けとばかりに置かれたブーツを無視する。すると磨かれないブーツの後には別の靴が並べられ、その後にさらにオーバーシューズも加わって、靴類の列が出来上がっている。シンデレラならすぐに雇い主の要求に応じただろうが、彼女は他の仕事は何とか我慢していたが、靴磨きだけはすべきでないと考える。

この物語の最も大きなテーマは恥知らずな男に対するオルコット（女性）の憤りである。彼はオルコットの「小説に描かれる悪党の原型になった」[*29]といわれており、このタイプの男性に対するオルコットの怒りが一時的なものではなかったことは明らかだ。デダムでの仕事についてオルコットは〈メモと覚え書き〉に

「奉公人としてデダム通りへ行き、一ヶ月働こうとしたが、ひどい空腹状態で、しかも凍りつく寒さ、仕事を諦める。収入四ドル」（日記65）と短く記しているだけだが、メモからも彼女が人として真っ当に扱われなかったこと、賃金が不当であったことも窺える。

この仕事の二年後これを物語化して出版社に持ち込んだが採用されなかった。結局これは長い間日の目を見なかったが、オルコットはこの経験を長年に渡って忘れず、二〇年あまり後に『インディペンデント』誌に掲載されている。オルコットは女性の奉公人に対する雇い主（男性）の支配欲や利己的な態度を身をもって知り、女性を虐待する者への怒りを持ち続けたのである。それは一九世紀に生きる女性が直面する性差別、そこから生じる欲求不満などを煽情小説という文学形式に則って描き出すことにつながったといえるだろう。ではその中から代表的な作品を選んでオルコットの「もくろみ」を見ていこう。

「暗闇の囁き」

煽情小説の中でオルコットの「もくろみ」が極めて巧妙に織り込まれているのは短編の「暗闇の囁き」（"A Whisper in the Dark"[*30]）、中編の「策略と対抗策」「仮面の蔭に」などで、発表年に従うと、まず初めは匿名で書かれた『暗闇の囁き』だ。これはヒロイン、シビルが語る一人称の物語で、一人の女性が遭遇した不幸が描かれている。だが、それは単にシビルだけに降りかかる特殊な出来事ではなく、一九世紀当時ならば場合によってはごく真っ当に生きている女性にも起こり得るものだ。この短編は版画の挿絵付きの大衆週刊新聞『フランク・レスリーズ・イラストレイテッド・ニューズペイパー』に掲載された。この新聞は主に殺人、囚人、懸賞拳闘試合、災害などを報じる娯楽中心の新聞で、[*31] オルコットはそこに煽情小説やサスペンスを寄稿することが多かった。

この物語にもサスペンスの味わいがあるが、精神病患者の施設が舞台となって狂女とみなされる女性たちが描かれており、何とも知れぬ叫び声や絶えることのない足音などはゴシック風の味わいもある。前半部は世間知らずのシビルが彼女を手なづけようとする後見人の叔父（血縁ではないが父と兄弟関係を結んでいた男、最後まで名前は記されない）に対する反抗が中心になって物語は進む。さらにそれに加えてシビルは亡き父が決めていた結婚相手のガイが果たして彼女に愛情を持っているかどうかを試す計画を練っている。しかし後半部になると叔父への抵抗やガイへの試みの日々は突然終わり、シビルは未知の境遇に放り込まれ絶望の淵に沈み込む。そこにあるのは男性の力ひとつで人生を踏みにじられる女性の無力さである。したがって、この物語のテーマは男性に虐待される女性の姿を描くことにある。

世間知らず

まもなく一八歳になるシビルは孤児で、亡父と叔父との間に交わされた契約を果たすためにそれまで育ててくれたベナード夫人の許を離れ、彼女が受け継ぐことになる財産、広大な地所、邸宅などがある場所へやって来る。その契約とはシビルと叔父の息子ガイが結婚して父の遺産の全てを受け継ぐというものだった。シビルを出迎えた叔父に彼女はのっけから「私は率直で恐れ知らずですし、敏感で思ったことをすぐ口にしたり行動にうつしたりします……私はこれまで自分の流儀でやってきましたし、それが邪魔されるのは耐えられませんわ」(33) と無邪気に言ってのける。「自分の流儀」を持つ娘は他の物語でも度々描かれており、シビルも誰かに従ったりしないヒロインだ。シビルは内心あまりに早く叔父に従うと、これから先の私の自由が損なわれると考えており、叔父の言いなりにならないつもりでいる。そして自分の主張が受け入れられることを願ってか、叔父の首に腕をまわし、お上品に叔父にキスし、大胆な気軽さでひょいっと彼の膝先に座ったりする。子どもっぽさとコケティッシュなしぐさが入り交じった態度だ。

　まず世間知らず故に物怖じせず自由に発言する娘と海千山千の叔父との闘いが始まる。シビルはベナード夫人にしっかり守られて育ち、およそ男性とは縁のない境遇で育っているせいか男性に対する言動は無防備そのものだ。しかし叔父はシビルの「私の流儀」を聞くと次のように応じる。「君を従わせなきゃならんようだから、［私の］言うとおりにさせるさ」(33)と言い、息子のガイは鷹のように自由奔放だったが、躾けられて今や鳩のようにおとなしくなったと言う。それを聞くとシビルは苛立ち、我を忘れて「私は突然、前かがみになって私の両手を抑えている叔父の形のよい白い手を咬んだ。が、温和しくしていればよかった。……彼は手を強く握りしめ、冷たい目は一瞬きらりと光り、冷酷な様相が口のまわりに現れ、それが顔つきを全く変えてしまう無慈悲な表情になったたからだ」。(33)それでも彼女は叔父に反抗できると思っていたが、初めて人に屈服させられたと感じている。

　叔父は怒りで硬直しているシビルを見ると、巧みに彼女を宥めようとする。彼は響きのよい声で外国での冒険をシビルに話し、それに耳を傾けている内に彼女は叔父の肩に寄りかかる。そして勧められるままに香りのよいタバコを喫して眠りに誘われると彼の腕に頭を載せ、共にシャンソンを歌い、いかにも彼に丸め込まれた感じが漂う。若い娘が無防備に発散する色香がどのような感覚を彼に与えるか彼女自身は丸で気づいていない。「心理的にも彼女を支配しよう」[*32]とする叔父の手口は巧みで、彼はシビルの全てを撓めるつもりでいる。小生意気な小娘を手玉に取ることなど叔父とっては容易いことで、彼女が優位に立てるわけはなかった。

父に従えばその心を得ることできるとガイは言った。叔父はそれを裏付けるように何とかシビルを支配下に置こうとしているが、自分の流儀や自由を守りたいシビルには承伏しがたいことだった。だが、この二人の闘いは叔父が優位に立っていてシビルは負けている。もっとも彼女の甘やかな娘ぶりは叔父を宥めるための演技だったのだろうが、そのなまめいた態度はやがて叔父が企む彼女との結婚の種を蒔く。

シビルはガイと会ったその瞬間から彼の魅力と誠実さを感知してたちまち彼を恋人とみなすようになる。叔父はガイに財産目当ての結婚を急がせるが、彼はシビルに惹かれてはいるものの、自分のやり方で求婚するつもりで、契約があるからといって取引するような結婚をしようとは思っていない。それを漏れ聞いた彼女はガイに自分を愛させよう思う。その方法は彼女とガイと叔父の三角関係をつくり、ガイを嫉妬させることで、彼の本心を知ろうとする。叔父はハンサムで魅力的な男性でもあったのでこの計略は実行しやすかった。シビルはガイに対して刺々しくなり、叔父に対しては娘として愛情のこもった態度をとり、ガイを試みる演技を重ねる。シビルの言動はオルコットが後の煽情小説で描くヒロインに共通する「舞台で演技をする女優」[*33]になり切っている。しかしシビルが示す叔父への親密振りは、叔父にシビルを手に入れてもよいという考えを与える。

叔父はシビルの態度を見てガイと結婚する意志がないと判断し、彼女に求婚する。するとガイは彼女がそれを受け入れたと誤解し、「ああ、シビル、私は君をとても愛していたし信頼もしていた」と言い残して二人の前から姿を消す。彼女の計略はガイの離反を招き、愛情を基盤とした結婚への夢も消えてしまう。シビルの胸中に残ったのは亡き父が当人の心情を無視した結婚の契約に対する苛立ちで、父は私がガイを愛そうが愛すまいが結婚せよと言っているのかと叔父に問いかける。

「何故お父さまに従わなければなりませんの？　それは私を縛るものではありませんでしょう？　私は若いのですから、まだ自分の自由を失いたくありません。それにこのような契約は不当で無分別ですわ。お父さまはどんな権利があって揺りかごにいる私の結婚を決めておしまいになったのでしょうか？　私が、あるいはガイがどんな人間になるか、お父さまはどうして知ってらしたのでしょう？　お父さまは私がガイではなく別の男性を愛さないとどうしてお分かりになったのでしょうか？　嫌です！　私が望むとき「男の方を」愛して結婚するのです。品物のように取り引きされたくありません！」(43)

オルコットは結婚の契約に関するシビルの問いかけを女性の「独立宣言」ととらえている。この宣言まではプロットは如何にもメロドラマを思わせる運びだったが、物語のテーマはシビルとガイとの恋愛とかシビルと叔父の危うい関係にあるのではない。オルコットの意図はシビルが叔父に楯突いたことで人生を狂わせられ、抗う術もない絶望の中で虐待される姿を描くことにある。彼女は権力を行使する男性の一方的な判断で結婚が決められることの不当さを指摘し、女性にも結婚を決める権利があると語る。それまで胸の内に隠していた父親の決定に対する憤りが歯に衣着せぬ言葉で放たれたのである。「シビルは父権的な言語に自分がとらわれていることが分かり、抗議し始めた」[*34]のだ。

叔父は尊敬にも服従にも値しない人物で、しかも考慮を払う必要のない他人だ。そこでシビルは自分こそ財産を受け継ぐ者であると宣言する。それを聞くと叔父は険悪な形相になり、「私のものになれ」と命令する。シビルが幼稚な方法でガイの心を弄んだ結果、彼女にすれば滑稽極まりない叔父の求婚を誘発し、ようやく自分が置かれている状況を認識する。そして叔父がシビルに婚約指輪を与えると、シビルは彼自身もその指輪も受け取るつもりはない、また彼の命令も軽蔑していると言って挑戦的に指輪を鏡に投げつける。シビルは自らの意志を明確に伝えて叔父に支配されることを強く拒否し、「あなたと結婚するくらいなら死んだ方がましだわ！」と叫ぶ。このように彼女は激しく叔父に抵抗するのだが、これは叔父のような人物を相手にする態度としてはあまりに無防備だった。

独房

シビルはワインを飲まされて眠っている間に、叔父の友人カーナック医学博士は、シビルには保護が必要と診断して精神病の施設へ運び込む。この施設は病院というには小さく、カーナックが一人で密かに支配する施設である。シビルが目覚めると、見知らぬ小さな部屋に自分がおり、窓には格子がはめられ、扉は施錠されている。部屋に鏡はなかったが、顔と首の際まで頭髪が徹底的に刈りとられていることに気づく。叫ぼうが扉を叩こうが誰もそれに応えてくれない。それでも彼女にもともと備わっている勇気がすぐに戻ってきて、恐怖が怒りにとって代わって力が湧いてくる。だが、それは初めのうちだけで、自分が何処にいるかわからず、放り出されたままでいるにつれ、無力感とそこから生じる絶望感にとらわれていく。施設には見張り人で看護人でもあるハンナがおり、夫のジョンと共に施設を管理している。ハンナはシビルに冷たい態度を取り、同情心のかけらも無く、彼女を聞き分けのない子どものように扱う。シビルは「あなたは私に従順

（obedience）であることを強いる権利（right）はなくってよ、でもそうしてみましょう」(49)と言うが、ハンナは博士の命令に従うだけだと答える。

シビルは誰にも自分をこんな目に遭わせる「権利」がないこと、博士に「従う」つもりはないと主張しているが、当時「権利」は女性が持ち得ないものであったし、「従う」ことは女性に何より必要とされる美徳であった。シビルは誰にも服従するつもりはないのだが、今、彼女は言いつけに従わざるを得ない状況にいる。シビルの「独立宣言」や彼女が要求する財産権の主張などは狂気を示すものと考えられ、施設のいわば独房に押し込められたのである。男性社会が礼賛する「家庭の天使」から逸脱した娘、また男性に対して憶することなく「独立宣言」をする娘は男性にとっては容認し難い存在だったからだ。

女性が自己主張する時、それを封じる格好な方法として「狂気」が使われることがあったという。ヴィクトリア時代「多弁ぶり、女性に相応しい言葉使いの慣習への違反、執拗な自己主張、これらは真っ先に『気狂い』というラベルを貼られることになる行動であった」[*35]。もっとも叔父がシビルを施設へ送り込んだ意図は、シビルを支配下に置くために精神病者にして、財産を手に入れることが出来ると考えたのだろう。だが、叔父は財産奪取だけを狙ってシビルを施設に放り込んだとは思えない。彼はシビルが従わないことを知る度に彼女を手懐けて服従させると考えており、「独立宣言」を聞いた時、彼の怒りは最高潮に達していた。彼は支配出来るはずの小娘が真っ向から抵抗するのを断じて許さず、精神病者として彼女を始末したのである。

「独立宣言」が大きなきっかけとなってプロットは動き、叔父の求婚とシビルの拒否、施設送りなどが矢継ぎ早に繰り広げられ、シビルは見捨てられ、自由を失い、希望も持てず、影のような存在になる。絶望に屈する彼女だが、やがて施設内にもう一人女性がいることに気づく。その人に会うことはないが、階上からシビルの神経をすり減らすように何時間も飽くことなく行ったり来たりする足音が聞こえる。それと子守り歌を歌っているような低い抑揚のない呟き、叫び声、カーペットを敷いていない床の上で揺りかごを揺らしているようなとぎれがちな音などが聞こえる。彼女の叫び声や床を行きつ戻りつする足音は不気味さを醸す。

彼女はシャーロット・ブロンテ（一八一六〜一八五五）が『ジェーン・エア』（一八四七年）で描いたロチェスターの妻バーサ・メイスンを思い起こさせる。バーサは母の精神病を受け継ぎ、しかも性的にも放埒であったとされる女性で、ロチェスターが住む屋敷内に幽閉されていた。しかし事情を知らされないジェーンは誰のものとも分からない足音、呟き、叫び声に不安を募らせている。ジェーンと同じようにシビルも見知らぬ人が立てる物音に不審を抱き、それが誰なのか知りたいと思う。

バーサはジェーンの「真の姿に最も近い。極めて暗い部分を示す分身」で、彼女が長年「秘密していた怒り狂う分身」[*36]だといわれている。言い換えればジェーンは社会が求める「家庭の天使」の規範に一応合わせて生きていたが、内面では納得がいかない当時の女性観に憤りを溜め込んでいた。それが狂女バーサの姿をとって現れ、バーサの狂乱はジェーンの渦巻く欲望や怒りを表すものだった。ブロンテはヒロインの中にある相反する二つ感情や思考のせめぎ合いをジェーンとバーサに分けて描いている。

「暗闇の囁き」の場合も、もう一人の狂女はバーサと同じように幽閉され、人間として生きることを拒否され、生きる屍となって暗闇を生きている。この狂女の役割はシビルが今はまだ狂人ではないがやがてそうなるに違いない暗い未来を表すが、同時にシビルを施設から解放する役割を果たす存在でもある。絶えず聞こえる足音はシビルを疲れさせ苛立たせるが、しまいに階上で姿の見えない足が歩いているように彼女も自分があっちへ行ったりこっちへ来たりしていることに気づく。いうなればシビルは徐々にその女性と同じ行動を取るようになり、彼女といわば一体化しつつあり、やがてシビルはその部屋とそこにいる女性にとり憑かれるようになる。「私にとってその部屋は抗いがたい魅力を持っていた。日中そこから離れることは出来なかったし、夜はその部屋を夢に見て、そこは絶えず私にとり憑いていた。そしてやがて偏執狂のようになった。自分でもそれを咎めたがコントロール出来なくなった」。(51〜52) 階上の狂女に徐々に収斂されるシビル。

やがて部屋の鍵穴から「見つけて！　お願いだから手遅れになるまえに見つけて！」と、骨の髄まで凍りつくような囁き声が聞こえてくる。シビルは何をどこで見つければいいのか分からず、手遅れとは何だろうと訝しむ。しかし訳が分からないまま日々は過ぎ去り、シビルの精神そのものも脆くなって破滅してしまいそうな危機的状況に陥っていく。「毎夜私は漆黒の中を歩いた―ランプを使うことは許されてなかったから……毎夜階上の足音は私の足音に調子を合わせ、私の苦悩を慰め宥めるようにかすかな子守唄が聞こえてきた。健康は衰え、精神は混乱して弱くなり、思考はぼんやり彷徨い、記憶は消え始め、呆けるか、狂うか、いずれも避けられない運命のように思えた」。(52〜53) そして自殺を考えるシビル。皆、私が狂っていると思っている。囁き声はシビルにとっては意味不明のバラバラの言葉――犬、髪の一房、時間はまだある――で、理解不能だった。しかしやがて黒い毛の犬に半ば隠された一房の金髪が首輪にきつく巻き付けられていて、そこに「住所も名前もない」女性の願いを記した二片の紙切れを見つける。それは次のような内容だった。

警告

①　私はあなたにお会いしたこともありませんし、お名前をうかがったこともありませんが、あなたが若い方で苦しんでいらっしゃることは存じています。それで下手な方法ですが、あなたをお助けしたいのです。しばしば私は狂うのですが、あなたは今のところ狂っているとは思いません。あなたの声は健やかですし、あなたの悲しそうな歌は私の歌とは違います。あなたが部屋の中を歩くのは私の歩調に合わせていらっしゃるだけですね、そう願います。私は会うことのない赤ちゃんに子守唄を歌います。私は亡くなった主人の許へ行く長い旅を短くするために歩いているのです――止まれ！　こういうことを考えてはいけません、気にしないでいましょう。あなたがまだ気が狂っていなくても、やがて狂うでしょう。あなたを狂わせるためにここへ送られてきたのではないかと思います。ここの空気は毒ですし孤独は不幸をもたらしますから。カーナックは人間精神の謎を解くことに熱中していて冷酷です。どんな悪魔があなたをここへ送ってきたのか私にはとうていわからないのですけれど、あなたに是非とも警告したいのです。私はこれ以外の方法を考え出す事は出来ません。時々犬が私の部屋へやってきます。あなたも時々私の部屋の扉の前でたたずんでらして犬に話しかけていらしゃる。犬の首輪のあたりに隠した紙切れを見つけるでしょう。それを読んで、破って下さい。でも言うとおりになさって。あなたが手おくれになる前にこの家を出ていくこと切望します。(55～56)

②　私はあなたをお見かけしました。まだ私の警告文を見つけていらっしゃらないのでどこを探したらよいのかお話しようとしたのです。私はしばしばそれを犬に結びつけてあなたが見つけてくださること

を望んでいたのですが。多分あなたは犬が怖いのでしょう。それで私のひそかな計画は失敗しました。それまでと違うあなたの足音や声で、あなたが私の不幸な状態にすぐにも達してしまうと思ったのです。私は発作的に狂いますし、死ぬまでそうでしょう。今日、親しいお顔をお見かけしました。それは私を落ち着かせ力づけてくれたような気がします。犬はあなたを助けてはくれませんが必死で連絡を試みます。お会い出来ないかもしれませんので警告文を犬に託しておきます。今も耳を澄ましているあなたに言葉を吹き込みたいのです。お幸せになるべき世界へあなたを送り返せるように。子どもよ！　娘さんよ！　どんなことがあろうと逃げる力がある間にこの呪われた家を立ち去りなさい。(56)

シビルが警告文を受け取る直前にこの女性は死んでいて、そのために施設内がざわついている隙に彼女は二階の部屋へ行く。そこはシビルの部屋と全く同じ作りだが、唯、揺りかごがあることだけが違っていた。そしてシビルは横たわる女性を見て驚きのあまりそこから逃げだそうとする。彼女が見た顔は彼女自身の青ざめた顔そのものだったからだ。苦しみで刺々しい顔、死に覆われ、その顔は彼女が屋敷でよく眺めた母の肖像そのものだった。そしてその手にはシビルがはめていたのと同じ指輪が握られている。父が彼女に残したのと同じ指輪だ。「あなたがまだ気が狂っていなくても、やがて狂うでしょう」という母の警告は母がカーナックの支配下で歩んだ日々を思い起こさせる。虐待されはじめたシビルはやがて虐待の限りを尽くされた母と同じ道を歩まされ、行き着く先は絶望に拉がれた孤独な死があるだけだった。このように父権制を信奉する支配的な男性は女性の人生を蹂躙する力があると語られる。母はシビルを実子と認識していなかったが、知恵をはたらかせて、誰とも知れない娘を救うために書いた警告文は母が正気であることの証しではないのか。

シビルの母は、誤報だったのだが、船の事故で夫が亡くなったと知らされて茫然自失の状態に陥り、それが精神病と見なされてカーナックの手で施設に閉じこめられたのである。しかし彼女は本当に狂っていたのか、狂っていなくても狂っていると長年思いこまされ、その挙げ句に死んでいった。本人が自分のことを「しばしば狂う」と書いているが、警告文は明断に自分が置かれている状況をとらえており、カーナックに対する視点も正確で、シビルのような前途ある女性、すなわち自分以外の、これから先がある若い人の未来を思う心情に溢れている。したがって、この母親が精神的に問題がある女性とは思えない。

もっとも彼女は夜間、精神と肉体がバラバラになるような恐ろしい叫び声を発している。無慈悲なカーナックに赤ん坊を取り上げられ、夫を失ったと思った時からおよそ一八年間この施設に閉じこめられていたのだ。このような状況下で長年暮らせば正気の者であっても時に絶望の叫び声をあげることもあるだろう。シビルの母は「狂女」の姿をとって、時として男性が女性に振るう無慈悲な力の恐ろしさを伝えているが、警告文はそれに抵抗する力が母にあったことを語っている。

シビルの母親が陥った状況はメアリ・ウルストンクラフト（一七五九〜一七九七）の一七九八年に出版された小説『女性の虐待　あるいはマライア』[*37]に描かれたマライアに酷似している。マライアは精神に何ら問題がないにもかかわらず「狂女」とされ、横暴な夫によって瘋狂院《てんきょういん》へ送られている。子どもを取り上げられ、その子の行く末を案じるマライアはシビルの母と同じ状況にある。シビルの母は夫ではなくカーナックの診断によって精神病と診断された。シビルの父は誤報の後生還したのだが、彼は妻が陥った状況にどのような反応をしたのだろうか。彼はカーナックの診断に唯々諾々と従ったのか。施設で妻に面会することはなかったのか。言い換えればシビルの母は夫にもいわば捨てられたといっていい。一八年間遺棄された状態にいた母は「住所も名前もない」存在で、生きていてももはやこの世から抹殺された女性だった。ショウォルターのいう煽情小説に潜む「秘密」は「暗闇の囁き」ではシビルの生母が実は「正気」であるということだ。マライアは夫と医者、シビルは叔父と医者、生母は医者と恐らくは夫、すなわち決定的な力を持つ男性の判断で施設送りになっている。ウルストンクラフトによれば女性を虐待する男性は医師の姿をとって登場するという。かれらは女性への虐待は女性が愚かな行為をする結果生じると考えており、シビルの愚かな行為とは「独立心」を露わにして挑戦的に男性に反抗したことだった。マライアもシビルと同じように自分が癲狂院に入れられたことを知ると動転して憤怒の感情にとりつかれている。彼女は

　気も狂わんばかりに驚愕と恐怖が、彼女の判断力を宙ぶらりんにしていたようだった。やがて徐々に激しい苦悶へと目ざめると、激怒と憤慨の嵐が彼女の無気力な鼓動を奮い立たせた。次から次へとものすごい速さで思い起こされる思い出が頭に火を焚きつけ、彼女をおそろしい住人［癲狂院の患者］たちにふさわしい仲間にしてしまうほどだ。(7)

　シビルの母が施設に閉じこめられた際の彼女の心情は描かれないが、シビルが施設にいる自分を認識した時、マライア同様の動転ぶりを示しており、髪の毛を切り取られたことに驚愕する場面やハンナと初めて交わした会話の場面に描かれていて、いずれも激しく憤りを吐露するマライアの心情と重なる。マライアは死んだといわれる幼い娘を思い「一体だれが母親の愛情で、母親の無私で、あの子を見守れるというのだろ

う」と嘆く。これは子守唄を歌いながら空の揺りかごを揺らしているシビルの母の嘆きと同じである。また
マライアは

このおぞましい監禁所に入ってすぐ、その院長に向かって不当に扱われたことを夢中でしゃべったことがあった。その話しぶりは彼の処置を正当化していたことだろう。彼の判断に訴えている時、彼がひどく確信をもった意地の悪い笑みを浮かべるのを見て、苦情を述べ立てるのをやめなかったとしたら、力づくで、あるいはおおっぴらに、何が出来るだろうか。(10)

シビルも自分が正気であること、何かの間違いで連れて来られたことをハンナに訴えたが取りつくしまもなかった。それにカーナックはマライアが押し込められた癲狂院の院長と同じようにシビルに対して冷笑的な態度を取っている。シビルが極度の不安を抱えてカーナックを恐れているのを知ると、彼はそれを楽しんでいる。そしてシビルが誇りを持って挑戦的な態度を示すと、彼は自分の力が彼女に及んでいることを認識し、卑劣な満足感を覚えている。彼はシビルの質問や懇願には一切応じず、彼女を意識とか意志のないものとみなしていた。

思えば母親の不幸は物語の初めの部分で既に予告されていた。屋敷にいた頃シビルは壁に掛かっている小さな細密画は彼女の母を描いたものだったが、かつては美しかった母の顔は色褪せてぼやけていた。母と同じようにシビルが叔父に挑戦的な態度を取った後、鏡に写る自分の顔もやはりぼやけていることに気づく場面がある。この現象はシビル自身の存在もぼやけ始めていて、母に降りかかった不幸がシビルを襲うことを

暗示している。もし「彼女が男性に反抗し続けるなら、鏡のない独房は警告する、彼女がアイデンティティの抹消に苦しむことになる」[*38]と。ぼやけた顔はシビルも母親のように「住所も名前もない」存在になることを表し、どのように生きればよかったのか皆目分からない人生を歩むことになる前触れであった。

そこからシビルを救い出すのはガイだ。その時叔父は既に亡く、シビルはガイに頼りきって受身の依存状態で助け出される。その後のガイとの結婚はつまるところ父と叔父が取り決めた結婚にシビルがすっぽり収まっていることを示す。その頃には「独立宣言」をしたシビルの勢いは失せており、父親が選んだ男性の手に委ねられることへの不満も無くなっている。シビルに寄せるガイの愛情が全てを覆いつくし、親が決めた結婚への疑問が氷解したのだろうが、彼女が男性の力に屈した感は拭えない。

結末は幸せな結婚をしたシビルが描かれているのだが、そこに翳りがないとはいえないだろう。「独立宣言」が意味する自由と引き替えにガイの父親的保護のもとで暮らし、シビルはそれが暗闇に通じるかも知れないことに気づかないままだ。彼女は施設に閉じこめられる以前に自由と独立を望んでいたが、本当にそれらを受け止める自信が彼女にあったのだろうか。シビルが受け継いだのは母の狂気でなく、消えることのない反逆の精神であったにもかかわらずそれは弱まっている。[*39]

シビルが救出されて年月が経った後も彼女には今だに過去の影が浮かび、死んだ母のイメージが現れ、暗闇であのはっきりしない囁きがこだまする。カイザーが指摘するように家父長制は女性に抑圧者を愛することを教えることによって女性の不満や不安を忘れさせるすれば、そうされた者の抵抗がやがてシビルに生じないとも限らない。となると彼女は自己主張をし始めるだろう。この意味において「シビルの物語の終わりであり、またその始まりでもある」[*40]といえよう。「家父長制は肉体的な面だけでなく精神的な面でも女性に罠をかける。女性の行動の自由だけでなく、思考や思考する事における自信を制限する……」[41]が、シビルはその罠に気づくことがあるかもしれない。

この短編の核は女性を虐待する男とそれに屈する女の姿だ。オルコットはゴシック風のメロドラマの味わいを添えながら女性が抱える問題を明らかにした。シビルは男性に虐待され、人生を踏みつけられるに任せるいたって無力なヒロインで、絶望から立ち上がって男性に復讐するといった過激さはない。しかしこの短編は当時を生きる女性、特に不従順で自己主張する女性に降りかかったかも知れない闇を描いた優れた作品である。シビルは今の視点で見れば悪女とは思えないのだが、男性に楯突き、「独立宣言」をして挑戦的な態度をみせる彼女は「家庭の天使」から逸脱しており、オルコットとっては秘すべき刺激に満ちたヒロインだったのだろう。だが、後にこれは実名で再版されたのだが、その理由はシビルが悪女として描かれなかったことによるといわれている。

「V・V・あるいは策略と対抗策」

オルコットは「V・V・あるいは策略と対抗策」("V・V・or, Plots and Counterplots"[42])も実名を隠して、〈よく知られている作家よって書かれた〉と記されており、当時かなりの発行部数を誇る大衆週刊新聞『ザ・フラッグ・オブ・アワー・ユニオン』に掲載された。冒険物語やロマンス形式の物語を満載している新聞で、中でも犯罪者やアヘン中毒者が沢山登場する過激な物語が中心で、多くの人々を楽しませる読み物だった。[43]この物語はヒロインのヴァージニー・ヴァレンズに焦点を置き、初めから終わりまで策略に次ぐ策略が繰り広げられる。ヴァージニーは富と社会的地位を与えてくれるイギリスの貴族との結婚を企み、狙いを定めた男性とその婚約者を策略にかける。

もっとも彼女だけが計略をめぐらすのではなく、主要な人物たちは己の都合に従った策略やそれへの対抗策を立て、それらが錯綜して物語は進んでいく。ヴァージニーの策略はむろんのこと、従兄のヴィクターの計略、ヴァージニーとの結婚を急ぐアランの計画などが相次ぐ。だが、物語の中心となるのは高徳なヴェイン大佐の未亡人になりすましたヴァージニーが結婚相手に狙ったダグラスにかける策略とその裏をかくダグラスの深謀遠慮な対抗策である。

起死回生

物語はアランが舞台から降りてくる踊り子ヴァージニーを待っている場面から始まる。彼女が現れるとアランは如何にヴィクターの目をくらまして結婚し、二人で逃げるかを細々と語る。彼女がアランに結婚を申し込まれた時、「顔に輝くような笑みがパッと浮かび、勝ち誇ったような何かが目にきらめき、両手を握りしめ、喜びと疑いが入り交じった叫び声をあげ、アランに『踊り子で、友だちもなくって、貧しい上に家柄もない私に結婚を申し込んでるの？』」(83) と問うている。「何か勝ち誇った」は、ヴァージニーが欲得ずくの娘なので、名門で財産家の若者を射止めた勝利感から生じたものだ。そして「アラン、この結婚は本当なの？　私を騙しているのではないわね。ヴィクターの許を離れたらこの広い世界であなたの他に頼る人はいなくなるわ」(84) と確実に結婚出来るかどうか念を押し、自力で生きることとの出来ない彼女は一人きりになることを恐れている。

これまで愛してもいない従兄のヴィクターにすがって生きており、支えてくれる男性が無くては生活の目処が立たない弱い立場にいる彼女の心情が巧みに描かれている。ヴァージニーは願ったり叶ったりの結婚を前に不安感を示し、この結婚話をどうしても煮詰めておきたい心情が溢れている。アランが結婚計画のあれこれを話した時、彼女は明日支払われる踊り子の給料を確保したいと思っている。大事の前に僅かな給料にしがみつく貧しさがしみついたヴァージニーは哀れでもある。

彼女がアランの求婚に飛びついたのはそれが彼女の夢を完全なかたちで実現し得るものだったからだ。アランはイギリス貴族の若者で、ヴィクターの目を盗んで彼女と密かに結婚する計画を立てている。ヴァージニーは一八歳を過ぎればヴィクターと結婚する予定で、彼女の手首にある刺青の「V・V・」はヴィクターが彫らせたものだ。彼女がヴィクターの恋人あり、彼の支配下にあることを表すためだ。しかし彼女はヴィクターを捨てアランの計画にしたがって結婚する。だが、たちまちヴィクターの知るところとなり、嫉妬ゆえに彼はアランを刺殺してしまう。その際ヴィクターは計略を巡らせ、この殺人が発覚すればヴァージニーは共犯者になる、そうすれば誰もおまえの言うことなど信じないだろうと彼女を脅迫する。一章はヴァージニーがヴィクターに従わざるを得ない状況に陥り、ヴィクターに全てを仕切られ、無力な彼女は無慈悲な男の力に取り込まれてしまったことを知る。

ところが二章になると彼女はヴェイン大佐の未亡人を騙っており、「V・V・」はブレスレットで隠され、ヴィクターとの関係は一変している。ヴァージニーが如何なる方法を使ったのかはっきりしないが、ヴェインの蓄えを自分のものとして確保しており、経済的にもはやヴィクターの助力を必要としなくなっている。その時点でヴィクターは彼女に対する支配力を失なっており、逆に彼女に支配され、唯、利用されるだけの忠実な犬あるいは奴隷のような存在になり果てている。経済的な困難から解放されるとヴァージニーはそれまでにも増してヴィクターに非情とも思える態度を取りつづけるが、一方でヴィクターが必要な時にはうら若い娘のように着飾って彼に愛嬌をふりまき彼の心を弄んでいる。

このようなヴァージニーのヴィクターに対する態度は如何にも利己的で計算高いが、これは彼女を巻き込んで人殺しを隠蔽したヴィクターの計略に対する彼女の逆計とも考えられる。アランを殺害してヴァージニーが望む世界を潰したのも、また一方的な愛情で常に彼女を縛ったのもヴィクターだったからだ。そもそもヴァージニーは初めから彼に対してはいたって冷淡で、夫を殺された後、以前にもまして彼を見限ったことは容易に想像出来る。アランを殺害した直後ヴィクターは「おまえは私に対する不実を償え」とヴァージニーに言うが、彼女は「いいえ、償うのはあなただわ！　あの人は愛人じゃなくて夫なのよ」と言い、「償い」をさせられているのは彼の方だ。

ヴァージニーはヴィクターに憐れみや同情を寄せず、彼の恋情に応える気持ちは皆無で、ヴィクターに「私は前より賢くなったわ。あなたのことをもう恐れないけれど私にはあなたが必要なの」(123)と平然として言う。そしてヴィクターは口のきけないインド人に偽装させられて召使として使われている。たとえヴァージニーにヴィクターへの報復の意図がなかったとしても彼が手酷く扱われる最も大きな要因は彼が一文無しであることによる。亡夫のアラン、後のヴェイン大佐は共に貴族で最後に狙ったダグラスも貴族だ。ヴァージニーが財産のある立派な家柄の男性を結婚相手と定めているのはヴィクターの力では到底叶わない名誉と富に恵まれた暮らしを求めているからだ。彼女にとってヴィクターはもはや取るに足らない存在でしかない。ともあれ彼女は今や「賢くなって」自信を持って生きており、さらなる高みへと歩を進めるのである。

一〇章で構成される六二頁の物語で、アランとヴァージニーの結婚及びアラン殺害の顛末を語る一章とヴァージニーの罪を明らかにする最後の一〇章を省いて、二章〜九章はダグラスがヴァージニーに惹かれる様子、ヴァージニーが巡らす策略、それに気づいて真相を究明しようとするダグラスの対抗策、彼女に捨てられたヴィクターの苦悩などがサスペンス・タッチで描かれる。刺殺されたアラン、ヴァージニーのまことしやかな嘘に騙されて懊悩の果てに謎の死をとげるダグラスの婚約者ダイアナ、偶発的に自らの死を招くヴィクター、最後のヴァージニーの服毒自殺など、短い物語だが四名もの死者が出て、いやがうえにも流血沙汰の「どぎつさ」は盛り上がる。次々と転がり出る死体はサスペンスと煽情的味わいを深めているが、それらはあくまで煽情小説のスパイスで、何といっても物語を面白くしているのはヴァージニーの詐欺師ぶりである。[*44]

彼女はアランの従兄で彼と同名のスコットランドの貴族ダグラスの獲得に乗り出す。再婚相手として選んだ彼に対して謀を巡らせ、それを成功させようとする彼女の演技はペテン師そのものだ。策略を用いる際、よく回転する彼女の頭脳と実行力が存分に発揮される。ヴァージニーは二章以降九章まで貴族の未亡人を騙る演技は抜群で、彼女を怪しむ者は、後に遅まきながらダグラスは気がつくとはいえ、殆ど登場しない。衣装や化粧に加えて美しさが力の彼女は臨機応変に悲しみを湛えた喪服の未亡人や社交界の艶やかな女を演じる。淑やかさ、輝く若さ、あふれる色香を必要に応じて発散し、貴族社会の男性たちは無論のこと女性たちをも騙すのである。策略の首謀者となって力を発揮するヴァージニーは煽情小説ならではのヒロインだ。

ヴァージニーは一夜の結婚で子どもを身籠もり、ヴィクターの世話を受けながら男の子を出産し、しばらく彼の許でくすぶっていたが、華やかで刺激的な以前の生活に戻りたくてヴィクターから逃れ、ヴェイン大佐の前に現れる。ヴァージニーが身分や財産のある男性に近づくのは彼女が情報をしっかり掴み、それを巧みに使う能力があるからだ。「彼女の手には情報という武器があった」。(139) それはヴァージニーに大きな力を与える。ヴェインに近づいたのは生前のアランから彼のことを聞いていたからだし、後に狙いを定めるダグラスのことはヴェインが生前ダグラス一族のことを話していたからだ。

ヴェインに接近するのはヴァージニーの再婚対策の第一歩で、彼女は冷酷な夫に捨てられ苦しめられ、貧しい暮らしを余儀なくされたと彼に真っ赤な嘘をつく。やがてヴェインは彼女を愛するようになるが結婚に至らないまま遺言も残さず急逝する。如何なる手段を使ってか、彼女はヴェインの蓄えを自分のものし、その後貴族と付き合える身分、すなわち高徳なヴェイン大佐の未亡人になりすまして貴族社会に参入し、ダグラスの前に現れるのである。そこにはかつての無力なヴァージニーではなく、策略とその実行力を備えた彼女がいる。

誘惑のテクニック

ヴェインの蓄えを獲得していることがヴァージニーに自信を与えており、未亡人らしい立ち居振る舞いは完璧で、誰にもその出自を疑わせない演技は完璧だ。美貌と性的魅力をふりまき、更に教養があるところも見せつける。まず誘惑のテクニックだが、ダグラスと初めて出会った時、彼に無関心な態度を装う。ダグラスは尊敬すべき家柄の跡取りで先祖伝来の家屋敷、莫大な財産の持ち主で、誰からも尊敬されることに馴染んでいるのだが、ヴァージニーは彼に挨拶されると、彼をチラリと見てかすかにうなずき返すだけで、歩みを止めることはない。彼が称賛を受けるに値する立派な青年であることなど念頭にないかのように彼の傍を通り過ぎて行くだけだ。これは女の手練手管というほど念の入ったものではないのだが、その方法はダグラスのように女性にかしずかれることに馴染んでいる男性をからめとるのに効果的な手口だった。心底手に入れたい男性に素っ気ない素振りをするヴァージニーの演技は正に女優のそれである。

ダグラスはそんな彼女の振る舞いに新鮮な驚きを覚えている。その上ヴァージニーは彼に伴われて食堂へ行く時、ドレスの裾を整えるために手持ちのハンカチと扇を持って下さいなと、ダグラスを召使いのようにあしらう。そんな態度は却って彼の心に響く。一方彼女はダグラスの反応に手応えがあったと知るや、畳み掛けるように美しい肢体を見せつけて色香を発散する。ダグラスにとって彼の「腕におかれた美しい手の感触、傍らのまぶしい白い肩、彼が持たされているレースに縁取られた折りたたまれた薄地のハンカチから漂うやわらかなヴァイオレットの香り、チラリと見える華奢な足、生き生きとした瞳の輝きなど、全てが食堂へ行くまでの僅かな道のりを印象に残るものにした」。(93) ダグラスは召使いのように扱われてもむしろそれを楽しみ、色香を発散する彼女の手管にとらわれている。完璧な美貌と肢体をひけらかし、性的エネルギーをふりまき、外見で女性を評価する男性の視点を利用するヴァージニーがいる。彼女は自分の美貌と容姿が男を惹きつけることをよく知っていて自信に溢れている。

ヴァージニーは実に美しい。初めに踊り子の衣装をまとってアランの前に現れる姿はさながら「ニンフ」のようだった。顔は生気に溢れ、優雅な腕に抱えた花々より麗しく、瞳は額に飾られた星より輝き、たっぷりとした金髪は彼女の美しさに一層の輝きを添えている。また後にダグラスがヴァージニーを見かけた時、彼女が未亡人でありながら子どもを思わせるところがあるのに驚いている。彼女は一児の母で世の荒波を掻い潜って生きてきたにもかかわらず、時折「愛らしい夢見る子どものような様子」(102) を漂わせ、無邪気な子どものような眼差しでダグラスを見上げることが出来る。成人した女性が漂わせる子どもらしさは理想の女性像に華を添えるのは必至で、ヴァージニーは女性の理想像を完璧に体現している。

実は、ダグラスはヴァージニーが銀色がかった緑色のドレスを着てするすると歩む姿を初めて目にした時、「小さな緑色の毒蛇を思い起こさせる」(91)と思っており、彼女の邪な内面を束の間だが実感している。しかしたちまちその美しさと色香に迷い、垣間見たヴァージニーの「毒」は溶解してしまう。そして彼女が宝石よりも何よりも自分の気高い家柄が宝だと言うのを聞くと、彼女に心底称賛の眼差しを投げかけるのである。ダグラスはアランの死後一人閉じこもったような生活を送っていたのだが、ヴァージニーとの出会は彼が美しい女性への情熱を失った訳ではなかったことを明らかにしたのである。

また美貌だけでなく教養という意味ではダグラスは彼女との会話で、「ヴェイン夫人はフランス女性の優雅さとイギリス女性の知性を持って話す」(93)と思う。さらに彼女がピアノを優雅に弾きこなすと、誰もがその教養の豊かさ知ることになり、彼女が名門の出自を標榜しても疑われることはない。とはいえ彼女は少女の頃から貧しい暮らしで、大人になってからは踊り子が生業で、出産後ヴィクターから逃れてヴェインに出会うまで危険に満ちた貧しい日々を送っていた。人生の楯になってくれる男性を捜してあくせくしていた筈だが、一体いつ教養を身につけることが出来たのか。踊り子であった時とも思えない。それともヴェインと暮らしていた頃なのか。このように疑問が生じるご都合主義が覗いているが、ともあれ彼女の「金、美貌、技の全てが上手く働いた」(139)のでダグラスも彼女を信頼するのである。

ファム・ファタール

ヴァージニーはダグラスをほぼ手に入れた後、彼との結婚を実現させるためには彼の婚約者ダイアナを退けなければならない。それには念入りな手口を使う。彼女はまずダグラスには秘密があると親切気に彼女に囁く。すると彼女はそれを知らないことに焦燥感を持ち、是が非でもその秘密を知りたいと願う。だがヴァージニーは秘密を明かすべきかどうか躊躇するふりをしながら「『あなたがこの打ち明け話をするようお急ぎになりますと、ご自身が悲しくなられることをお忘れになりませんように。あなたが素直にダグラス様をお受け入れになることとは正しいこととは思えません。けれどあの方への信頼をこわしてしまうことで、あなたは私を呪うかもしれませんわ……』」(106)とか言い、達者な演技でダイアナの気持ちを追い込んでゆく。そのうえ「『愛を失うよりもっと大きな悲しみからあなたをお救いする理由を今お見せしましょう』」(107)と言いながら結婚証明書を見せる。アランとダグラスは同名だったのでダイアナがそれを疑うことはない。ヴァージニーは「『あの方と結婚することで女性がいたずらに自分の幸せを犠牲にすることを阻みたいのです』」(109)と恩着せがましく囁く。そしてダグラスがアランと瓜二つなのを利用して、三歳になるアランとの間にもうけた子どもをダグラスの子ども偽ってその姿をダイアナに見せる。しかも念入りに「『この子は父親に似ていませんかしら？　ほら、小さな手のこの形、幼い唇はあの方と同じ形ですわ』」(109)と言う。そして子どもにダグラスの肖像画を見せると男の子が「ああ、パパだ！　お父さまはいつ帰ってくるの？」と可愛く言う。結婚証明書と子どもの存在は冷酷な嘘の動かぬ証拠となり、その結果、追い詰められて悩み抜いた末にダイアナは死んでしまう。するとヴァージニーはこの上ない優しさでダグラスを慰め彼の心に深く入り込んでいく。

ヴァージニーの策略に翻弄されるダイアナとダグラスだが、やがてダグラスはダイアナの死の真相を究明し始める。そして彼はヴァージニーの蜘蛛の巣を張ったような策略に自分がとらえられていたことに気づき、対抗策を用いて彼女の欺瞞を明るみに出す。その方法として彼はインドでヴェインと暮らした彼女のことをインド人から聞き、さらに事件の解明を依頼すべく素人探偵デュポンを呼び寄せ、彼と共にヴィクター、ダイアナ、ヴァージニーの周りで起きた事柄を調べ着々と捜査網を狭める。策略を用いる者とそれを打ち破る者の攻防、すなわち善と悪との闘いでサスペンスの味わいは増し、やがてヴァージニーのいかさまぶりが発覚する。

最後まで彼女の無実を願っていたダグラスだが、真相が分かるとヴァージニーに心底惹かれていた彼はどこへやら、石のように冷たく冷静な態度を取って彼女を断罪する。しかし彼女は悪びれた態度を見せず、ファム・ファタールぶりは堂に入っている。ダグラスはヴィクターのアラン殺害の罪を許しはしないが、一方でヴァージニーにつくすヴィクターの長い苦しい献身に言及し、彼を破滅に追いやったと非難すると、彼女は

冷淡というか不愉快といった様子で肩を揺らし、もはや偽装の必要もないので未亡人の印である帽子を脱ぎ、魅力的な顔のまわりを取り巻いているたっぷりとした金髪の巻き毛を解き放ち、椅子に身をもたせかけ、以前のように思いっきり優雅にくつろぎ、「ヴィクターに私を愛させましたの、それで彼も満足していたのです。それ以上私に何が出来たしょうか、私は彼を愛したことはありませんのに？」と言いながら彼女が征服するつもりであった男に輝く瞳を向けた。(138)

彼女はヴェインの未亡人を騙ったことにも、ダイアナを死に追い込んだことにも後悔している風はない。そんな彼女にダグラスは個人的な判断で罰を与えると言う。それはスコットランドの僻地にあるダグラスが所有する塔に彼女を死ぬまで幽閉するというものだった。その決定は公の法で処罰されるより情けのある計らいだとダグラスは考えているが、果たしてそうだろうか。ヴァージニーは全身全霊を打ち込んでダグラス獲得に突き進んだ、そしてダイアナに道義的に許されない嘘をついたが、その果てにあるのは生きる屍になって暮すということだった。

ヴァージニーを糾弾するダグラスは一貫して厳しい態度を見せつけ、「彼自身が残酷な、弱者をいたぶる犯罪者に成り下がっていく……それとは逆に犯罪人であるヴァージニーが、犠牲者の立場を獲得することになる」[*45]ともいえる。無論ダグラスは犯罪者ではないが、究極の正義を守る冷厳な態度は彼の判断が「法」であると信じている男性を思わせる。ダグラスが権威づくで彼女を裁く姿はもはやヴァージニーが生きられる世界の男性ではない。その上ヴァージニーは幼い息子が死んだことも知り、この世に未練はなくなった。

ダグラスは罰を宣言して彼女を掴まえたと思ったのだが、彼女は指輪に隠し持っていた毒をワインに入れ、それをあおってこの世のしがらみから解き放たれたようにするりと彼の手から抜け出るのである。もう逃れられまいとダグラスに言われると、彼女は瞳に歓喜のきらめきを浮かべつつ「私、逃がれましたわ!」と言う。その「きらめき」は敗者のものとは思えない。自ら命を絶つことでダグラスの支配から身をかわした満足感を表しているようでもある。

死を選ぶまでのヴァージニーを振り返ってみると、まず情報を集めそれを有効に使い、ダクラス攻略を巧みに計画した。そしてそれを実行する彼女の姿は「世の中が異なれば、便宜的結婚のためではなく、自立のための手だてに使って誇り高く生きられる能力を備えている」[46]ともいえる。しかしヴァージニーが生きる時代には叶わぬことだった。彼女が人を欺くのは、そうする以外、望みの人生を送る手だてがなかったからだ。ヴァージニーは紛うかたなきファム・ファタールだが、オルコットは彼女が悪に手を染めても常に堂々としている勇敢なヒロインとして語る。反省や改心はほとんどしない。オルコットはそんなヒロインをとがめ立てするより、その有能で果敢な態度を肯定し、彼女を思うままに行動させたのである。

彼女の自死はペテンが招いたもので、やはり罰せられているのだろう。だが、オルコットは彼女の策略が不首尾に終わると自害させ、彼女をダグラスからの「絶対的支配からの自由の道」をたどらせ、「完全降伏をするはずであったヴァージニー［を］、誰にも支配されない領域」[47]へ旅立たせている。ダグラスは最後まで彼女にまんまとしてやられたのである。彼女のペテンは一九世紀のアメリカで、多くの女性が直面する経済的危機の現実から生じものだ。彼女はヴィクターの手から逃れた後、ヴェインやダグラスの前でいっとき思いのままに生き、その間ヴィクトリア時代を生きる女性に負わされた因習や規範を嘲笑したのである。それがこの物語の「秘密」であり「もくろみ」である。

「仮面の陰で　女の力」

筆名A・M・バーナードで書かれた中編「仮面の陰で　あるいは女の力」（"Behind a Mask : or, A Woman's Power"[48]）は『ザ・フラッグ・オブ・アワー・ユニオン』紙に掲載された。出版社のJ・R・エリオットはこれを受け取った時オルコットに「並外れた力を語る物語で、私自身読んでいるうちに興味をそそられました。

我が読者たちも私と同じように興味そそられるに違いありません」[*49]と読後感を書き送っている。彼はヒロイン、ジーン・ミュアの言動に誘い込まれ、オルコットの巧みなキャラクター作りやスリリングな物語展開を楽しんだと思われる。

物語の舞台はイギリスにある先祖伝来の貴族の屋敷で、そこにはコヴェントリー家の人々が住んでいる。ジーンは貧しくて良い家柄もない身の上で、ガヴァネスとして働くために一家の許へやって来る。彼女は「策略と対抗策」のヴァージニーよろしく裕福で身分のある立派な家柄の男性に狙いを定めて結婚にこぎつけるまであらゆる手管を使うつもりでいる。しかしそんな狙いを隠して、彼女は自分の過去も現在も嘘で固め、新たな就職先の家族をペテンにかけるのを些かもためらわない。ジーンは「家庭の天使」の仮面をかぶり、徹底してその役割を演じる。それはかつて女優であったジーンにとって容易いことだった。

この物語のテーマは「策略と対抗策」と同じだが、それだけでなくヒロインの胸中に渦巻くさまざまな怒りが先の作品より重層的に描かれている。怒りは裕福で身分ある者が持つ誇りと偏見、男性の支配力、当時の閉塞的な女性観などに向けられている。これはオルコットの実人生における彼女自身の経験や実感から生まれたものだ。オルコットが富裕層に向ける怒りの視点は、ひとつはかれらのガヴァネス観、ひとつは家柄や財産に胡座をかく人々の傲慢さに注がれている。それに加えて「家庭の天使」崇拝への怒りもある。この小説は「作者の経験と感情が反映」されており、「実話小説」(*roman à clef*)[*50]と呼ばれる所以だ。「実話小説」とは「現実の人間あるいは実際の出来事などを姿・形を偽装して表す小説」で、ジーンはオルコットになり代わって「仮面」をかぶって「女の力」を行使しながら怒りの矛先をコヴェントリー家の人々に向ける。そしてそれがオルコットの「もくろみ」を伝えることにもなっている。

ガヴァネスの怒り

一章が始まるとすぐに如何にも無力に見えるジーンがコヴェントリー家の人々の前に現れるが、後に彼女の実像を知ると、その時点でかつて女優であったことを思わせる見事な演技ぶりを知ることになる。まず一家の長男ジェラルドはジーンを迎える馬車の手配をする筈だったがそれを忘れていた。だが、時計が約束の七時を打つと同時にドアがノックされてジーンが登場する。丸で舞台の登場人物のような現れ方だ。馬車を出さなかったことを謝る夫人にジーンはお迎えをいただけるとは思っていませんでした、と言って目を伏せたまま静かに座る。しかしこの慎ましやかな態度の裏で彼女は馬車が来なかったことに腹を立てており、ジェラルドにその怠慢を償わせるつもりでいる。だが、その場ではあくまで考え抜いた従順さを演じる。

一九歳を騙るジーンは痩せっぽちの小柄な娘で、地味な黒い服を着ていて、飾りといえば小さな銀の十字架だけだ。青白い顔、金髪、灰色の瞳の持ち主で、容姿全体は慎ましさと貧しさを滲ませている。もっとも彼女は美人ではないが、表情に富んだ目立つ面立ちの娘ではある。こんなジーンはジェーン・エアを思い起こさせる。ジェーンも地味な服を着ていて、とても小柄で顔は青白く見目麗しくはなかったが、目だった顔だちをしている。ジェーンは「家庭の天使」のように振る舞いはするが、内心ではそれを拒否していて、因襲的な女性の生き方を認めない娘である。したがって、当時としてはジェーンは極めて革新的なヒロインだ。因みにジェーンが登場して後、女性作家の作品には美貌を武器に世の中を渡るヒロインではなく、頭を働かせる知的だが美貌の持ち主ではないヒロインを描く傾向が生じたといわれていて、ジーンもこのタイプに属する。

ジーンがジェーンのように地味な衣服をまとい、格別美人でもないとすれば、どのようにコヴェントリー家の人々、特に男性たちと渡り合うのか。彼女が考える最も効果的な手管は出来るだけ弱さ、慎ましさ、温順さを装いながら「理想の女性」を演じきることにある。だが、オルコットはジーンのそんな様子を語る一方ですかさず彼女の口元には隠しようもなく力があると思わせるものが漂っていると描写する。そして声には抑制する力と懇願の調子が奇妙に入り交じっていて、「魅力的ではないが、平凡な女性ではない……むやみに陽気な若い娘よりもっと興味がつきない」(363)と語り、初手からジーンは一筋縄ではいかないヒロインだと思わせる。

ジーンが到着した日はいわばガヴァネスとしての能力をテストする日でもあった。まず要望に応えて彼女はピアノを巧みに弾き、次にスコットランドの悲しい歌を歌い、生徒になるベラや母親のコヴェントリー夫人はそれに涙する。このように教養を見せつけて、ガヴァネスを嫌悪するジェラルドは別として、彼女は一家の人たちの気持ちをとらえる。その上歌っている途中で意識を失うふりをして椅子から滑り落ちたりする。これはジェラルドと彼の婚約者を自認する従妹ルシアとの会話を妨げるための演技だったが、そんなことを知らない人々はか弱い女らしさの極地ともいえる姿を見せるジーンを目の当たりにして同情を寄せるのである。

ジェラルドはそんなジーンを見てルシアに「最初の一幕はうまくやったね」(364)と囁く。するとジーンの瞳は灰色だったが、怒りとプライドと挑戦がないまぜになった激しい感情のせいでその瞳は瞬時に黒くなったように見え、彼女が頭を下げると顔には奇妙な笑みがよぎり、よく通る声で「ありがとうございます。最後の一幕はもっとよいものにしてみせますわ」(364)と言い放つ。ジーンは一瞬慎ましさを忘れ、腹立ち紛れに舞台に立っていた経験を思わせる台詞をはき出している。

この時点でジーンがジェラルドより上手を行くことは予測出来る。彼女は時折地金を出すのだが、大抵は時宜をはかって憐れみを誘うふり、無力なふり、従順なふりをする。彼女は「怒りに溢れた女性で、基本的に有力な身分の高い男性に対抗する」[*51]ことを読者に仄めかしている。テストの最後に美味いお茶を入れて家庭的であることも示し、ベラやコヴェントリー夫人を安心させる。その結果ベラに音楽、フランス語、絵を教えることになる。もっとも友人のホーテンス宛の手紙にはベラを馬鹿な娘と軽蔑感を記しているが、ともあれ彼女は一家に受け入れられる。だが、彼女にとって一族の態度は恩着せがましいとホーテンスに書き送り、誇り高いコヴェントリー家の皆の誇りを挫いてやると決意のほどを示している。そして自分にあてがわれた部屋で一人になった時、「家庭の天使」の仮面は剥ぎ取られる。

初めに彼女がしたことは、両手を握りしめ、歯を噛みしめて激しい勢いで「もし女の知恵と意志に力があるならば二度と失敗するわけにはいかない」と呟くことだった。彼女は顔に激しい軽蔑感を浮かべて、一瞬立ったままで動かず、それから見えない敵を威嚇するかのように握りしめた手を振った。それから彼女は笑い、正真正銘のフランス風なやり方で両肩をすくめ、低い声で独り言を言った。「そう、最後の一幕は初めの一幕よりよいものにさせなくては。ああ、私はどれほど疲れはて飢えていることか！」(367)

「失敗するわけにはいかない」のは地位も財産もある立派な男性との結婚を実現することだ。この場面でジーンは欺瞞を捨てコヴェントリー家の人々の前では決して見せない心の内を見せつけ、同時に外面の偽装も取りのける。

彼女は床の上にすわり、長いたっぷりとした三つ編みの付け毛を外し、顔のバラ色を拭い、いくつかの真珠のような歯を取り出し、服を脱ぐと現実の彼女自身が現れた。憔悴し、疲れ果て、少なくとも三〇歳の不機嫌な女がむき出しになる。当時頼りになる身寄りも良い家柄もない三〇歳の女性が財産家の結婚相手を見つけるのは容易なことではないだろう。もっとも女優であった彼女にしてみれば年齢を詐称して若くて慎ましやかなガヴァネスを演じることなど手もないことだったが、彼女自身「一人になって部屋にいて、付け毛を取り、化粧を落とし、仮面をぬぐと、鏡は私が三〇女であることを写し出す」(425) 事実を認識している。ともあれジーンは今人生の浮沈にかかわる時期にいる。このように一章でヒロインの表裏一体の様相が描かれ、ミステリアスなサスペンス・タッチが濃くなる。

ヒロインの年齢詐称や外見の偽装は何もジーンに限ったことではない。例えばイギリスの作家ウイルキー・コリンズ（一八二四～一八八九）の長編小説『アーマデイル』[*52] に登場するグウィルドはジーンより二年前に現れている。彼女も身分を隠して人を欺き、ガヴァネスになって富裕な家庭に入り込む。この小説は月刊文芸誌『コーンヒル・マガジン』に一八六四年一一月号から連載され、六六年に本として出版されている。また『アーマデイル』の二年前に『オードリー卿夫人』が出版されていて、ルーシーも別の女性になりすましてオードリー卿の妻の座を射止めた。オルコットがジーンを描く際、一歩も後に引けないせっぱ詰まった状況の中で悪事を企むルーシーの影響を受けているのは明らかで、ジーンはそれほど珍しいタイプのヒロインではない。

オルコットはグウィルドだけでなく、『アーマデイル』でコリンズが使ったのと同じ道具立てを用いており、ブラッドンの小説よりコリンズの小説にかなり触発されたと思われる。『アーマデイル』の内容は一文無しでこれといった身分もないグウィルドが資産家のアラン・アーマデイルと結婚し、彼を亡き者にして未亡人として財産を奪取しようと悪計を巡らす話である。コリンズは推理小説の大家と呼ばれるに相応しく手練れの筆力でグウィルドが計画を練る様子、またそれをあの手この手で実行する姿を微に入り細に入り描いている。特に目まぐるしく変化する状況に抜け目なく対処するグウィルドはヴァージニーやジーンの実行力を凌いでいるといっていい。

グウィルドには彼女を唆して一儲けするつもりのオールダーショウ夫人が黒幕として控えていて、彼女に情報を与えてあれこれ指図している。夫人は手紙に「……いいかい、わたしの話をよく聞くんだよ。問題なのは、おまえが既に三五歳であるかどうかということではなく――実際のところ、恐るべきことに真実はその通りなのだけれど――おまえがその年にみえるかどうかということなのさ。……おまえはどう見積もっても三〇を越えているとは絶対に見えないと断言出来るよ……」(181)と書いている。彼女の助言にしたがえばグウィルドは三歳は若く見えるが、少なくとも二八歳以上には見えないと請け合っている。しかし一方で「……深夜、ひとりきりの部屋で不安に駆られて目が覚めたおまえが老けて醜い場合は話が別だけれど」(181)とグウィルドの実像が明らかになることを懸念している。グウィルドの年齢詐称と「老けて醜い」姿はジーンに似ているが、ジーンが付け毛を取り、化粧を落とし、入れ歯を取り除く様子、そしてその果てにさらけ出される年相応の姿はグウィルドより鬼気迫るものがある。

コヴェントリー家の人々は騙され続けるのだが、今のジーンにとって偽装はヴァージニーと同じで、唯一「閉ざされた世界へ侵入し、そこから望むものを得る手段」[*53]だった。また邪なオールダーショウ夫人とグウィルドは頻繁に本音や計略を漏らす手紙のやりとりをしていて、それがグウィルドの悪女振りをさらに盛り上げている。オルコットもその手を使ってジーンの胸の内を友人ホーテンス宛の手紙の中で語らせているが、ジーン宛のホーテンスからの便りはないので、ジーンが誰かに踊らされているとは思えず、彼女が計略の全てを取り仕切っているのは明らかだ。手紙はグウィルドの場合と同じようにジーンの悪女ぶりを暴露する格好な道具立てになっている。

ともあれジーンは一家に受け入れられたのだが、かれらに向ける怒りは胸の内で燻る一方だ。馬車で出迎える手配をさせなかったこともそのひとつ。それでも時間通りに来るべきだというコヴェントリー夫人の思い上がり、一家の中心人物であるジェラルドがガヴァネスに好意を持っていないことを隠そうともしない有様などは如何にもガヴァネスを見下した態度だ。ガヴァネスは雇われている家族と同格の（あるいは家柄としてはそれ以上の）階級的誇りを持ちながら、実質的にはあくまでも使用人とみなされ、上位の家事使用人の域をでなかった。唯、ガヴァネスは当時レディが身分を損なうことなく働ける唯一の職業だったが、女性が働くこと事態レディに反することだったので、軽視される存在でもあった。それ故ガヴァネスは雇い主や子どもたちに軽蔑され、踏みつけられることが多かったのである。たとえ教師であっても尊敬されることは少なく、無視される傾向もあって孤立せざるを得ない状況だった。[*54] したがって、誇り高いジェラルドがガヴァネスに敬意を払わないのは当時の一般的な考え方を示しているに過ぎない。

ジーンはそんなことを承知の上で仮面をかぶって従順で穏和な態度に終始する。そして生徒のベラにも良きガヴァネスとして、また病弱なコヴェントリー夫人にも面倒見のよい看護ぶりを発揮して信頼される演技をする。したがって、彼女とコヴェントリー家との人間関係は概ね良好で、彼女が仕事や雇い主に振り回されて苦労する場面はない。オルコットの作意は、ガヴァネスと雇い主や子どもたちとの衝突などを描くのではなく、富裕層の人々がガヴァネスに投げかける差別感や軽蔑感を描くことにあった。ジーンが初めて出会ったコヴェントリー家の当主、ジェラルドたちの叔父サー・ジョンはジーンが新任のガヴァネスであることを知ると「かすかな変化がジョン・コヴェントリーの態度によぎった。大抵の人はそれに気づかないだろうが「ジーン」はたちまちそれを悟り、胸中の怒りの感情を唇で噛みしめている」。(369) ジーンはジェラルド、コヴェントリー夫人、サー・ジョンらに巣くう傲慢さをたたきのめすつもりでいる。

賃金も低くストレスも溜まるガヴァネスの仕事はうまみに欠けものであったはずだが、その仕事は中流階級以上の家庭に侵入するのに好都合だった。要するにオルコットはジーンに当時の女性にとって最も望ましい仕事を与え、そこにかつてオルコットをガヴァネスとして雇った人々が示した軽蔑感に対する彼女のいわば「素晴らしい復讐[*55]」を織り込んだのである。現実にオルコットは母方の裕福な親戚たちの家庭や母の友だちの家庭でガヴァネスとして働いている。その他にも手のかかる少女のガヴァネスにもなり、また病気がちで気むずかしい娘に付き添ってヨーロッパ旅行をした経験もあった。したがって、マデロン・ビデルが指摘するように裕福な雇い主が示すガヴァネスへの蔑みをオルコットはよく知っており、かれらが与える屈辱感に恨みを持っていたと思われる。ジーンはオルコットの「復讐」を担って登場し、巧みにコヴェントリー家の男たちを操り、一家の不遜な思考や態度を揺さぶって地にまみれさせるのである。

手玉にとられる男たち

ジーンは恋の罠を仕掛けるまでにコヴェントリー家の三人の男性——コヴェントリー家の相続人のジェラ

ルド、次男のエドワード、サー・ジョン――らの人となりをじっくり観察してかれらを手玉にとる方法を熟考する。一家の人々は皆ジーンをガヴァネスと思っているだけで人として遇する者はいない。その中で彼女は「家庭の天使」を巧みに演じてかれらの心にくい込んでいく。その手管に翻弄されるコヴェントリー家の男性たちはオルコットが仮面をかぶっていい子でいるときだけ彼女を愛した父ブロンソンに似ているといわれている。[*56]

三人の中でも特にジェラルドは地位と血筋を重んじる若者、サー・ジョンは家柄と財力を誇っていて自分が所有する家屋敷を賛美している男である。かれらを手に入れるためにはジーンはヴァージニー同様身分を偽わらなければならない。自称聖職者のジーンの父は金と地位を狙ってレディ・ハワードと再婚し、女の子をもうけたがその子はすぐに亡くなっている。しかしサー・ジョンはレディ・ハワードが少女だった頃のことをいくらか知っていたが、子どもが亡くなったことなど知らなかったので、ジーンがレディ・ハワードの娘だと偽っても疑われることはなかった。その結果「それは魔法のように効き……サー・ジョンとジェラルドはレディ・ハワードの娘に対してとても慈悲深い同情を寄せたわ。以前は密かに私を見下して、私の貧しさと低い身分を軽蔑していたのだけれど」(手紙426)と怒りを滲ませながら、簡単に騙された男たちを嘲っている。

ジェラルドは私が君を同等に扱うのは君が同等の人だからだ。私が助けを申し出るとき、それは妹のガヴァネスにではなく、レディ・ハワードの娘に申し出ているのだよと言い、ジーンの怒りや軽蔑感はさらに深まる。彼女の出自を知って態度を変えた男たちを「決して忘れない、そして出来れば報復してやる」(手紙426)と彼女は決意を固めている。しかしそんな男たちの前でジーンは「家庭の天使」を演じ続け、特にジェラルドには自分がかしずく主人として崇めるふりをして彼を良い心持ちにさせるが、その実彼をとことん貶めるつもりだ。

「コヴェントリー家の人達はとても誇り高い、でも私は息子たちを誘惑して皆の誇りを傷つけることが出来るわ。そしてかれらが私とのっぴきならない状況になった時に捨てるのよ」。（手紙425）高慢の鼻をへし折る方法は若者の心を弄んで放り出すことだった。それは単に彼らの誇り傷つけるだけでなくコヴェントリー家の誇りを傷つけることにつながる。ジェラルドもサー・ジョンもジーンの出自を突き止めようとはしなかったのは僥倖だった。もし彼女が元女優で離婚歴があること、出自を偽ったこと、一家と親しい関係にある家庭の息子を籠絡しようとして失敗したことなどが明るみに出ればジーンの計画は潰れてしまう。

二章以降はかれらがジーンの手に落ちる様が描かれる。ジーンはまずジェラルドより扱いやすい衝動的な性格のエドワードに近づき、彼の馬に興味があるふりをして気を引き、若者が見たこともない美しい表情と輝く瞳で彼を見上げる。するとエドワードはたちまちジーンの虜になるが、エドワードが簡単に陥落すると、ジーンはあなたを愛していないと告げ、彼の恋心を踏みにじる。手始めの恋の仕掛けが終わると、次にジェラルドにはエドワードとは異なる手管を使う。初めジェラルドはジーンを「極めて気味の悪い小さなやつ」(365)と見て、彼女に不信感を持ち、得体の知れない女であることを察知しているが、同時に彼女の「家庭の天使」ぶりに目が眩んでいて、どうしようもなく惹かれていく。ジーンはジェラルドが音楽好きであること、彼女が弾くピアノの音色や歌声に心奪われていることなど承知していながら彼をそこから意図的に避ける。それまで周りの人々を従わせていた高慢なジェラルドは誰かに無視されることなどなかったが、避けられれば避けられるほどジーンへの想いは募る。効果的なテクニックだった。これは「策略と対抗策」でヴァージニーがダグラスを誘惑したのと同じで手口なので二番煎じではある。ともあれジーンは彼に無関心を装ってジェラルドの気持ちを少しずつ自分に近づけ始めるのだが、もっと強力に自分の存在を彼に印象づけるのは、ジーンをめぐる恋のいざこざでエドワードがジェラルドの腕をナイフで傷つけた時だ。ジェラルドは医師の手当てを受けるが、包帯がきつく巻かれているのでそれを緩めさせるためにジーンを部屋へ呼び寄せる。すると彼女は天使さながらの姿で表れる。

ジーンは白いドレスに身を包み、金髪とベルトにさした香りのよいスミレの小さな花束の他に飾りは何もなく、家の中でよく目にする弱々しい尼のような姿とはまるで違う人のように見えた。顔つきはドレスと同じように変化していて、両頰に柔らかな赤みがさし、恥ずかしそうに目が微笑み、その唇にはあらゆる感情を無理に抑える人がみせる堅苦しさはもうなかった。生き生きとして優しい魅力的な女性に見え、［ジェラルドは］彼女がいることで退屈な部屋が突然輝いたことを知った。ジーンはジェラルドのベッドへ真っ直ぐ進み、楽しそうな、お役にたちますといったとても慰めになる様子で無邪気に「私をお呼び下さってうれしゅうございます。ご用は何でしょうか」と言った。(386)

一九世紀の家庭小説における望ましいヒロインは金髪で碧い目をしていて白いドレスを着ていることが多く、男性たちはそういう娘を「天使」と呼んだという。[*57] もっともジーンは碧眼ではないが、そこにいるのは青白い顔の控えめなガヴァネスはなく、幸せをふりまく明るくて愛らしいジーンだ。そしてひんやりしているすべすべした手で彼の額から黒いほつれ毛をかきあげ、小鳥のように、夢見るように低い調子で彼のために子守り歌を歌う。その内彼女は両手でジェラルドの手を取ってじっと佇む。「まもなく彼の手を包んでいるすべすべした手のひらからかすかな暖かみが伝わってきて、胸はドキドキして息は乱れ、頭の中には無数の夢想が飛びまわっている。彼は吐息をつき、ジーンの方に顔を向けて夢見るように『いいなあ』と言った」。(387) 明らかにジーンはここでジェラルドのセクシュアリティを揺さぶっており、彼女は天使のように振る舞いながら、「性的に誘惑する女[*58]」になっている。だが、ジーン自身が性的にジェラルドに反応することはない。これはヴィクトリア時代「女性の性欲は道徳的異常の主な徴候のひとつと見なされた。性欲は厳しく罰され、異常ないし病的なものと見なされた……女性における性的感情は、ほとんどの場合、それは生じないままであることに疑いない[*59]」とされたからだろう。ジーンは悪女だがオルコットは彼女が異常で病的なヒロインと受け止められかねないことを避けて男性のセクシュアリティに反応しない姿を描いたと思われる。「人生の肉感的部分への嫌悪感はヴィクトリア時代の天使のような女性の大切な性質であったこと[*60]」）もジーンの態度に映し出されている。これはカイザーが指摘するように恐らく「オルコット自身のヴィクトリア朝のエロティシズムへの理解を伝えている[*61]」と思われる。これが大きなきっかけとなってジェラルドの心はジーンに傾倒していくのだが、その後彼女は再び彼から遠ざかる手管をつかって、彼の部屋に現れずジェラルドの恋心は焦らされるばかりだ。

次にジェラルドの気持ちが更にジーンに近づくのは、余興の活人画（扮装した人が人形のように静止した姿勢で名画の場面を再現する）で彼女が勇敢なユディットに扮装してアッシリアの将軍ホロフェルネスを打ち首にしようと窺っている場面を演じている時だ。ジーンはユディットのように三日月刀を握りしめて男の命を狙っている。男はベトリアという町を包囲してほぼ降伏状態にしていたが、美しい寡婦ユディットは彼に寝返ったふりをして誘惑する。それで町は救われ、ユディットは弱いものに勝利をもたらす正義の鑑となる。

ユディットの物語は様々な画家によって描かれており、斬首の瞬間や切り取った男の頭を掴んでいるユディットの姿などが描かれている。どれも彼女の激しい感情と力強さを表しており、ジーンが演じる場面はフランスの画家ホラス・ヴァネーが描いた絵の再現だ。*62 ホロフェルネスは女を支配する男を表しており、過去にジーンが騙そうとした男やコヴェントリー家の男たち、特にジェラルドを指してもいる。「極めて深い激しい憎悪がけわしくも美しい顔に表され、眼差しは雄々しさに輝き、刀を握る興奮気味の華奢な手に力があることを語っている。そこには女性の不屈の意志が一虎の皮に半ば隠れた強く踏みしめた小さな足にさえも表されていた」。(393)

その場面はジーンが男に憎しみを表す姿をさらけ出していて、しかもその男が自分の手の中にあることから生じる荒々しい喜びにひたっている。それを見てジェラルドはジーンの心の内を垣間見たかのように感じる。ユディットは一九世紀のアーティストにとって復讐と女らしくない女性の鑑になっており、ジーンの「家庭の天使」の仮面の下にはユディットのように復讐への欲望があることを明かす場面になっている。

ユディットを演じるジーンに魅力を感じたジェラルドだが、彼が抜き差しならないほどジーンに魅了されるのは、別の活人画で彼女が娘役を演じた時だ。清教徒風のドレスを着たお堅い娘役のジーンは、騎馬武者に扮装したジェラルドに腕を回し、その胸もとに彼の顔を寄せる。するとジェラルドはもう女性に冷淡で無頓着でいられなくなってくる。彼は奔放で力強いユディットを演じたジーンよりむしろ清らかな娘を演じたジーンに心奪われている。彼女の楚々とした風情や立ち居振る舞いが彼のセクシュアリティを覚醒させたのだ。ジュディス・フェタリーが指摘するように「男性はジーンのように貧しくて、評判の悪い、年を食った女優、父権制の犠牲者には同情を寄せないが、ジーンが偽装したような若くて家柄も良く、魅力的な女性からエロティックな喜びを与えられると同情する」[*63]のである。

ジェラルド自身は魅力的な若者だが、ジーンにとって彼は結婚相手としては完璧ではなかった。たとえ彼に心を奪われたとしても本命はサー・ジョンだった。「サーの称号は私の好み。それにこの人は矍鑠《かくしゃく》としたハンサムな紳士だけれど、死ぬのが待ち遠しいわ。ジェラルドは獲得に値する男性だけれど」。（手紙425）サー・ジョンは五〇代半ばの痛風病みで、視力も落ちている老人と描かれているが、それでも彼はジーンが望む安楽な生活と輝かしい身分を与えることが出来る。またこの人物は目先が利かず気も小さくて、いうならばとても鈍くて何事も見極めないタイプだ。この鈍さこそジーンにとっては幸運で、サー・ジョンは彼女と結婚すれば妻の過去などほじくり返したりしないだろう。それに老人故に彼の死がジーンより早いことを思えば、彼女の先行きは明るい。

サー・ジョンがひとりで豪奢な生活を送る先祖伝来の屋敷の前には広い緑の芝生が広がっている。堂々とした古い建物で多くの樫の木が植えられ、生け垣はちゃんと手入れされ、はなやかな庭や陽光あふれるテラス、彫刻がほどこされた破風、いくつもの広々とした部屋、お仕着せの召使い。あらゆる贅沢なものは裕福で名誉ある一族の先祖代々の屋敷に相応しい。それらを眺めるとミス・ミュアの瞳は輝き、歩みはしっかりとして、その態度はより誇り高いものとなり、満面に笑みを浮かべた。今まで心に抱いてきた望みが成功するという見通しに自信を持つ人の微笑みだ。（367～368）

この場面はジーンがコヴェントリー家に到着した翌朝散歩した時のもので、彼女が狙う人物は早々に定められている。「私は上手くやっています。この間、ひそかに娘らしく献身することでサー・ジョンを魅了してるわ。彼は立派な老人ですよ。子どものように扱いやすく、とても正直でプリンスのように寛大。彼を獲得すれば私は幸せな女になれるのです」。（手紙426）サー・ジョンはジーンが話す小話や歴史書を朗読して貰うことを好み、彼女の行き届いた世話にも満足している老人だ。

ジーンは「女の知恵と意志に力があるなら二度と失敗しない」という決意のもと「仮面」をかぶり通すのである。この物語はジーンがサー・ジョン獲得に成功するプロセスが大筋だが、ジェラルドとジーンの恋愛模様も物語に濃い彩りを添える。恋の罠をしかけて男たちを誘惑した挙げ句捨てるつもりのジーンだが、ジェラルドへの愛情はなくもなかった。一方ジェラルドは純粋に心からジーンを愛した。したがって、ジェラルドは裏切られることで強烈なダメージを与えられ、傲慢な一家へのジーンの復讐は充分に果たされるのである。

本音とペテンの狭間

ここで時折本音を漏らすジーンを見ておこう。一九世紀当時頭脳を働かせて力を発揮する女性は社会から忌避され魔女と呼ばれる傾向があった。魔女は「逸脱した女性の伝統的シンボル」[*64]であるとすればジーンは明らかに魔女である。「ジーン・ミュアはゴシック的な魔女でないにしても、心理的には魔女だ。誇り高くて情熱的、ミステリアスで冷笑的、彼女は巧妙な魔法を使う」[*65]からだ。世間知らずの男たちは魔女の企みに手もなく転がり込んでいく。オルコットは度々「魔女」という言葉を使ってジーン像を作りあげていて、ジェラルドは「私を魔法にかけようとするスコットランドの魔女［ジーン］に挑戦する」(378)つもりでいる。また彼は「私はこれまで女性に従ったことはない。ジーン、君は魔女だよ。スコットランドは不思議で気味の悪い生き物の栖だ。そいつらは憐れで弱い魂を悪魔に取り憑かせるために愛らしい姿になる」。(417)と、ジーンをあぶり出すようなことを言っている。これに対してジーンは「私は魔女、いつか私の偽装が剥がれ、年老いて、醜くて、邪悪で破滅的な本当の私をご覧になるでしょう。この先用心なさって下さい。警告はいたしましたわ。ですから危険を覚悟で私を愛して下さい」(418)と本音をもらし、それとなく自分の実像を伝えようとする。ジーンはジェラルドを籠絡しながらも心の叫びを口にしている。

「私は私でいたいのです。自由を持ちたいですし、自分のことには自信を持ちたいのです。でも皆の平和を乱したくありませんから従おうとするのです。……出来るだけ自分を抑えているのですが、もう辛抱が出来ないと思うと、本当の私が解き放たれて現れるのです、そして何にでもつっかかります。私は冷たくで感情のない機械でいるのに疲れてしまうのです。私のように激しい性格の者には不可能なことです。ですからもう冷淡になろうとはしません。誰かが私を愛すると冷たくは出来ません。でも愛なんていらないのです。私はただ平穏なところに居させて貰いたいのです。……私の意志に反してあなたを傷つけるかもしれません」。(390)

しかしジェラルドは彼女の本当の姿を見抜くことは出来なかった。ジーンは「暗闇の囁き」のシビルや「策略と対抗策」のヴァージニーより遥かに複雑なキャラクターで、一人の女性の内にある葛藤を時折浮かび上がらせている。彼女がジェラルドにそれとなく本心を悟らせようとしているところをみれば内心忸怩たる思いがあったのだろう。

ジーンに比べると『アーマデイル』のグウィルドは悪事を働くとき逡巡することはほとんどなく、悪事実行に熱中するが、ジーンは人を欺くとはいえ悩んでもいる。彼女は思うにまかせない人生を生きてきた者の悲しみや挫折感を伝えてグウィルドより存在感がある。彼女もグウィルドも目指す男性を手玉にとることに違いはないのだが、ヒロインの描き方は根本的に異なる。コリンズはグウィルドを描く際、ヴィクトリア朝の社会にあって徒手空拳で生きなければならない女性の苦しみや社会が女性に与える抑圧などを書くつもりはなかった。唯、悪女グウィルドの様々な企みが上手く運ぶかどうかに焦点が置かれている。一方ジーンは企みを実行しながらも内面は揺らいでいる。特に純情なジェラルドに対してはうしろめたさが生まれているとも思える。恋の罠はエドワードとサー・ジョンを簡単にとらえたが、ジェラルドはこの二人のように感性も思考も単純ではなかった。彼は人生に目的を持てず、家族に対してやる気のない無関心を「仮面」の陰に隠している。彼もエネルギッシュに野心を持ちたいと想いながら無為に暮らす自分に嫌気がさしているが、ジーンを恋し、新しい世界が開かれたかのように思い、働いてみようとさえ思うようになっている。しかしジェラルドの心情は徹頭徹尾ふみにじられるのである。

女の底力

ジーンはジェラルドの恋の炎を燃え上がらせる一方で着実にサー・ジョンを搦めとっていくが、やがて家を出ていたエドワードがジーンの過去を突き止め、彼女が書き送った友人宛の手紙を買い取って、全てが明らかにされる時が来る。だが、彼は家族にジーンの過去を話す前に三日の猶予を与えるのでその間にコヴェントリー家を去れと便りを寄越す。その三日の間にジーンは策略を巡らす。まず彼女はサー・ジョンに慎ましさの範囲を越えない程度に愛を告白して求婚させることに成功すると、「私はあなたさまを本当に愛しています。良い妻になれますよう最善を尽くします」と誓う。その告白を信じたサー・ジョンは街へ行って結婚許可証を手に入れ、牧師と共に屋敷に帰り、召し使いの立ち会いのもとで式を挙げることにする。ジーンにとって完璧な計画だ。しかしサー・ジョンが街へ出かけるのが遅れたり、彼が乗ってるはずの列車に事故が起こって彼の安否が不明になったりする。また、ジーンの正体を暴露する証拠を持ち帰るエドワードもその列車に乗っていて死んだかもしれないとの報も入るが、それも確かなものではない。果たして三日の内に全ては計画通り運ばれるのか。

何もかもが思いがけない展開となり、物語はサスペンスを深めスリリングに進行する。エドワードについては誤報だったのでやがて彼が現れ、ジーンはしばらく呆然とするのみだが、「最後の希望がなくなるまで女性に本来備わっている気力が絶望のうめき声を発するのを許さなかった。それは今やもろいものだったが彼女はしっかりつかんではなさなかった」(422)のである。紳士的なエドワードが与えてくれた三日の猶予期間はまだ少し残っていたからだ、彼女は全ての挑戦を受けて闘いに勝つ決心をする。

すると事は上手く運び、猶予期間が切れる間際に彼女はサー・ジョンとの結婚を果たす。サー・ジョンは自分に情熱的な恋人がいること、若者たちを凌いで恋の勝利者になったことが彼の虚栄心を満足させている。たとえジーンが悪くいわれようとも彼女を全面的に受け入れるつもりでいる。そしていよいよジーンの過去や現在の企みが手紙を通して明らかにされる場面になると、サー・ジョンは「私は何も見ない、何も聞かない、何も信じない、手紙はこの若い女性への私の愛情と尊敬をいささか減じるからだ。……私はお前たちが「ジーン獲得に」成功しなかった恋人たちだということを知っておる。……それはお前たち二人の「ジーンに対する」不正で不実な扱いの証しになる」(428)と言う。その間にジーンはサー・ジョンの手に渡されていた手紙を取って暖炉にくべ企みの証拠は灰になる。

ジーンは大胆で挑戦的な輝く瞳を居並ぶ皆に向け、「可哀相なジーン・ミュアを傷つけることは出来るかもしれませんが、コヴェントリー夫人はあなた方の手の届かないところにいますわ」(428)とサー・ジョンの妻となっている既成事実を突きつける。唖然とする皆の前でジーンは彼と「平穏な暮らしをさせてください」と言う。ジーンはコヴェントリー家の人々を徹底的に愚弄したのだが、彼女は「……私は厳粛にサー・ジョンの幸せに貢献することをお約束いたします……この方のために私をお許しください」(429)としおらしい。ともあれ彼女は闘いに勝った。そして彼女はサー・ジョンに伴われて屋敷へ戻る時、部屋の戸口で立ち止まり振り返って破顔し、よく通る声で「最後の一幕は最初の一幕よりよくありませんでしたかしら?」(429)と言ってのける。ジーンの謀は舞台劇のようにここで幕を閉じる。

オルコットは彼女が頭をふりしぼって望みを実現させる様子を描き、副題にある「女の力」を語った。それまで辛酸をなめる生活から逃れられなかったジーンだが、サー・ジョンを獲得するため自らが立てた企みにしたがって、実行力を発揮し、人生の活路を開くことに成功した。これはフェタリーによれば「一九世紀後半における中産階級の白人女性の経済的状況の辛辣な分析である」[*66]ともいえよう。ジーンの内部に溜め込まれた不安と不満の山は理想の女性像を転覆させるきっかけを生む。ジーンは考え抜いたペテンを巧みに使うが、それはいわば「家庭の天使」礼賛が時として生み出す陰の要素だ。ルシアは手紙に書かれたジーンの計略を知ると「ジーンはそんな手紙書かないわ！　あり得ないことです。女の人はそんなこと出来ませんと叫んでいる。「仮面」をかぶればたちまち騙される「男たちってなんて愚かなのかしら！」(手紙427)といったジーンの男性への誇りは、ルシアのような裕福な良家の娘には理解出来ない抑圧的な社会の規範から生まれている。

「策略と対抗策」のヴァージニーは男性の支配力にとらわれることを避けて自死したが、ジーンはサー・ジョンを掴まえることが出来た。一九世紀の多くの女性作家は「ヴィクトリア時代における女性のステレオタイプを崇拝の対象までに持ち上げた男性社会と対決」[*67]しており、ジーンはそれに勝利した。彼女は「家庭の天使」を信奉する社会で足掻きが取れないにも関わらず、受け入れ難い理想像を演じて、巧みに男性に復讐したのである。[*68]もっともジーンの策略に対する罰は強いていえば今後愛してもいない老人との生活がそれに当たるだろうが、彼女はそんなこと気にもかけないだろう。「愛することを望んでいない」[*69]し、愛されることも望んでいないからだ。彼女が恵まれない子ども時代やその後の生活苦から学んだことは男性の愛情を得るより安泰な暮らしを確実に獲得することだった。サー・ジョンはジーンの実年齢から見ても父親ほどの年齢差がある。しかし彼はプリンスのように寛容な精神に溢れており、性格は至って単純かつ穏健で、間違いなくジーンに平穏な暮らしを与えることが出来る。したがって、今後ジーンは仮面の陰にひそみながら巧みに自分の流儀を使って夫を牛耳るに違いない。

この小説の「秘密」は女性が「女の力」を全開すれば、父権制など如何様にもひびを入れることが出来、そのうえ「勝利をおさめた女性の征服者となる」[*70]可能性を語ったことだ。読者はこの小説を読むとたちまちオルコットの意図に気づき、「男性優位主義に対するジーンの力の闘争に巻き込まれ、究極の勝利に大いに喜ぶのである」[71]。スターンの指摘にあるようにオルコットのフェミニズムは男女間の力の葛藤の形式で現れている。[72]ジーンの言動の全てが演技だとしても、彼女は何事も立派に果たす能力を持っていながら欲得ずくで人をたぶらかす。一方コヴェントリー家の人々は人をたぶらかしたりしないが、身分の低い貧しい人々を賤しめる傲慢さを持っており、「両者は道徳的な意味でバランスがとれている」[73]。ジーンが罰せられない理由はそこにある。サックストンが指摘しているように「この物語の主要な感情的満足感はオルコットが終わりに善と悪をジーンに統合させていることだ」[74]。すなわちジーンはサー・ジョンを幸せにすると約束し、彼はジーンの過去を許すと言う。

ジーンは今後彼女の流儀でだが、恐らく誠心誠意サー・ジョンに尽くして彼を満足させるに違いない。今まで述べた煽情小説を振り返ってみると、スターンが指摘するようにこのジャンルでは「オルコット自身の不公平な世界に対する怒りをヒロインの怒りにし、その怒りを強力な武器にしてファム・ファタールたちは運命に挑戦する。［筆名の］A・M・バーナードの心理的な洞察力はルイザ・メイ・オルコットの暗い部分を暴露している」[75]ことは明らかで、この文学形式がどれほどオルコットの精神を解放したか窺うことが出来る。

結婚と金勘定

ヴァージニーやジーンのように男性の財力や家柄を念頭に置いて結婚相手を求める娘たちを数々の小説で書いたイギリスの作家にジェイン・オースティン（一七七五〜一八一七）がいる。彼女は一八世紀末から一九世紀初めに作家活動をしており、作品のテーマは概ね女性と結婚に絞られている。そこでは結婚相手の家柄や社会的地位は無論のこと、収入や財産の有無が結婚を決める際の大きな要因になることを娘たちは知っている。オースティンの小説に登場する娘たちは結婚相手になりそうな男たちをさまざまに吟味する。オースティンは「理由がよかれあしかれ、経済的現実を無視する女性に対しては、それほかりを考えている女性に対してより厳しい[*76]」視点を持っていた。

もっともオースティンは娘たちに花婿選びの際、人間性より財産や年収の高を優先させることを勧めているわけではなく、結婚生活を支える経済力もないのに結婚することに警告を発しているのである。しかしヴァージニーはひたすら財産と家柄を狙って、アランやダグラスを選び、ジーンもサー・ジョンを迷わず選んでいる。因みにオルコットが尊敬するエマスンはオースティンの作品は結婚と金儲けとをあからさまに結びつけているところが「作品を通俗的[*77]」なものにしていると激しく非難したと伝えられている。また彼は「オースティンの念頭にあった唯一の問題は結婚適齢期の娘たちの結婚の可能性だ。どの登場人物も関心をもつのは……彼または彼女は結婚するお金を持っているか、そして条件がつりあっているか、ということだけなのだ[*78]」と怒りを爆発させたという。だが忘れてならないのは男性は出自にもよるだろうが生活の手段あるいは財産などを持っていて、自主独立を旨として生きることが出来やすく、経済的に誰かに頼る人生を送る必要などない場合が多かった。したがって、男性は経済力のない女性の胸にわだかまる闇をどれほど分かっていただろうか。夫に頼る他ない女性にとって花婿候補が「お金をもっているか」どうか、「条件がつりあっている」かどうかが結婚を決める際の重要事項になるのは当然のことだった。

ヴァージニーがアランやダグラスを、ジーンがサー・ジョンを結婚相手に選んだのは、計算ずくであったとしても、そこに同情の余地がなくもない。かれらはオースティンの娘たちのように多少とも身分のある親や親戚もいない中で生き抜く方法を考えなければならなかったからだ。まるで孤児のように二人は「苦しみと［自らが］作り出した孤独の中にいる。かれらの社会に対する唯一の現実の繋がりは陰謀[79]」だった。

まず二人に必要なのは社会で認められる身分を得ることだった。それがなければいくら有能であっても上流階級へ参入することは出来ない。その分ヴァージニーやジーンはオースティンの娘たちより努力を要した。二人は貴婦人に偽装し、性的魅力をふりまき、同時に計略遂行のために絶えず頭を働かせて男そこのけの力を発揮した。それにオースティンの娘たちが花婿候補に結婚を決意させるのは「……若い内に素早く運ばれなければならない。一、二年の間に、つまり娘の色香が褪せないうちに[80]」事をなさねばならない。これはヴァージニーとて同じであったし、年齢からみると色香を失いつつある時期にいるジーンはヴァージニーよりもっと差し迫った状況にいた。

ヴァージニーはアラン獲得に力を尽くし、アランが亡くなるとヴェインを嘘八百で獲得しようとしたが、それが叶わない結果となると、次はダグラスに大嘘をついて大胆不敵な策略を用いて妻の座を確保しようとした。ジーンの場合も全く同じ手口で複数の男性の心を弄んでおり、ヴァージニーより罪深いかもしれない。オースティンは「田舎の村の、三、四軒の家族があれば作品をつくるにはそれで十分」と考えていて、いたって狭い世界で娘たちの結婚のあれこれを描くのが得手な作家だった。彼女は結婚が娘たちに経済的安定をもたらすか否かをいつも問題にする。

娘たちが男性の財産や年収の高を話題にするのは結婚相手の経済状況が結婚後の死活問題にかかわっているからだ。いうなればオースティンの娘たちは家父長社会［女性が働けない社会］において生き抜くことの出来る結婚を求めているともいえる。すなわち女性は、人生の中で唯一の選択は「女性の精神的・肉体的健全さだけが頼りとなる結婚の縁組だけであることを知っていた」[*81]。それ故モアズが指摘するようにオースティンは自作のヒロインたちの結婚後の経済生活に厳しい視点を向けたのだ。これはヴァージニーにもジーンにも相通じる思考である。ヴァージニーはアランあるいはダグラスと結婚すれば経済的な安定を確保し、安穏な人生を送れると判断したのだ。無論ジーンもサー・ジョンとの結婚がもたらす経済的に豊かな暮らしを是が非でも獲得したかった。

オースティンの娘たちとヴァージニー、ジーンとでは大きく異なる点が少なくとも三点ある。一点目はかれらはひたすら財産と家柄と手に入れようとして、その所有者である男性の人柄や資質にさほど価値を置かないことだ。二点目はオースティンの大半の娘たちと違ってヴァージニーとジーンは夫候補の男性に愛情を持たないことだ。

オースティンの小説では、例えば『分別と多感』（一八一一年）に登場する娘エリナー・ダッシュウッド（一九歳）はエドワードを愛するがその恋は容易に実らない。それでも二人は愛を育み紆余曲折の末結婚することになる。エリナーにも、大金持ちの母に勘当されているエドワードにも、財産はなく、例え彼に牧師禄があったとしても二人は安定した楽しい生活は送れそうになかった。だが、結局エドワードの勘当がとかれて一万ポンド貰い、経済的な不安は解消される。エリナーは結婚相手の財産の高をまず勘定に入れて夫を選んだわけではないが、金のあるなしは結婚後の幸せを左右することはよく知っている娘だ。困難な状況の中で育んだ二人の純愛にいわば報いるかのように一万ポンドが手に入り、それで充分と喜ぶ二人の先行きは明るい。

エリナーの妹マリアン（一六歳）は金勘定などせず恋人との激しい恋愛におぼれたが、恋人の方が財産持ちの女性を妻に選び、彼女は捨てられる。だが、その後彼女に想いを寄せていた年配のブランドン大佐と結婚する。彼女は財産家で年配の年収二千ポンドのブランドン大佐の財力に惹かれたというより、彼の人柄の良さを認めて幸せにしてあげたいと心から願って結婚する。また『高慢と偏見』(一八一三年) のエリザベス・ベネット (二〇歳) は年収二千ポンドの地主の娘だが年収一万ポンドの大地主ダーシーと結婚する。彼女の場合も彼が財産家であることを優先して結婚を決めたわけではなかった。ダーシーとの結婚成就まで彼女はさまざまなことを経験し、その中で人間観察をおこたらず、最後には誤解していたダーシーに尊敬と愛情を持つに至り、精神的な成長を遂げて、その「精神的価値《モラル・ワース》にふさわしい経済的報い」[*82]を受けたのである。エリナー、マリアン、エリザベスはむき出しの計算高さを見せないが、それぞれの結婚相手の経済状態が具体的に語られており、そのお陰でかれらは安定した結婚生活を送ることが出来る。つまるところオースティンは安泰な結婚生活は経済力のあるなしに深く関わっていることを繰り返し描いているのである。

三点目はヴァージニーとジーンがオースティンの娘たちと違ってファム・ファタールであることだ。オルコットは当時の多くの女性作家がしたようにヒロインに「男の特権」[*83]である頭脳と行動力を与えてかれらを思いのままに行動させた。ヴァージニーとジーンはかれらの思考とその実践力を自由に行使することによって「結婚や女性の経済的抑圧に対する真に革新的な女性の抗議を模索して」[*84]いることを示している。そこにあるのは女性の弱さやロマンスにまつわる感傷などはなく、唯、かれらが仕切る世界があるだけだ。これらの「どぎつい」小説の「秘密」は女手ひとつで闘いを挑むヒロインを語って、父権社会の価値観に異議を申し立てることにある。

エマスンは結婚の条件に金がからむと怒っていたが、オースティンの娘たちは恋に溺れて金銭を忘れてしまうことは少ない。無論彼女の小説は煽情小説ではないので、今とりあげた娘たちは結婚にたどりつくまでに「どぎつい」手口を使うこともないが、ヴァージニーやジーンの場合、それが望むものを得る唯一の手段だったことは既に述べた通りである。また『高慢と偏見』のエリザベスと違ってヴァージニーもジーンも男性との関わりにおいて精神的成長もなければ男性の愛情も求めてはいなかった。もっともヴァージニーはダグラスを愛していないわけではなかったが、やはり「欲得ずく」が優先事項であった。「策略と対抗策」や「仮面の陰で」におけるオルコットの作意はヒロインたちが安定した豊かな生活を掴み取れるか否かを描くことだけにあった。ヒロインの人間的成長や男性への愛情が描かれなかったのは、女性の経済力の欠如が人間的な感情を抹殺するほど熾烈なものであったことを示しているのかもしれない。

ヴァージニーと違ってジーンは見事に望む世界を掴んで、夫の愛情など望まず、唯、安楽な暮らしに身を置き、思いのままに生きるのである。オースティンはジーンと同じように夫を愛することも愛されることにも頓着せず、唯、妻の座を得て経済的、社会的に安定した場所を求める娘も描いている。先に述べたようにオースティンは概ね娘たちが花婿候補と愛を育む姿を描いたが、『高慢と偏見』のエリザベスの傍らに佇む友シャーロット・ルーカスは夫の性格の善し悪し、夫への愛情の有無、など全く気にかけない。彼女が優先するのは経済的安定と自分の居場所を確保することだけだ。狙われたのはエリザベスの従兄にあたる牧師のコリンズだ。彼はベネット家の限定相続人で、息子のいないベネット家では父親が亡くなれば一家の屋敷は彼が受け継ぐことになり、エリザベスたちを追い出すことが出来る。したがって、エリザベスが彼と結婚すれば一家の先行きに不安はないのだが、彼女は横柄で卑屈な男と結婚する気は全くなかった。

ところが二七歳で教育はあるが財産のないシャーロットは彼に急接近して手早く妻の座を射止める。女性にとって結婚は人並みに生きるための生活の手段であり、幸せになれなくても食べるに困らず、少なくとも牧師の妻というステイタスが彼女を守ってくれる。結婚後のシャーロットは上手く夫との生活に折り合いをつけ、いたって幸せそうに暮らしており、自分の居場所を心地よくしておくためにさまざまに工夫をこらしている。[*85] 例えばコリンズが聞くも恥ずかしいおべんちゃらを人前で口にすると聞こえない振りをし、また夫と顔を合わせる時間を減らすために彼に庭仕事を勧める。その結果彼は朝食と夕飯の間、主として庭で働いている。さらに明るい部屋だと夫が度々顔出しするかもしれないのであえて見晴らしの良い部屋を避けて、女たちの部屋は裏に面した奥の部屋にしている。

シャーロットはどんな男と結婚したかよく承知していて抜かりなく夫に対処するのである。ジーンもシャーロットのようにサー・ジョンを掌のうちにおいて、それを彼に気づかせず全てをとり仕切ることになるだろう。それに彼はコリンズとは比較にならないくらい人柄もよい。したがって、結婚後ジーンが愛してもいない老人の守をする暗い日々を送るだろうという推測より、ジーンに相応しいのは彼女が己を解き放つ贅沢に身を委ね、何不自由ない暮らしを満喫する姿だ。それにサー・ジョンは恐らくジーンより早く死ぬだろう。後はジーンにとって自由で開放的な日々があるだけだ。彼女は一家の人々をペテンにかけたにもかかわらず罰せられることもなく、望みを全て手に入れている。オルコットの「最もラディカルな作品[*86]」といわれる所以だ。

「暴君馴らし」

ここで、もうひとつラディカルな「暴君馴らし」（"Taming a Tartar," 1867）[*87]を簡単に紹介しておこう。この短編は今まで述べた煽情小説とは作風の違うコミカルな物語である。先の三作品では主に闇を抱える女性たちの姿に注目してきたが、一方で闇など蹴飛ばす勢いの娘が登場する物語もある。「暴君馴らし」は『フランク・レズリーズ・イラストレイテッド・ニューズペイパー』紙に掲載された短編で、ヒロインのシビルが語る物語だ。彼女は様々なことを経験したいと思っていて、進んで事に当たろうとする意気込みに溢れている。シビルは天涯孤独の身の上で生活費を稼ぐためにあちこちで働かなければならないが、かといって生活苦から逃れるために男性を利用することなどない。一人で生きる女性が直面する経済的危機なども描かれず、彼女が終始問題にするのは暴君の言動である。

手懐けられるプリンス

シビルはパリ在住のロシア王家の病弱なプリンセスのコンパニオンとして働くことになる。そしてそこで出会ったプリンセスの兄、傲慢で平然と人を押し拉ぐプリンス、アレクシスに出会う。すると彼女はあの手この手で彼の意識改革に乗り出す。アレクシスは子ども時代から人に許しを求めることなど教えられていず、服従されることを当然として生きている男性で、妹を抑圧したり召使いを虐げることなどてんとして恥じない。一介のコンパニオンに過ぎないシビルだが、アレクシスに向かって「王家の人、身分の高い人といえども他の人を虐げる権利はありません。暴君は――王位にある者であっても――最も卑劣な人間です」（594）と恐れ気もなく言う。なにしろ彼の意志は鉄のように堅く、一度出した命令は取り消されることはなく、自分自身は完璧な自由を謳歌し、周りにいる人には完璧な服従を求める男性で正に暴君だ。終始一貫して語られるのは手のつけられない暴君を手懐けるシビルの姿だ。

傲慢な男性が出てくるのだが、作品全体のトーンは明るく、シビルは余裕をもってアレクシスを観察し彼を正そうと口やかましい。しかし物語が進むにつれて彼女はアレクシスの性格の良さにも気づき二人の間に恋が芽生えて結局は結婚に至る。シビルは彼の意志をたたき直せば他の誰よりも力を持つことが出来ると考える。難攻不落に思えるアレクシスと自分の思い通りに彼を変革しようとするシビルの闘いは戯画化され誇張されて面白可笑しく語られているが、その根底にはオルコットの煽情小説の基調である男性に挑戦する女性の姿がある。

やがてアレクシスの意識を改革することに成功し、彼を愛し尊敬することを約束するが、同時に「あなたに従わない」（616）ことを明言して物語は終わる。シビルはアレクシスを撓めても自分を撓めることはなく、自信満々で彼の考え方を根本的にたたき直した。いうなれば「シビルは男女間の力の闘争において究極の力を達成する」[*88]のである。オルコットは脚本執筆にも興味があり、シェイクスピア劇の熱心な読者でもあったので、その影響を受けてシェイクスピアの『じゃじゃ馬馴らし』ならぬ「暴君馴らし」書いたのである。

『愛の果ての物語』

「暴君馴らし」を発表した前年に描かれた『愛の果ての物語』（*A Long Fatal Love Chase*）[*89]は一八六六年に執筆された作品だが、長すぎる上に煽情的であるとして出版を断られていた。だが、ケント・ビッグネルが一九九三年に未発表のこの原稿を出版する計画を立て、一九九五年に初めて本として世に出た。ビッグネルの「覚書」によればオルコットの手書きの原稿には修正が施され、小説の煽情的要素をやわらげる試みがなされていたが、それは小説の力を弱めることになっていたという。ビッグネルは修正以前のより活気溢れるオリジナルの物語を再現するという意図を持って校訂している。[*90] この物語も男女間の力の闘争がテーマである。オルコットの煽情小説にしては珍しく長編で、「暴君馴らし」のシビルのようにヒロインのロザモンド（一八歳）もさまざまな経験を求めて女性が居るべき領域から飛び出して行く。物語のトーンは明るいが、この物語における男女間の力の闘争は熾烈極まりない。

悪魔に魂を売る

まず、『愛の果て』の煽情的要素をいくつかあげてみよう。ロザモンドは

① 祖父との暮らしに飽いており、悪魔に魂を売ってでも孤独な状況から自由になりたいと心底願い、世間の道徳など軽蔑していて批判にさらされることなどものともしない。
② 突然現れたテンペストに惹かれて結婚するが、その後彼に妻子があることが判明する。
③ テンペストの不実と邪な言動を知って彼の許から逃れようとするが執拗に追跡される。逃げる際、髪を短く切って男装するなど様々に計画を巡らせて彼を出し抜く。最後に精神病院に入れられるが、そこからも脱出する。

ヒロインが自由を求める、重婚する、男装して男を出し抜く、精神病院に放り込まれる、などはいずれも煽情小説を特徴づける要素だ。③にあげた男装するロザモンドは「もし私が男だったら、世界中を放浪してまわるわ。笛を片手に自由きままに小さな友と一緒に歩きまわるのは楽しいでしょうね」と変身を楽しんで

いる風で、彼女は当時の女性の常識や慣習に目もくれない娘だ。明らかにロザモンドは社会の規範から逸脱しているがファム・ファタールではない。ただし彼女は当時としては不届き至極な考えに取り憑かれている。物語はロザモンドの「実際、もうがまん出来ないの！　こんな生活今すぐ変えられないなら、何をしでかすかわからないわ。どんどん悪くなっていくばかり。いつも感じてるのだけれど、もし一年間の自由をくれるというのなら、魂だって喜んでサタンに売り渡してしまいそう」(1) で始まる。「こんな生活」とは何事も起こらない、彼女を愛してもくれない祖父との退屈な島暮らしを指す。そんな彼女に応えるかのようにサタンとおぼしきテンペストが現れる。祖父はテンペストとの博打の際ロザモンドを賭けて負け、彼女は彼と結婚の運びとなる。そしてロザモンドはしばらくの間テンペストと楽しい結婚生活を送るが、実は彼には妻子があり、邪な男であることも分かって、彼の許から逃げ出す。その結果ロザモンドは数多の困難に遭遇するのだが、それらを乗り越える逃避行がこの物語を冒険譚にしている。冒険の内容はおよそ次の通りだ。ロザモンドは

① テンペストから逃れてパリへ行き知り合いを訪ねて針仕事を貰って生活費を稼ぐ。が、やがて彼に見つけられると、衣装籠に潜んで懇意であった女優に匿って貰うがこれも危うくなる。

② さらなる逃走の途中たまたま見つけた女性の死体を彼女自身であるとおもいこませる工夫をし、それが上手く働いてその後しばらく修道院で静かな生活を送る。

③ 修道院で暮らすうち町に伝染性の熱病が広まり、誰もが病人の看護を尻込みする中でロザモンドは危険をかえりみず、病気に倒れているリュネヴィル伯爵の娘ナタリーを看護する。やがて娘は回復し、伯爵親娘の信頼を得る。そして伯爵に求婚され、承諾する気になるがテンペストに阻まれる。

④ 結婚話が破綻した後テンペストの企みで精神病院に閉じこめられるが、苦心惨憺の末そこから逃れてイギリスへ渡り、祖父のいる島へ帰ろうとしてテンペストの計略にかかって死ぬ。

彼女の場合は経済的危機に苦しむことなどなく、冒険に次ぐ冒険に身を投げ入れる。この物語は先の代表的な三作品とは異なる作風で、ロザモンドは仮面をかぶって、その陰で積極性や行動力を発揮するのではなく、素のままで大胆に敵に刃向かい無力さとは無縁だ。しかしテンペストの追跡に振り回され。男性の支配力を実感するようになって、そこから生じる不条理に直面することになる。

ロザモンドは何事であれ公然と不満を表明し、降りかかる難事を次々と迎え撃ち、どんな苦難も彼女の活力を打ち砕くことは出来ない。若さ故の無鉄砲さと気力に満ちたヒロインの物語に煽情小説の特色が入れ込まれ、物語はいやが上にも盛り上がる。ロザモンドはテンペストの不実・悪魔ぶりを知って彼から逃げ出すのだが、その過程で彼女は男性に対する不満を真っ正面から展開し、「家庭の天使」のふりをしない分何事につけても思い切りがよい。脱獄囚、女優、伯爵、神父などが登場し、如何にも非日常的な出来事が押し寄せる。ロザモンドはテンペストから逃れる途中一時期修道院で安全な日々を暮らしていて、そこで助けの要る病人や貧しい人々を支援する。その後伯爵の娘を看護し、それが終わると修道院へ戻り静かな日々を過ごす。しかしやがて隠遁者のような単調な毎日に飽きて、再び自由への憧れが頭をもたげる。彼女は「世界を見て、解放と快楽とは何かを知り、たくさんの友だちを持って、熱烈に愛されるために空気のように自由になりたい」(9) のだ。いうなれば彼女は穏やかな暮らしなど望んでいない。「人は平穏に満足すべきである、と言ってみたところで、むなしいことだ。人間は行動しなければならない。もしそれを見つけ出せなかったら、自分で作り出すだろう」[*91] とジェーン・エアは言う。この思考はロザモンドの島での退屈な暮らし、また逃避中にたまさかおとずれる平穏な暮らしがもたらす閉塞感にうんざりするロザモンドの感情に相通じる。しかしその状況から逃れて行動を起こすとテンペストや彼の手先である脱獄囚につきまとわれて危険に首を突っ込むことになる。いうなればその危険な冒険はロザモンドの倦怠感から作り出されたものでもある。

この物語はテンペストに屈しないロザモンドとロザモンドを屈服させようとするテンペストとのバトルロワイヤルである。テンペストの追跡は執拗だが、それに真っ向から刃向かう彼女の闘いぶりは如何にも大胆で妥協がない。彼女は逃走中、何に直面しようと自らの判断を信頼し勇気を持って事に当たり、「いざ闘いとなれば、ロザモンドは敵に欺かれたり、敗北したりする女ではない」(105)ことを明らかにする。しかしテンペストの追跡ぶりは激しさを増し、決して手を緩めることはなかった。そして反撃のあげくにテンペストによって精神病院に放り込まれるが、ロザモンドはしっかり自分を保持し体力と精神の回復を待って病院を脱出する。が、またしても彼の手に落ちてしまう。すると再び彼女は勇気が湧くまで待って、総力をあげて彼から逃れ、祖父の許へ帰るため海を渡る。その途中でテンペストの計略にかかり、海に放り出されて死んでしまう。

物語の終盤でロザモンドは次のように言う。「ずっと昔、向こう見ずな少女だったころ、一年の自由が与えられたらサタンに魂を売ってもいいと言いました。こんなに恐ろしい正確さでその言葉通りになろうとは、思いもしませんでした。私は幸せでしたがそのために高い代償を支払いました。今となっては、不遜な願望を、忍耐と服従によって償うことしか望んでいません」(278)と。ここで突然あの闊達なロザモンドに突き放されてしまう。彼女が望んだ自由や開放感を閉ざす思考だからだ。かつて彼女は老いる前に若さと健康と自由を楽しむつもりだったし、「法律や慣習なんて知らないし、世間の道徳は軽蔑している」(8)ので誰にも従うつもりもなかった。その彼女が「忍耐と従順」によって「不遜な願望」を実践したことを償うつもりでいる。思うさま己を解放し、勝手気ままな行動に走った娘はもういなくなった。ロザモンドの冒険は終わったのだ。彼女の改心は強いて言えば苦難が彼女を成長させ、もう自己中心的な願望を捨てるということだろう。だが、かといって悪を体現するテンペストを許して従うつもりはなく、その決意の後も彼の追跡にはあくまで対抗する強い意志を持ち続けてはいる。

テンペストは「ここでは私が主人だ。私の意志は法律だ。従わないものは情け容赦なく処罰する」(101)とうそぶくが、この思考は決して特殊なものではなく、当時父権制を信奉する多くの男性の考え方だった。テンペストは誇張されている人物とはいえ、いうなれば彼は女性を服従させたい父権的な男性を体現する男である。しかしロザモンドは「自分自身や他の人たちに対するいかなる不正にもおとなしく従うことは、自分の本性ではない」(102)と考えており、彼女とテンペストの間に死闘が繰り返されるのは当然といえば当然だった。間違いなくロザモンドとテンペストの力は拮抗している。奸計をめぐらせてロザモンドを手に入れようとするテンペストは不従順な女性に対する苛立ちと悔しさにまみれている。カイザーによればオルコットは子どもだましの訓話を書くことに飽いていたので息抜きに冒険に満ちた楽しい物語を書き、その結果最も野心的な作品が生まれたのである。[*92]

それはさておき最後にロザモンドが死ぬのは彼女の実力を思えば如何にも唐突だ。テンペストはロザモンドの亡骸を抱きしめて、短刀を己の胸に突き刺し、たとえ墓の中でも彼女は俺のものだと執念深い姿を晒している。これではロザモンドは逃れようがない。いいかえれば彼の利己的な情熱から逃れるには死ぬ他ないのだろう。それにしてもテンペストにどんな罠をかけられようとも負けるはずのないロザモンドが命を落としてしまうとは。

この物語はサミュエル・リチャードソンの非常に長い書簡小説『クラリッサ・ハーロウ』（一七四七～一七四八年）の影響を受けているといわれている。クラリッサは両親が勧める財産目当ての男との結婚を嫌うが、そこにつけこんだ貴族（悪人）に騙されて駆け落ちする。そして貞操を奪われ、その男との結婚も拒否して孤独の中で死んでいく。親に逆らうクラリッサ、男に逆らうロザモンド。男性の支配に女性が従わないことを選ぶと死ぬ他生きる道がないということか。先に述べたようにこの物語は長編でかつ煽情的であることを理由に出版されなかったのだが、煽情的であるとする出版社の視点はロザモンドの飽くなき抵抗、強い意志、ことをなす実行力への不満が根拠になっていたとも考えられる。彼女はヴァージニーやジーンとは異なり、恐れず己の意志を示して男性・社会に楯突いている。ともあれこの作品に潜む「秘密」はオルコットが長年取り憑かれていたテーマ、「男女間の力の闘争、特に結婚における力の闘争[*93]」が臆することなく語られており、オルコットの面目躍如たる物語である。

第三章　南北戦争時における病院の現状報告

『病院のスケッチ』

『病院のスケッチ』(*Hospital Sketches*, 1863)[*1]はジャンル分けが難しく、ノンフィクションのようだが、オルコットよればこの作品の軸となるのは彼女の「眼鏡」を通して見た戦時の病院の実態を報告するもので、ノンフィクションに徹しているわけではない。しかし病院に収容された傷病兵、かれらのために働く看護婦、医師、牧師などの姿はドキュメントを思わせる視点で語られ、南北戦争時に看護婦として働いたオルコットの病院からの独自のレポートである。これは彼女の作品群の中でも特にユニークなもので、後の『若草物語』の作風に影響を与える文学スタイルを使って、戦時における病院内の様相を率直に描いている。この見聞と経験は南北戦争初期のもので、オルコットの貴重な体験を知ることになる。

一八六二年一〇月オルコットはワシントンD.C.へ出発する。そこで彼女が配属されたのはワシントン郊外のジョージタウンにあるユニオン・ホテル病院だった。そこはもとホテルの建物で、設備は整っておらず病院としては劣悪な状況を呈していた。そこに到着するとオルコットはいきなり四〇台のベッドのある病棟を任せられてしまう。看護婦が一人止めてしまったからだ。肺炎やジフテリアやチフスにかかっている者、身も心もぼろぼろになっている者、足や腕を失った者たちの看護が彼女にふりかかってきたが、「自分はここで働くのであり、驚いたり、泣いたりしてはならないと自分に言い聞かせ」ている。そんな中でオルコットは誠意をこめて兵士たちを看護するが、粗末な食事、不規則な生活、激しい労働のあげく彼女自身がチフスに罹り、病院に配属されて六週間後に家へ帰される。しかし短い期間の経験ではあったが、オルコットは看護婦として働いた間、病院の実情や傷病兵の様々な姿を見すえて家族に手紙を書き送った。

ちょうどその頃友だちのフランク・サンボーンが『ボストン・コモンウェルス』紙の編集長になっていて、オルコットにその手紙を編集して発表することを勧めた。そこで彼女はまず三編を「病院のスケッチ」として同紙に投稿した。これは「南北戦争における病院の実相やそこで働く女性の前例のない仕事ぶりを語る最も啓示的な報告[*2]」で、それが評判となって後に本として出版され、多くの人々に好意を持って迎えられた。「この小さな本はとてもよく書けていて、ニューイングランドの女性の興味深い経験を伝えている。彼女は敬服に値する素質を備えた看護婦として戦争に行った[*3]」と讃えられている。そしてこの作品はそれほど原稿料を稼いだとはいえないが、彼女がそれまでに書いた物語とは比べられないほど広く読まれたのである。[*4]

ユニオン・ホテル病院

この報告書は通称トリブと呼ばれる主人公のトリビュレイション・ペリウィンクルが「わたし何かしたいの」という気持に突き動かされて、その思いを実行するために傷病兵の志願看護婦として働くことを決意するところから始まる。トリブと呼ばれるヒロインの正確な名前はトリビュレイション（Tribulation）で、「苦難」を意味しており、彼女は苦難を受け止める覚悟でいる。まず冒頭部では彼女が目的地に行くまでの煩多な手続きに悩まされる姿がある。それでも「女権論者」の彼女はそれなりの行動力を発揮して必要な事柄に対処するため右往左往し、不言実行のトリブならぬオルコットが浮かび上がる。トリブは自分が実在の看護婦で、実際にワシントンへ行ったこと、そして作り話ではないことを分かって貰うために旅の様子を書き留めようと考える。しかしそればかりでなく看護婦としての日常を手紙や日記に書き残し、それらを基にして虚構ではない戦時の現実を語ったのである。

そこに書かれた傷病兵の様子、病院の実情、看護婦および医師たちの働きぶりは臨場感に溢れた優れたレポートになっている。この病院の素描はオルコットの見聞、経験、心に浮かんだことなどを文章にしたものだ。作品は六章で構成され、一章は看護婦を志願するトリブの決意とそれを実現させるまでの行動、二章は病院へ行くまでのトリブの旅、三〜五章は看護婦として働くトリブ、傷病兵、病院の様相、六章は『病院のスケッチ』を発表した後の「後記」が記されている。作品名の「スケッチ」が示すように戦時の一断面を捉えた素描だが、大まかな「スケッチ」ではなく、苦渋に満ちた生き方を余儀なくされた男たちの姿が確実に把握されている。まずは病院の実態とそこに収容された傷病兵と看護婦の日常を見てみよう。

私が過ごした日々の一例として、病院の一日の出来事を記しておこう。六時に起きガスランプの明かりで服を着替える。病棟を駆け回ってあちこちの窓を開け放つ。病人たちは不平をならして寒さに震えているけれど。でも空気は疫病の原因になりかねないほど悪い。もっといい換気装置が欲しいと度々訴えているのだが聞いて貰えない。私が出来ることをしなければ。暖炉の火をかき立てて毛布を足し、傷病兵にジョークを飛ばしたり、なだめたり、指示を与えたりする。でもまるでこれに命がかかっているかのように次々ドアや窓を開けていく。私の命もそうだが、間違いなく他の多くの人の命も換気にかかっている。この病院ほど疫病の病巣にうってつけの場所は見たことがないからだ。寒くてじめじめして不潔。その病室には患者たちの傷口や台所、便所や厩の悪臭が充満している。男にせよ女にせよ、ここを改善出来る有能な人は一人もいない。良い看護婦、悪い看護婦、冷淡な看護婦、外科医、付き添いたちが入り交じって、この混乱をさらに複雑なものにする。私は窒息しそうな病棟でいや気がさす仕事をおわると食欲の有無にかかわらず朝食に向かう。どうしようもない炒めた牛肉、塩辛いバター、かさかさのパン、水っぽいコーヒーがあるだけだ。……

朝食の後、正午までかけずり回わった。病人に食べ物を配ったり、助けのいる「男の子」たちのために食べ物を食べやすいように細かく切ったり、洗顔してあげたりした。また付き添いたちにベッドの作り方や床の掃除の仕方を教え、傷の手当てをしてフイッツ・パトリック医者の指示に従った。……

十二時が鳴ると、若い兵士たちに昼食がはこばれてくる。皆待ちかねているが空きっ腹が満たされることはない。献立はスープ、肉、ジャガイモ、パン。……食事が終わると、寝る者もいるが、多くは本を読む。なかには手紙を書いて貰いたがる者もいる。私は手紙を代筆するのが好き。かれらは風変わりなことを書くし、自分たちの思いをとても面白く表現するからだ。……

五時の夕食時は走ることの出来る者は誰もかれも走り回る。あわただしさがおさまると夜の　お楽しみの時間となる。新聞を読んだり、うわさ話をしたり、医者は最後の回診をして必要な患者には夜にそなえてその日の最後の投薬をする。九時にベルが鳴るとガス灯のねじを回して細くし、昼勤の看護婦は就寝。夜勤の看護婦は任務につき、それからは眠りと死が病棟を支配する。（日記113～114）

要するにユニオン・ホテル病院は管理の悪さ故の無秩序が蔓延し、しっかりした指導者の欠如が事態をますます悪化させている所であった。日記に記されている病院の実態、傷病兵の世話をする看護婦たちの激しい仕事はそっくり本に描かれている。もっとも多少ニュアンスが異なる部分もあるが、概ね日記の内容と変わらない。

この報告書では傷病兵たちの厳しい現実が次々と明らかにされるのだが、それを多少なりとも癒やすのは患者に注ぐ看護婦たちの気遣いと愛情である。戦場で心の傷を負ってベッドにいても恐怖におののいている者、片足を失い熱病が悪化して頭がおかしくなり、片足でバランスをとりながら軽やかにつま先で踊る者、自分を助けたために死んでしまった親友を思って泣く一二歳の少年鼓手など、戦争の悲劇を体現する兵士たちが溢れている。中でも最も印象に残るのはジョン。彼はヴァージニア州出身の鍛冶屋で、友人より自分の傷の方が深かったのだが友を先に病院に送り、勇気、真面目さ、優しさ、無私の精神に満ちた兵士である。

彼は「茶色の髪とあご髭におおわれた整った顔立ちで、力にあふれ。苦痛に負けていなかった。他の苦しんでいる者たちを眺めながら、自分のことはすっかり忘れた風で、考え深げで、しばしば見事と思えるほどおだやか」(49)だった。彼は回復の見込みがない患者でトリブは医者に死が近いことを知らせておくように言いつけられている。弾丸に左肺を貫かれてあばら骨を折られ、一息吸うごとに刺すような痛みを感じていて、絶えず苦痛に苦しめられているはずだが、彼は穏やかさを保っている。トリブに言わせれば、彼は「私が受け持っている四〇人の中で最も男性的だったけれど、少年のように『はい、看護婦さん』と言い、慰めになるようにあれこれを助言をすると、たちまちにっこりして、顔をぱっと輝かせる」。(55) トリブは彼を母・妻・姉妹の代わりとなって看病し、死が間近い彼を慰め喜ばせることに心を傾ける。だが、やがて名誉も金もいらない、ただ正しいことをしたくて従軍したジョンは苦しみながら死んでいく。

彼は作中特に忘れがたい印象を残す兵士で、真に「ジョンの死は高潔で心打たれる」[*5]。彼への敬意は出版後六年経過した後も失われず、「人の心を動かす勇敢なジョンの努力と苦難に打ちかつ話は、この作品を読んだ者はすぐに忘れ去ることはない」[*6]と惜しみない賛辞が送られている。過酷な状態にありながら己を見失うことなく他の傷病兵の慰めとなった彼の高潔さは特筆に値する。ジョンもそうだが、多くの男たちが戦争に翻弄される姿は痛ましく、人生の不条理を見せつける。

このように悲惨な状況にいる兵士たちが目に浮かぶように描かれているが、時にかれらやトリブが醸すユーモアは話に暖かみを添える。トリブの最初の仕事は酷い悪臭を放つ一団の服と靴を脱がせて体を洗うことだった。その中の負傷して頭を包帯で巻いたアイルランド人は身体全体が泥まみれでどれが足か靴か分からず、彼が自分で靴を脱がなかったらトリブは足を靴と思って引っ張ったに違いないと彼に言い、彼は目をぐるぐる回しながら看護婦に手伝って貰うことに恐縮している。その二人のやりとりがこっけいで辺りの人が笑ってしまう場面などはちょっとした慰めを与えてくれる。

また茶色い巻き毛のハンサムな青年――片方の足を失い、右腕も切断しなければならない状態にいる――は唇の上にジンジャー・ブレッド色の髭がちょぼちょぼ生えているだけなのだが、彼はそれをあご髭と言い、床屋がふざけてそれを剃ろうかと言うとそれをきっぱり断ったりする。読み手は彼の非情な運命に心を痛めながら、それでも笑いを誘われてしまう。哀切きわまりない場面が多いが、ときに陽気な場面も挿入される。闊達で行動的なトリブは若い兵士に仲間意識を持っていて、自分が男に生まれず女に生まれたことを恨みに思っていたので彼らには仲間のような感情を持っていた。例えば食べ物に非常にうるさいB軍曹を甘やかしたことを語る箇所もあり、兵士と楽しい交流があったことも描かれている。「ミス・オルコットはひどく悲しい場面さえ陽気な視点でとらえる稀な才能の持ち主だ。だからこの『病院のスケッチ』は涙と同じように笑いをさそう」[*7]。

トリブは時折兵士たちのジョークに笑いながら一方で病院付きの牧師がそんなやりとりを聞けば、きっと新米の看護婦は軽薄な奴と思うに違いないと思っている。「牧師はいつもぼんやりと病院中を歩きまわり、ポケットに手を入れ、寒くて、飢えて、傷ついた傷病兵たちに忍従せよと説教をたれる……」。(31)ばかりだ。彼は心身ともに傷ついた兵士たちを慰める術を知らず、「精神が麻痺してしまっているよう」(81)で、牧師としての働きに欠ける人物だった。トリブは己の無能さに丸で気づかない鈍感で無情な牧師を手厳しく批判している。

病院の実態をつぶさに観察していたトリブだが、腸チフスに罹り仕事から離れざるを得なくなって非番になる。寒くて汚くて不便な私室で過ごさなければならなかったこと、ひどく粗末な食事に耐えなければならなかったことなどが述べられ、彼女がどれほど苦しい状況にあったかを知る。それでも身体が許す限り行けるところには行って見ておこうとするトリブだった。例えば彼女が他の病院を訪問してみると、そこはユニオン・ホテル病院と違って秩序と良識があり、見ていて気持ちいいほどであることにショックを受けたり、権威ある上院議員たちが動かす政治の機構が上手く働いていないらしいことを認識したり、国会議事堂内部も何やら管理が行き届かない様子に呆れたりしている。このように五章「非番」では病院の実態そのものにも、病院の外の世界のことにも観察をおこたらないトリブがおり、何であれしっかり見ておこうとする彼女の態度にオルコットの作家魂を見る。

親族の願い

六章の「後記」はトリブが病院での経験をさらに語りながら作品を読んだ人々の問いかけに答える内容になっている。まず彼女が取り上げたのは多くの人々が知りたいと思っていた質問――「病院で死を迎えた人々に対して、牧師のお祈りはありますか、また日曜日に礼拝はありますか」――だった。この質問は読者が何を求めていたかを端的に表している。人々は戦時であっても傷病兵たちが人として真っ当に扱われたか否かを知りたいのである。それはまた兵士たちが行き届いた看護を受けたかどうかにもつながる。その意味で『病院のスケッチ』は人々が求めるものに応える部分が多かった。

この上ないほめことばよりうれしくて、かれらの心底敬服する眼差しよりも一層ありがたいのは、何列にも並んだ男たちの顔が、少し前は見知らぬ顔ばかりだったのに、今、私が病室へ入っていくと歓迎の笑みを浮かべてぱっと顔が明るくなることだった。私はその瞬間を心から楽しんだ。彼らの好意に女としての誇りを覚え、全員に母性愛を感じた。(41)

このようなトリブの感慨は人々が求める弱者への愛情を語っていて、読者は慰められたに違いない。オルコットは過酷な状況の中で死んでいく者、治療困難な病気や怪我に苦しむ者、精神を冒されている者、さらにかれらを収容する病院の実態、役にもたたない病院付きの牧師、患者の状態に鈍感ともいえる態度を取る医師や看護婦を描き出した。だが、一方でトリブに表される愛情に基づいた献身的な看護は人々に安堵感をもたらしただろう。無論トリブだけが特に患者に親切だったわけではなかった。息子の死を看取ったある父親は「息子は家に帰っていたらこんなに手厚く看護されなかったでしょう。私には出来なくても、神があなたに報いて下さるでしょう」(86)と心からの感謝をある看護婦に捧げている。それに鈍感な医師ばかりでなく心優しいZ医師、献身的なO医師のことにも言及して兵士たちを助ける人たちがいたことも語っている。

この作品が高く評価されたのは傷病兵の実態を綴る単なる記録に留めるのではなく、話全体にあふれる患者たちへの心からの気遣いが読者の心に響いたのである。ある読者は病院の生活の叙述が「軽い調子」であることを不満を持っていたりするが、トリブは、『病院のスケッチ』にはいくらか軽々しい叙述があると異議を唱える人もあろうが、「唯、ここで言えることは、私の信条は人生の明るい面を見るようにし、つらいことにはくよくよしないということです。……『神を信じて楽しく生きる』のは賢いことだと信じています」(95)と応答している。

トリブがチフスで生死の境をさまよったのはオルコットの現実で彼女は病気と闘うが、刈り取られた頭髪を覆う鬘と看護婦報酬の一〇ドルを手にしただけで実家へ帰らなければならなかった。だが病院で見聞した全てをオルコットはいわば体じゅうを目にして、身の回りの全てを観察し、それを記しておいた。それが『病院のスケッチ』を生むことになったのである。この小品は簡潔だが印象的なもので、そこに見られる「オルコットの手腕、物書きとしての腕の良さを思わせる素早い調子で書かれた散文、ペーソスとユーモアの巧みなバランスがあって、多様な印象が短い報告書に詰め込まれている」[*8]。オルコットは眼前に繰り広げられる緊張に満ちた情景に心奪われ、日頃の慎みを追いやって実際に見たことをひたむきに描いた。彼女は「現場からの率直な報告は家族が息子たちの運命に関する情報をどんなことでも知りたいと切望していること」[*9]を知ったのである。

これが出版された時、オルコットは病院で共に働いた仲間から手紙を貰い、その人たちは、とかく同情と想像がペンを持つと暴走するものだが、わたしのはそれらをむやみに走らせなかったので良かったと言ってくれたと記している。またユニオン・ホテル病院の外科医の一人はこの作品を読んで、彼が単なる患者としてしか見ていなかった傷病兵をオルコットが彼とは異なる視点でとらえていたことに注目し、思いも寄らない姿を描いてくれたことに感謝するといった手紙をしたためている。それにアメリカ文学を代表する作家の一人ヘンリー・ジェイムズ（一八四三〜一九一六）はこの作品を見事な報告書と讃え、オルコットの優れた人間性を評価し、彼自身も彼女の友だちの仲間に入れて貰いたいと便りを寄せている。[*10]

ストーンによれば南北戦争に関わるものには女性が書いたもの、あるいは働く女性について書かれたもっと長いものなどがあるが、あるものは感傷的で批判精神がなく、歴史的には意味があるといった類のものが多かったという。それらに比べると「『病院のスケッチ』は簡潔だが、当時の病院のあり方に厳しい視点を投げ掛けており、戦時の現実をありのままに記して感傷に陥らず、極めて率直で誠実な記録になっている。これは「急いで書かれたもので、文学的なものにほとんど注意を払っていなかったにもかかわらず、生き生きとして独創力があり、その上真実を伝えるものだった……[*11]」ので、多くの人々に感銘を与えたのである。

オルコットが病院で働いたのは僅か一ヶ月余りでしかなかったが、看護婦としての経験は良い意味でも悪い意味でも、後の彼女の行く末に強い影響を与えた。良い意味とは兵士たちを看護したことで、戦時の兵士たちの実像をつぶさに見たことである。すなわち死という大いなる征服者に男たちが出会うさまを見つめざるを得なかったこと、またかれらの明らかにされたヒロイズムと愛、苦悩と憎悪を間近に見たり感じたことは前にも増して彼女に人間・人生に対する深い洞察力を与えたのである。[*12]一方悪い意味というのは彼女自身の健康が損なわれたことだ。そのため執筆するのに必要な健康を二度と取り戻すことはなく、その後遺症に生涯苦しめられることになった。ともあれ『病院のスケッチ』はオルコットが書いた最初の本当に成功した作品で、病院の不備な状態、ろくに責任を果たさない牧師、投げやりな医師や看護婦たち、充分な看護を受けられない傷病兵の実態などに胸を潰されそうになって、怒らずにはいられないオルコットの「感情を表出できた最良のもの」[*13]だった。

『ボストン・コモンウェルス』紙に手紙が三編掲載されると、オルコット自身「驚いたことに、これが大当たりで印刷が間に合わないほど新聞はすぐに売り切れた」。(日記118) そしてメモに「『病院のスケッチ』出版は、私は自分で気がつかないうちに良い仕事をしたのだ」(日記122) と記している。新聞などの書評に共通することは、オルコットが『病院のスケッチ』に使った文体を高く評価していることだ。すなわち文体はよどみなく活気があって、ユーモアと快活なウイットのある筆致で話が進み、非常に暗い悲しい話題にしかならないものを和らげていて、しかもその描写は生き生きしていると数々の新聞が評価している。

出版後九年を経過した時の書評も初版時と同様に好意的だ。「大きな陸軍病院における生活は非常に写実的かつ自然な文体で生き生き描写されていて、それは今なお目に浮かんでくる。気取った感傷主義にとらわれることなく、風変わりだが魅力的な方法で重苦しさと楽しさ、陽気さと過酷さを調和させている」[*14]。リアリズムを試みたオルコットはついに真実を源泉に作品を執筆することの意味を悟るきっかけをつかんだのである。同年の書評をもうひとつ見てみると「オルコットの『病院のスケッチ』はとても簡潔で率直で事実に即しているので読者の注意が削がれることはない。また好ましくて親切で明敏な見解を持つ看護婦ペリウィンクルの魅力に抗う事は到底できないことが分かる」[*15]と記されている。

出版時からおよそ一〇年ほど経過しているが、この作品が如何に好意を持って迎えられ、広く読まれたかが分かる。その成功が原稿依頼を増やすことになったのは自然の成り行きだろう。オルコットは先の評にあるように「とても簡潔で率直で事実に即している」ところから真実を見極め、そこから作品を創作する方法を見出したといっていい。それがやがて『若草物語』で豊かな実を結ぶことになる。したがって、『病院のスケッチ』はオルコットを新たな文学形式へ誘う画期的な作品となったのである。

第四章　リアリズムの小説

『気まぐれ』

『気まぐれ』(*Moods*)[*1] の初版は一八六四年出版された。これは大人の読者に向けたオルコットの初めてのリアリズムの小説で、原稿料狙いでなく、自分のために書いた作品だった。オルコットはそのプロットにも登場人物にも取り憑かれていたという。だが書き上げた作品は作者と様々な出版社との間を行き来して出版されるのに時間を要した。長すぎるというのがその理由だった。結局ローリング社から出版されたのだが、ここでも作品を短くすることを求められ、オルコットの意に反するほど内容を変更して短くしなければならなかった。それもあってオルコットは作品が思惑とは違ったものになったと嘆いている。

この小説には初版と改訂版があり、初版が出版された後オルコットが版権を買い取って一七年後に改訂版を出版している。改訂版には初版から削除された章もあれば書き換えられた章もあるが、概ね初版とそれほど違わない部分が多い。ただし改訂版の結末は初版とは全く異なっているため、その結末に合わせる伏線があって、それが作品の後半部に影響を及ぼしている。初版、改訂版ともにヒロイン、シルヴィア・ユールの気まぐれぶりや選び損なった結婚への嘆きが描かれており、特に破婚はオルコットの小説としては珍しいテーマだ。煽情小説のヒロインたちが裕福な男性と結婚さえ出来ればそれでよしとするのは別として、後で取り上げる『仕事』や『若草物語』のヒロインたちは実に慎重に結婚相手を選んでいる。しかし『気まぐれ』のいずれの版でもシルヴィアはちょっとした気分の変化にしたがって結婚を決める。

初版の結末では夫婦が別れることになっているが、改訂版では夫婦はもとの鞘に収まっている。オルコットは改訂版の結末の方が初版のそれより望ましいと考えて変更したのだろうが、さて、いずれがこの作品に相応しいのだろうか。初版では間違った結婚には引き戻されないシルヴィアが描かれ、改訂版にあるような妥協は全くない。シルヴィアの決意を変えない意志の強さや彼女を巡る男性の一人アダム・ウォーリックの姿が初版では際だった印象を与えるところを買って初版を中心に見ていく。初版、改訂版共にシルヴィアの気まぐれぶりと恋愛や結婚に潜む問題が描かれているが、特に初版は選び損なった結婚の様相が気まぐれより強いモチーフになっている。いずれも前半はシルヴィアがその時々の気分で事を行う様子、後半は彼女の結婚とその破綻の有り様が描かれている。

気まぐれの連鎖

芳紀まさに一八歳のシルヴィアは世の中の慣習や実情に従うのではなく、自分の流儀で生きたいと思っている。それで「男の人は思うところへ行ける、自分の目で物事を見る、そしてそうしたければ話すことも沢山持っている。私は誠実で思慮があって、楽しませてくれる人が欲しい。そういう人が私に親切にしてくれるなら私もよい友だちになれる」(25)と考えており、花婿候補ではなく男の友だちを欲しいと思っている。シルヴィアのまわりの娘たちは花婿選びに熱心なのだが、彼女は花嫁になれるように自分に磨きをかけるつもりはなく、広い世界を見たいという気持ちにとらわれている。しかし他の娘たちがしていることをしてごらん、と姉に言われるとシルヴィアは

「でも私は他の人がしていることは出来ませんわ。同じようにしようと思ったのですけれど、上手くいきませんでした。去年の冬、お姉さまは私を社交界へお連れになりましたわね。多分他の方々は私が

隅っこでつまらなさそうな顔しているぼうっとした女の子と思ったでしょうけれど。私は私の流儀を楽しんでいたんです。それ以来それってとても役に立つことを発見しましたわ。私は気まぐれで気むずかしくって、間違いなく悪いのは私自身にあることは分かっています、でもお会いしたどの方にも失望しましたわ。お姉様のおっしゃる最高の社交界へ行きはしましたけれど。あそこにいた娘さんたちは皆同じパターンで作られているようで、言うことも、することも、考えることも、着るものも皆同じでした……」(24)

と応じている。当時を生きる娘には唯一つのパターン、すなわちよい花婿を見つけて結婚することこそが最も望ましかったが、シルヴィアはそんな生き方に倦んでおり、因習や慣習に従わない娘だ。淑やかな慎ましさとは無縁の彼女は運動しなさいと言われると、勇猛な女人族のアマゾンみたいに馬を乗り回し、ボートに乗れば遠く湾の外へ漕ぎ出てしまう有様だし、庭仕事をさせると非常識なほど土を掘り返えす。例えば庭にいる彼女の足下には「ふくらんだヒキガエルがいて、ずんぐりした芋虫は袖を這い上がっており、肩のところでは小鳥が囀っている。また頭のまわりでは蜂が彼女を花と間違えたのかブンブン飛び回っていて、手の平には小さな野ねずみがいる」。(23)

このように風変わりな彼女は時折父親や兄にその言動を諭されたりしているが、女性としての世故にたけた姉のプルーは妹を諭すだけでなくその行動に絶えず苛立っている。父親は世渡り上手な実際的な人物なのでシルヴィアを理解しているとはいえず、彼女を「家族の黒い羊［変わり種］」と思っている。母親が存命であれば彼女に似た性質のシルヴィアを理解してくれたに違いないのだが、既に亡く、家族に愛されていないわけではないが、シルヴィアは誰にも理解されない孤独な娘だ。

さて、シルヴィアが自分の流儀に従うとどんなことが生じるかみてみよう。小説のごく初めで彼女は兄が計画した川の旅に同行することになる。これは川に沿ってボートを進ませながら二日の予定でキャンプをするというもので、当時としては女性が同行するような旅ではなかった。兄は友だちのジェフリー・ムーアとアダム・ウォーリックと共に出かけるつもりだったが、シルヴィアは兄に懇願して旅への参加を聞き入れて貰う。同行が許されると彼女は自分が閉め出されていた男性の世界へ入れたように思う。だが、彼女の男性同様の経験をしたいという願い、それに注ぐ強い意志と情熱はやがて空転することになる。ボートを下りてある地点に着くと兄はスケッチをするために彼女にはきつすぎる崖をジェフリーと共に登るのでアダムと安全な所へ残れと言われる。旅のかなり早い時期に彼女は女性故に行動を制限され、広い世界を見て様々なことを経験したいという願いから閉め出される。

実のところ兄の判断は彼女の実情によく当てはまっていたといわざるを得ない。それを端的に伝えるのはキャンプ場のかなたで森林火災が起こった時の彼女の態度だ。彼女は木々が燃えているさまを見たくてその近くまで行こうとする。「私は歩けますし、走れますし、男の子にまけない位よじ登れます。ですから私のために怖がらないで下さい。こんな光景には二度と出会うことはありませんん、分かっていますの、あなたお一人でしたら見にいらっしゃるでしょう」(52)と威勢はよいが火事の危険性など考慮せずいたって衝動的に行動しようとする。アダムは断るのだが彼女は「見たいのです。願いどおりにすることはいつも許されていますもの。ですから私は行きますわ」と言いつのる。

土手を越え、柵の下をくぐり、小川を横切り、畝ぞいに進む颯爽としたシルヴィア。後の『若草物語』に登場するジョー・マーチを思わせる行動的な言動は如何にも勇ましい。火災は広い地域に及び、その中から人の声がするので、アダムはシルヴィアにそれ以上動くなと言い残して人助けに行くが、彼女もそれに手を貸すつもりで勝手に動き、行く方向を見失ってしまう。その挙げ句恐怖におののき、「これが楽しい旅の終わりとは！　ああ、どうして誰も私のことを考えてくれないのかしら？」と後悔の念がわき起こり叫び声をあげる。先のことを考えず、一瞬の思いつきが招いた結果だ。

初めは男性そこのけの行動力を示すのだが、つまるところ無力で結局はアダムに助けられ、人手を借りなければならない成り行きになっている。いうなれば「シルヴィアの男性世界への参入は名目主義のパラダイムとして作用している」[*2]に過ぎない。結局、彼女は家庭の外では無力で何の役にもたたず、アダムを心配させただけであった。シルヴィアは男性の世界がもたらすものを迎える充分な備えがない。自分の流儀で生きようとしながら、それに必要な自己認識に欠けている。彼女は自分の生き方に理想を持ち、様々なこと試みたいという思いに溢れながら、それを実行しても責任を果たせず中途半端なところに佇み、精神的な脆弱さをさらけ出している。この時点ではシルヴィアは気まぐれで無鉄砲な実力不足のお転婆娘に過ぎない。

シルヴィアは結婚を決める際にも衝動的な気持に支配され、慎重に結婚相手を選ぶことが出来なかった。花婿候補のジェフリー・ムーアとアダム・ウォーリックはいずれも甲乙付けがたい魅力的な男性で、二人共シルヴィアを愛している。アダムは三〇歳半ばで、背が高く、肩幅広く、骨太の手足を持ち、頭は赤みがかった茶色の巻き毛に覆われ、肌は風と日光で褐色に日焼けしていている。そしてどんなまやかしも見抜く灰色の眼を持ち、力と知性と勇気が顔にも姿にも表れていて、シルヴィアがこれまで出会った男性の中では最も男らしい男性だった。一方ジェフリーはシルヴィアより一回りほど年上だが外見は若々しく、細身で、立ち居振る舞いには良家の生まれであることを自ずと滲ませる品の良さがあり、その一方で性格の強さもある。彼の最も魅力的なのは顔で、広い額、澄んだ目、口もとに心からの笑みを浮かべており、好感の持てる知性的な顔立ちだ。

両者を比べるとアダムの方はいかにも若い娘が憧れるような美丈夫である。オルコットは輝くばかりの男性像を作り上げていて、シルヴィアはそんな彼に心をときめかせる。そしてその恋心が最高潮に達するのは彼の優しさや孤独感を知った時だ。彼は火災の場で働きひどく疲労していたが、それでもポケットからビスケットのクズを取り出して小鳥にまいてやる。すると小鳥が彼を信頼しきって手のひらにとまって囀る。小鳥と戯れる愉しさを知っているシルヴィアはそんなアダムに心惹かれる。また孤独な子ども時代を過ごした彼は野原や森で小鳥たちと遊ぶのが楽しみだったことを知る。それは早くに母を亡くし、相談する者もなく、家族に理解されないシルヴィアの孤独に通じる感覚だった。シルヴィアはアダムが単にマッチョではなく繊細な心情の持ち主であることを実感し、アダムへの恋心は高まっていく。アダムもシルヴィアを愛しいと思い、共に二人の気持ちが通じ合った瞬間を持つ。家で何ヶ月も費やして親しくなるより僅かな日程の旅が互いを近づけたのである

その後シルヴィアは彼を恋する気持ちに溢れ、彼から便りがないものの精神的に充足した日々を送る。六、七章ではシルヴィアがアダムを愛し、彼にも愛されているという自信に満ち、娘らしくお洒落をして心穏やかな日々を送っている。女らしくあれといつも口やかましい姉でさえ妹の態度に満足するほどで、自分の流儀はどこへやらシルヴィアは他の娘のように振る舞うことに何ら疑問を感じていない。恋人がいるという確信に溢れた彼女は、「いいえ」と題される八章で、ジェフリーに言葉を尽くして愛の告白をされる。だが、

彼女はそれをひたすら拒否し、愛していないと言いきって、揺るぎない態度を示す。それでもジェフリーは言葉を変えて「私を理解してくれるだろうか」と問うと彼女は「してますとも……でも、ジェフリー、私はあなたを愛していません」(89)と言い、どこまでも「いいえ」が返ってくるだけだ。しかし諦めきれないジェフリーが根気よく「愛していることを分かってもらえないだろうか」と重ねて問いかけると「分かりたくありません」(89)とシルヴィアはどこまでもつれない。そして彼女はジェフリーが彼女を愛していることに全く気づいていなかった、唯、友だちが欲しかっただけで、あなたの妻にはなれないと告げる。

ジェフリーは両者の間にあるのは愛情だと言い、シルヴィアは友情だと言う。そしてこの章の最後にジェフリーが「シルヴィア、おやすみなさいだろうか、それともさようならだろうか」と問うと、シルヴィアは「お許しなって、さようならですわ」(93)とあくまで彼の愛情に応じる気配をみせない。この場面の彼女の返答に曖昧さはなく、己の感情に忠実で、その意志表明は頑なまでに揺るがない。彼女は母親から受け継いだ情熱や想像力にかき乱されることなく、父親から受け継いだ誇り、知性、意志の力を発揮している。これまでは両親から受け継いだ性格の特色は彼女の中で互いにせめぎあっていて判断を損なうことがあったのだが、今、彼女は全く冷静にジェフリーとの関係を見つめることが出来ている。

次の九章は「柊」と題され、クリスマスの朝コリヤナギの小枝で作られたバスケットがシルヴィアに届く。そこには赤い実をつけた柊の小枝が置かれていた。彼女はアダムが贈ったものと思い、それを胸元や頭に飾ってダンスを楽しむ。恋に有頂天になって幸せに包まれたシルヴィアだったが、その時アダムがオッティラという女性と婚約していて、彼女は彼の帰りを待ち焦がれていることを知る。すると瞬時にシルヴィアの幸せは消え失せ打ちのめされる。そしてその贈り物が実はジェフリーからのものであるのを知ると、「あの方は私を気遣ってくださっているのね！　……あの方がお帰りになって慰めてくだされればよろしいのに！」(101)と、突然といっていいほど急速に彼女の気持ちはジェフリーに傾いていく。

この章は幸せが一挙にしぼんでしまうシルヴィアの心情を伝えているが、あまりにドラマティックなせいか、改訂版では削除されている。そして続く一〇章「はい」では、シルヴィアは失恋に苦しむ様子が描かれているが、その一方でジェフリーを頼りにし、彼に「シルヴィア、私たちは友だちだろうか、それとも恋人だろうか」(106)と問われると、「何だっていいのです。私と一緒に居てさえくだされば」といった心境なっている。更に彼が「私が愛している事実を分かって貰うことが出来るだろうか」との問いにも彼女は「これからおいおい分かることになりますわ。今ほど愛情を必要としているときはございませんもの……」と返答する。続いて章の最後でジェフリーが「おやすみなさいだろうか、それともさようならだろうか」(107)と問うと彼女は「さようなら、でも明日いらしてくださいね」と彼との関係を継続する意志があることを告げている。その挙げ句にあれほど友に過ぎないと認識していたジェフリーを夫に選ぶのである。彼女は衝撃を受けた後の混乱期にいつもの気まぐれに歯止めがきかないまま結婚に飛び込んでいく。

覚醒

ハネムーンに出かけたシルヴィアは一人でいる時偶然アダムに出会う。彼はシルヴィアが結婚していることを知らないままで彼女に愛の告白をする。シルヴィアは結婚とは姓が変わるものであり、夫とは保護者と友だちと恋人が一体化した存在と考え、後悔することなど何もないと思っていた。だが、彼女はアダムの告白に動揺する。シルヴィアは何故ジェフリーと結婚したかとアダムに問われると、自分が周囲の事情に流されやすくて弱いからだと言う。そして僕よりジェフリーを愛しているのかとの問に、シルヴィアは「そうならいいのに！　そうならいいに！」と言うばかりだった。そんな彼女にアダムは「ジェフリーに全てを話し、そのあと一人で暮らすか、いつか私の所へ来るかだ。そうできるかい？」(157)と言う。そしてさらに彼はシルヴィアがジェフリーの平和や愛情を義務によってゆっくり破壊するより、真実を告げて彼を完全に解放するほうがもっと情けがある、君は君自身もジェフリーもあざむくべきではない、このままだと君にとっても重荷がますばかりだと歯に衣きせぬ物言いをする。全てのまやかしを見抜くアダムの眼差しはシルヴィアの結婚に潜む不幸を抉り出す。だが、後半部はアダムとシルヴィアの恋愛が発展するわけではなく、アダムへの愛情に目覚めて苦しむシルヴィアに焦点がおかれる。

思い悩んでシルヴィアは心身共に弱り果てるが、それでも妻としての義務を愛でくるもうとする。しかし徐々にジェフリーとの結婚生活に亀裂が生じはじめる。煽情小説ならいざしらずリアリズムの小説で既婚女性の恋を描くのは当時の女性観からみれば問題になるだろう。だが、オルコットは衝動的に結婚相手を選んだ女性がその過ちに気づき人生の軌道修正を試みる姿を描こうとしたのである。

シルヴィアが生きる時代は結婚すれば夫や子どもに献身的につくすのが妻の義務で、夫への愛情の有無が必ずしも結婚の基本的要因でない場合が多かった。少なくともこの小説では結婚に男女の愛情を重視する傾向はシルヴィアの姉にも亡き母にもなかった。例えば姉のプルーの結婚相手は九人の子持ちの男性で、子どもの世話をするために結婚を決めている。プルーはプルーデンス（Prudence）の略称で「分別」を意味し、彼女は世の中が評価する「分別」にしたがって、決断を下している。プルーは「父親似の実際的な如才なさと素質を持ち、それ以上のものを持っていず、平凡で想像力に欠ける娘」(83)である。彼女は当時の女性に課せられた慣習に従うことを旨としており、子持ちの男性と結婚するのは自分の義務だと考える。

彼女の処世術は『高慢と偏見』のシャーロット・ルーカスに似ている。プルーも夫への愛情はともかく安定した妻の座を得て自分の居場所を作りたいと思っていたからだ。シルヴィアはジェフリーとの間が上手くいかず実家に戻っていたので、プルーは自分に代わって妹に家政を任すことが出来る、もはや自分は実家で必要ではないと考えて結婚を決意する。結婚相手への愛など問題にしないのはシャーロットと同じだ。また、シルヴィアの父の結婚は妻の社会的地位と財産が決め手となっており、愛情があるわけではなかった。したがって、母は父の犠牲者ともいえ、不幸な結婚生活を強いられ、亡くなるまで夫婦間の不協和音に耐えなければならなかった。商人として成功した現実的な思考を好む夫と情熱的で想像力豊かな妻との組み合わせは性格の不一致そのものだった。もっとも兄の結婚は夫婦の相性の良さを示しており、家族の中では幸せな結婚といえようが、少なくとも姉、母、シルヴィアの結婚は不幸を孕んでいた。ではシルヴィアの結婚と恋の行方はどうなるのだろう。

世慣れた助言

アダムに心を揺さぶられて以来シルヴィアは途方に暮れる日々を過ごし、二人の男性の狭間で悩んでいた時、彼女の前にジェフリーの従姉妹フェイス（Faith）が現れる。三〇過ぎの独身の女性で、名前が示す通り「信頼」出来る穏やかで誠実な女性だ。シルヴィアと違って気まぐれで事をきめることなどなく、公正で常識も自立の魂も持っている。共にいると人を心地良くさせるところもあって、生まれながら慰め手のような女性でもある。それに物事の様相をありのままに見極める力も持っている。シルヴィアがアダムとの関係をどうすべきかと逡巡している時、フェイスは賢明な女性は、時がアダムの考え方を穏やかにし、様々な経験が彼を成長させないかぎり、彼がいくら気高くて愛するに足る男性であっても彼と結婚する女性はいないでしょうねと言う。さらにフェイスはもし二人が結婚すればどのような夫婦になるかを次のように語る。シルヴィアとアダムの結婚は短いものになるだろう、二人の関係は不平等だからだ。初めこそ輝かしいかもしれないが終わりは暗いものになるに違いない。シルヴィアはアダムの導きに従うために懸命に努力して疲れはててしまうが、彼はそんなことに気づかないし、シルヴィアも疲れているとは言えない。シルヴィアは若すぎて、あまりに情熱的で、ひ弱過ぎる。自分の間違いに気づく頃には手遅れになっている。二人の結婚は小鳥が鷲とつがうようなものだ。鷲と一緒に空の果てまで行くために小鳥は小さな翼を広げ、太陽を見つめて目がくらみながらも、高所にある巣を暖めるために骨折ることになる。その挙げ句容赦ない孤独の中で死ぬことになると。

ビデルによればこれはオルコットから見たブロンソンとアッバの現実の結婚生活を語るものだという。[*3]フェイスは立派で力に満ちた男性、思い通りに人生を歩むことの出来る男らしいアダムに潜むいわば支配力はシルヴィアを抑圧することにつながると見たのである。彼女は「モラルの点からではなく、もっとリアリスティックで世慣れた理由、アダムとの結婚はシルヴィアの個性や自由を損なう。アダムは無情な人だと警告する」[*4]。確かにアダムには「無情」なところがある。例えば初版の一章「一年後」にアダムの「無情」な様子が浮かび上がっている。オッティラは彼に「私への愛のために君は何をしてくれるだろうか」と問われると、「アダム、あなたのためなら何でもするわ」と答える。すると彼はすかさず「じゃあ私に自由を返して貰いたい……私の自主を守らせてくれないか?」(7~8)と言う。

彼の言葉はオッティラの愛情を突き放すもので、この時点でオッティラは彼に捨てられている。きっと戻って来てと言うオッティラに彼は「一年後」と答え、その後自由を満喫する中で彼はシルヴィアと出会って恋をする。シルヴィアがアダムにオッティラと結婚したとばかり思っていたと言うと、その返事は「君を愛しているのに、［オッティラと］結婚など出来るかい？」(122) だった。男女間におけるこの類の心変わりは珍しいことではないとはいえ、アダムは残酷なことを当たり前のように口にする男性で、完璧とも思える彼の内部に独自の思考があることに気づく。

シルヴィアがかつてのように周囲の事情に流されやすければ即座にアダムの許へ走っただろうが、フェイスの意見はシルヴィアにとって納得のいくものだった。彼女には彼との結婚は幸せをもたらさないことを理解する理性があった。そしてシルヴィアはアダムとの決別を決め、誰にも依存せず、たとえ孤独であろうとも一人で生きることを自分の意志で選択する。もはや一時の気まぐれに左右されない、自己矛盾のない生き方をつかみとったといえよう。あいまいだった自分の流儀が苦難を経て確かなものになったのである。そしてジェフリーとの別れも決意して、彼女はようやく本当に自分の心に添う生き方を示す第一歩を踏み出すのである。そしてアダム自身もフェイスが看破する自分のありようを熟考してシルヴィアを自分の世界へ取り込まないことにする。

改訂版ではフェイスの忠告は結末のハッピーエンドを招き寄せるものになっていて、彼女はシルヴィアに「義務を果しなさい……ジェフリーを愛し、彼のために生きなさい」(312) と説く。そして若いときは自分の不幸や過ちで人生が崩れ去ると思うだろうが、やがて自分たちを押しつぶすかに見える厳しい試練の中から力と幸せを引き出せるようになり、過去を忘れて自分を許せるようになる。だから一年ほどジェフリーとの間に物理的距離を置きなさい、そうすれば彼の愛情と信頼に相応しい妻になれる。彼はこだわることなく彼女を許し忍耐強く待ってくれるだろうと助言する。そこでシルヴィアはジェフリーに相応しい妻に成長するまで彼との間に距離を置く運びとなり、初版のシルヴィア自身の「一人で生きる」という決意は消えている。

初版、改訂版いずれにおいてもシルヴィアのアダムへの恋は断ち切られるのだが、それは彼が「頭で考え……自分の本性に従う」(108)タイプで、自分を中心に物事をとらえる性向が強いからだ。彼は英雄といっていいほどの勇者で、シルヴィアと別れた後イタリア統一戦線に参加し、北欧伝説の狂騎士が憑依したかのよう闘い、さらに船の事故が起きた時にはジェフリーを助けるために命を投げ出している。まことに立派な男性だが、その一方で彼とオッティラとの対話にもシルヴィアへの助言にも他を圧する力があることを示している。改訂版では初版の一章は削除されているためアダムの「無情」な態度は幾分消えてはいるが、それでも彼が鷲のような男性であるのは初版と同じである。完璧とも思える男性に巣くいがちな自己中心性を問題にするオルコットの視点は、煽情小説は別として、本書で取り上げる他の作品の中では見られない人物だ。

アダムの「私は自分の意志以外にどんな法律にも制御されない人間だ」(8)との信念は、まかり間違えばテンペストの「私の意志は法律だ」につながりかねない。ヘンリー・ジェイムズは彼を「明らかにオルコットの非常にお気に入りのアダム氏……要するに気にくわない男」[*5]と評している。オルコットはアダムを男性的で行動力のある自由人として描いているが、かといってそんな彼を唯賛美しているわけではない。彼の過剰なほどに強い意志や生き方を「男らしさ」のシンボルにせず、むしろそれは時として人を抑圧すると語る。しかし彼はシルヴィアを愛していても自分自身を内省し、彼女の人となりを考慮して身を引くだけの気遣いが出来る男性ではある。彼は優しさも思いやりも兼ね備え、時に孤独感さえ滲ませていて、通り一遍の「男らしい」人物ではないのだが、それでも彼には拭いがたい支配力がある。「アダムは高潔な態度をとると描写されるが、それが常に首尾一貫しているとか深い感銘を与えるわけではない」[*6]こともあって、輝けるアダムには翳りがある。

ともあれ初版ではシルヴィアもアダムも互いに結婚を避けたのだが、それはフェイスの鶴の一声にも似た助言をそれぞれが受け入れたところで決まっている。二人が自分でそれに気づかないことに物足りなさを覚えるが、人は自分のことは見えていないということだろうか。つまるところアダムは去り、シルヴィアはジェフリーに「私はあなたの妻ではいられません、アダムの妻にもなるべきでもありません、一人で生きて行きます、……これは私が決めたことです」(184〜185)と告げて、ロマンスにも結婚にも終止符を打つ。

このようにジェフリーもアダム同様シルヴィアから遠ざけられるのだが、ジェフリーについてもう少し見ておかなければならない。ヘンリー・ジェイムズはジェフリーのことを「気にさわらない」[*7]人物と評している。実のところオルコットはアダムよりジェフリーの方がもっと「お気に入り」ではなかったのか。彼は生真面目で優しくかつ芯の強い人物で、しかも人の意見に耳を貸す余裕もある。言い換えれば彼は支配的でも自己中心的でもない。オルコットはアダムを賛美しつつ、その傍らでジェフリーのように「心で考える」(180)男性の魅力を語る。煽情小説以外の主要な作品で、ヒロインが結婚相手として選ぶのはアダムのような男性ではなくジェフリーのタイプである。彼を原点とした男性像は『仕事』のデイヴィッド、『若草物語』のローリーやジョン・ブルックやベア氏で、いずれもアダムのように何事にも従わないタイプではない。

改訂版ではオルコットは調和の取れた結婚生活を送るのに適しているのはジェフリーのような男性だと語るが、初版では夫婦の間に距離を置き、その行く末を考える時間を持つためにジェフリーはシルヴィアに呼び戻されることを願いながら彼女の許を去って外国へ行く。シルヴィアは一人になって自分を見つめて熟考を重ねる日々を送る。それは彼女を成長させ初版の最終章のタイトル通り「影から外へ」出られるほどになっている。だが、やがて帰国したジェフリーはシルヴィアの余命が幾ばくもないことを知る。そんなシルヴィアだが、彼女は相も変わらずジェフリーに向かってあなたは「永遠に私の友だち、それ以上でもそれ以下でもない」(213)と言い切っている。それでも死の間近な身を不変の友情でつながる夫に委ねている。シルヴィアの死は結婚を破綻させ、あまつさえ夫以外の男性を恋したことへの罰なのだろう。彼女の死は当時の女性が己の意志を行使することがどれほど許されないことであったかを示しているようでもある。

改訂版ではシルヴィアの精神的成熟は細かく描かれており、彼女は「気まぐれの犠牲者だったけれど、今は信念にしたがって、生きている」。(321)

気まぐれな娘はもういなかった。そこにはかつて彼女を満足させたものには満足しない考え深い女性がいる。若々しい喜び、希望、気まぐれが真面目な目標、心を込める仕事、しずかな楽しみにとって代わられた。もはや夢を追わず、生きていくことだけを考え、清らかな暮らしや深い思考の内に自己認識や自立の意味を見出している。(332)

そして最終章「ついに」ではシルヴィアがジェフリー不在の間彼との別離に苦しみ、どれほど彼への愛を認識したかを語り、ジェフリーとの結婚はシルヴィアにとっても望ましいものになっている。したがって、初版では友だちでしかなかったジェフリーは最愛の夫になっている。要するに改訂版ではオルコットは大の

「お気に入り」のジェフリーがシルヴィアの夫に相応しい男性であると改めて語り、彼が初めから望んでいた幸せを与えたのである。この結末は分別を尊ぶものでオルコットが「若い人のために物語を書くアメリカで最も愛されている作家」といったイメージを守った結果とも思える。だが初版ではシルヴィアがジェフリーを夫として受け入れないことは念入りに示されていて、真実の愛に覚醒した後、シルヴィアは男性との友情を男女の愛情ととらえることはなかった。したがって、彼女が夫としてのジェフリーを拒否するのはそれまでの思考の流れとしてはむしろ納得のいくものだった。

二通りのシルヴィアを比較すると初版のシルヴィアの方が忘れがたい印象を残す。彼女はジェフリーとの別れで世間の批判にさらされるが、大勢の価値観に逆らっても自分の流儀にしたがっている。かつての気まぐれぶりは消え、決意はぶれず一人で生きると決めている。シルヴィアがアダムの愛に覚醒し、ジェフリーに別れを告げる姿は、改訂版のシルヴィアより困難な人生に毅然と向き合っていると思わせる。シルヴィアは明らかに「家庭の天使」ではなく、その生き方にはフェミニズムの思想、すなわち女性の意志の行使や自己犠牲への反発が率直に描かれている。初版の「『気まぐれ』はセンチメンタルでもなければ不健全でもなく、突飛なものでもない。清新さと独立独歩」[*8]の感覚があるともいえるが、実のところシルヴィアの自立の行方は立ち消えになっている。彼女が後の人生を決心した通り一人で生きる姿を見ることが出来れば独立独歩を勝ち取ったといえようが、死ぬことで彼女の決意は断ち切られている。この結末は出版社の意向を受け入れたものなのか、あるいはオルコット自身が死をもってシルヴィアに罪を償わせたかったのか、一体いずれだろう。

この小説は「……今日の多くの結婚を、嫌悪させているとはいわないまでもうんざりさせている主な要因を感情をこめて表している。包括的にとはいえないが、勇敢に分析している」[9]とか、また「ロマンティックなラブストリーに見せかけた《教訓的なエッセイ》」[10]ともいわれている。「教訓」云々はシルヴィアが困難な事態に対処する姿と関わりがある。初版では不遜なことをしでかしたシルヴィアには死という罰が与えられていて、警告と教訓が入り交じっている。また改訂版のシルヴィアが夫婦関係恢復のプロセスをたどってジェフリーを受け入れる姿も教訓的だ。改訂版において彼女は義務ではなくあくまで愛情を基に夫婦の絆を守るため知恵を働かせ、必要ならば忍耐力も発揮すると語られている。オルコットは結婚の真髄はそこにあるといっているようだ。この改変は「『若草物語』やその他の作品が［オルコットに］名声と幸運をもたらしたので、［思い通りに書いて］復讐を果たした」[11]との評を見れば、オルコットはようやく現実に根ざした結婚観を書くことが出来たのかもしれない。

この作品は「不評であったが、それでも［オルコットにとって］多くの不運な子どものように、母親の心のなかでは最も愛しい子どもだった」[12]。その理由は煽情小説のようにヒロインに仮面をかぶらせることなく、結婚を巡る諸問題をリアルに描いたからだ。『気まぐれ』を「なんていい作品なのとか、大好きな作品だとか、なんと立派なものをお書きになったのかしら、といってもらった」(日記133)と記している。またオルコットは書評や手紙を沢山受け取っているが、「その多くは、とてもよく書けていて、真に前途有望で、思慮があり、興味深い作品だと思っているようだが、結婚についてあからさまに語っているので、道徳的でないと懸念する人もいた」(日記139)ことを気にかけている。

出版当時の批判的な書評としては「馬鹿げた小説の一つ。結婚について明らかに何も知らない作家によって書かれた結婚生活についての物語」[13]だとか、シルヴィアがジェフリー、アダムいずれの妻にもならない

「悲しみに暮れる状況の中で、我々はお馴染みのエンタテイナーを見失ってしまった。新しい代弁者は物語を書いている――なるほど真剣だ、が、我々が親しんだのと同様の興味を惹くものはほとんどない」[*14]などがある。いうなれば「若いオルコットは一般的だが秘すべき家庭内の苦悩を無邪気に明るみに出した。彼女の無分別は問題を生じ、批評家を怒らせ、『気まぐれ』は人気のある読み物を望む出版社の気持ちに背いた」[*15]のである。だが、ともあれ初版も改訂版もオルコットが結婚にまつわる問題を表沙汰にしたことは確かに「勇敢」だった。

この小説は煽情小説とは異なる作品だが、絵に描いたような美しくも勇敢なアダム、オッティラの存在、シルヴィアの無分別な結婚、人妻の恋、夫を捨てる妻などのモチーフは煽情小説に相通じる。しかしシルヴィアと彼女の家族の姿、彼らの日常生活や友達との交流などは家庭小説とも思えるものでもある。それでいて小説全体に流れるシルヴィアの懊悩はリアルな筆致で描かれていて、他のジャンルの物語とは異なるシリアスな小説という他ない。いうなればそれまでオルコットが作家として持っていた全てのものがこの作品に行き渡っている。初版は煽情小説や家庭小説の雰囲気を漂わせながら、その中心にあるのは「気まぐれ」がもたらす結果や破婚の厳しい現実だった、シルヴィアはそれを受け止め、挫折の中から再生を模索する姿はやはり女性の自立を語るもので、オルコットは「もくろみ」を秘密にすることなく描いている。

『仕事　経験の物語』

『仕事　経験の物語』(*Work A Story of Experience*, 1873)[*16]のサブタイトルは「経験の物語」で、一九世紀を生きる女性と仕事との関わりを描く小説である。良家の女性が仕事することは一般的ではない時代にヒロインのクリスティ・ディヴォンは世の中に出て様々な職業を経験する。この小説執筆開始はオルコットが二九歳の時だが、チェイニーによれば彼女は一八歳の頃からその準備を始めており、ごく若い頃からこの作品の構想を練っていたという。[*17] だが、それが出版されたのは彼女が四〇歳の時で、まず『クリスチャン・ユニオン』誌に連載され、その翌年一八七三年に単行本として出版された。実際に書き始めてから少なくとも一〇年余りの年月を要している。作家が長年暖めていたテーマを時を経て小説にして世に出すことは珍しいことではないが、オルコットの場合、家庭の事情、納得出来る小説を書きたいという彼女自身の願望とそれを果たせない葛藤、原稿料が何よりも先行した時期などがあいまった結果、作品完成までに年月を要したのである。

オルコットが本格的に執筆を始めようと決意したその時から家庭の事情に足を引っ張られているのは明らかで、まず一八六一年に「新しい作品を書いた――「成功」[『仕事』]――でもそれは母が病気になるまでのこと。インクスタンドの栓をして看護婦になり代わっている」。(日記103) それでも三年あまり後には「クリスティ」[『仕事』]を数章順調に書き進んでいるが、その数ヶ月後には「哀れな古い原稿「成功」を少し書いてみたけれど、小説(novel)を書くのは疲れるのですぐ止めにして、くだらない物語にもどった」(日記139)とある。この小説のサブタイトルには物語(story)が使われているが、煽情小説などいわば彼女が書き飛ばしていた物語とは一線を画して『仕事』を小説と呼んでいる。日記の日付は一八六一年一月、『若草物語』が世に出る前のもので、オルコットが原稿料を得ることが最優先であった時期にいた。それもあってお楽しみの物語とは異なるリアリズムの小説となると筆は思うように進まなかったようだ。それでも「新聞や雑誌に折々に書く物語の他に、オルコットにとって最も大切な事は『仕事』という小説を書く準備をすることだった」[*18]。

『若草物語』出版後、『クリスチャン・ユニオン』誌からの原稿依頼が『仕事』の執筆に加速度をつけたようで一八七二年になると彼女は「……以前に書いた「成功」の原稿をまた取り出して『仕事』と改題した。古い原稿を取り出すことには懸念もあったけれど、エンジンに点火し、［執筆時に私に取り憑く］渦に飛び込んだ。出版出来るだろうか。ゆっくりしていられない。書くことにすっかり取り憑かれている。終わるまで書き進まなければならない」（日記183～184）状態に陥っている。だが、その翌年「『仕事』は順調に進んでいる。体力が衰えるといけないので、この辺でゆっくりしなくてはいけない」（日記187）と慎重な様子が見られるが、それでもこの年の三月に作品を完成させている。しかし執筆が最も進んでいたこの時期でさえ肺炎を罹った姉の看病をしている。

作品完成後オルコットは「『仕事』を書き終えた――二〇章、思い通りのし上がりではない――中断が多すぎた。誰にも邪魔されずに作品に専念したい、その後でいいかどうか見て欲しい」（日記187）と不満を漏らし、小説の出来ばえに納得していない。だが『仕事』にはオルコットの「もくろみ」が詰め込まれており、主人公のクリスティはオルコット自身の経験に多少の脚色を加えたもので、家政婦、女優、ガヴァネス、コンパニオン、お針子などは全てオルコットが取り組んだ仕事であった。この小説は「彼女自身の個人的な経験を他のどの作品より表していて、友人に『クリスティの冒険の多くは私自身の冒険』と語っている」[*19]ほどだ。クリスティが社会に出て働くという「冒険」は彼女が自己形成を果たす重要な経験になっており、その姿は教養小説のヒロインを思わせ、カイザーが指摘するように男性を主人公にしたビルドゥングスロマンのように始まる。[20]

この作品はイギリスの ジョン・バニヤン（一六二八〜一六八八）の寓話『天路歴程』（第一部一六七八年、第二部一六八四年）を下敷きにしている。『天路歴程』では主人公のクリスチャンが「破滅の都市《まち》」から逃げ出し、天国を目指して巡礼する日々を様々な冒険を交えて語る話である。これは人間の道を説くための宣教文書だが、その意図を越えて豊かな文学性を持つ小説風・冒険物語風の寓話である。『仕事』でもクリスティ（クリスチャンの女性名）が天国へ至る道を歩む姿が描かれているが、彼女が目指す天国とは女性の自己実現や天職の獲得を意味しており、当時としては珍しく女性が働くことの意義を説いた小説である。

まず前半部ではオルコットの仕事の経験を基にした働くクリスティが書かれているが、後半部ではオルコットの経験にはない結婚につながるクリスティの恋愛などが作品の中心となっているので、全てが彼女自身の経験を反映しているわけではない。彼女が仕事から離れて、結婚に至る男性との出会いに焦点が置かれると、恋愛小説や家庭小説の趣きが強くなってくる。が、ともあれ小説はまず仕事を得ようとするクリスティの野心と現実の相克が書かれ、その後彼女の夫となる男性との出会いと結婚、看護婦としての働き、夫と死別後の懊悩、そしてそこから再生するクリスティが描かれている。

自立への希求

まず初めに社会に出て行こうとするクリスティの心情が様々に語られる。彼女は子どもの頃に両親亡くして叔父夫婦の許で成長するのだが、成年になると「新しい独立宣言」をして自分の力で生きていくことを明らかにする。この決意は一八四八年にフェミニズムが社会運動として形成されたセネカ・フォールズにおける大会で決められた女性が獲得すべき目標と関わりがある。クリスティの宣言はこの運動が「所感表明」を採択したことに呼応する。女性の権利を求める第一回の会で発表された「所感表明」は次のような内容だ。

> 我が国の全人口の半分が公民権を完全に剥奪されており、社会的、宗教的に不当な扱いを受けています。こうした不公平な法律が存在し、並びに、女性自身が差別され、抑圧され、最も不可侵の権利を不正に奪われていると感じている以上、私たち合衆国の国民として与えられるすべての権利と恩恵が即座に承認されることを要求します。[*21]

この「所感表明」は「独立宣言」をもじったもので、男女平等を実現するために考え出されたフェミニズム運動の骨子で、主任起草者はエリザベス・スタントンである。クリスティは農村の狭い地域で暮らす叔父夫婦との生活に倦んでいて世の中へ出て様々なことを経験し、自分で生計を立てたいと考える。一章で示されるクリスティの主張は明らかに当時の女性に求められる規範を受け入れないものだ。

小説が始まるとすぐにクリスティは「おとぎ話の人物のように世の中に乗り出して私の未来を探す」と叔母に告げる。これは女性の生き方から逸脱する発言で、閉ざされた世界でしか生きる術のない女性が男性社会に一石を投じる思考である。有名なおとぎ話では世の中へ乗り出すのは男性で、女性は出かけた男性が帰ってくるのを待つのが常套だが、クリスティは男性のように自分の力で自分の未来を探したいのである。しかしおとぎ話を例に取るだけでなく、彼女自身の現実を見つめた上で、家庭の外で働くことを強く反対する叔父夫婦に次のように主張する。「私は充分に自分のことは自分で引き受けられる齢です。もし私が男の子ならもっと早く家を出て行くように言われたはずです。私は人に頼って生活するのはとても嫌なのです。今その必要はありませんし、それにはもう我慢出来ません」(2)と。そして「ここでは私の望むものをみつけられない」(6)と真情を吐露する。

叔父は不満や自尊心や野心を持っていると言うだろう、確かにそうだがクリスティにとってそれはむしろ喜ばしいことだと考える。クリスティは現在の生き方に不満があって「魂を飢えさせることは出来ない」(9)し、また自尊心もあって誰かに依存して生きたくないのです。また「どんなに仕事がきつくても心を傾けることの出来る、私にとって良いと感じられる仕事をしたいのです。私は役に立つ幸せな女性になるチャンスを求めているだけです。それを悪い野心とは思わない」(9)と縷々仕事に就くことへの想いを説明する。

彼女は自分の力で生計を立てたいと幾度も口にしており、オルコットは女性が自分で収入を得ることが人間の自立の第一歩であることを明確に指摘する。クリスティは叔父に扶養されることに苛立ち、経済的に人に依存することの苦しさをよく知っていた。無論それればかりでなく、叔父夫婦との暮らしでは彼女を生かす場所がどこにもない焦燥感もある。何とか自分の力で外の世界へ乗り出そうとするクリスティの願いは当時としては男性的な発想で、そこには「家庭の天使」に価値を見出さないクリスティがいる。そして強い決意のもと彼女が納得出来る仕事を見つけるために家を出る。オルコットはそれほど教育を受けているわけでもないポッと出の田舎娘が頼る人もいない世の中に一人で挑戦する姿を描いたのである。

小説はクリスティが当時アメリカで労働者階級及び中産階級の女性が得られる仕事に就くことから始まる。[*22] 初めから希望通りのガヴァネスのような仕事に就けず、まず見つけた仕事は家政婦で、プライドをポケットにしまって、週給二ドル五〇セントでスチワート家に住み込む。初めての仕事はスチワート家の当主の雨に濡れ泥に汚れたゴム製のオーバーシューズを脱がせて、それを直ぐに洗うことだった。クリスティは良家の出である父と農家の出である母との間に生まれ、出自が良いことを決して忘れない娘なので、靴を洗うことは屈辱的な仕事だと思っている。彼女はこんな品位のない仕事を自分に頼むのは正しいことではないと考える。「奉公体験」のルイザも同じ仕事を押しつけられると、断固それを拒否していた。しかしクリスティは共に働く元奴隷であったヘプシーの辛酸をなめた過去を知り、それから見れば靴磨きの仕事の品位を云々すべきではないと自覚して靴を磨いている。「奉公体験」のルイザより仕事に対する考えはクリスティの方が一歩前進しているが、クリスティにルイザ同様家柄を誇る意識が常に頭にあるのはオルコットが母アッバの良い家柄を反映させているからだろう。

オルコットは初めての仕事で思わぬ屈辱感を与えられ、ショックをうけるクリスティを描き、品位のある仕事など簡単に見つかるものではないことを学ばせる。さて、仕事の方は、雇用者の夫人は決してクリスティに親しむ態度は見せず、命令を下すことが多く、間違いを見つけるのに敏いタイプだったがクリスティは夫人に誠心誠意つくした。しかし両者の間に親しみは生まれないで毎日が過ぎる。それでも一日の仕事の後は屋敷にある書物を読み耽る時間があり、彼女はそれなりに楽しみもあった。スチワート家で一年ほど働くのだが、いつものように蝋燭をつけて読書をしていた際に火事騒ぎ引き起こし、給料をその損害に当てて解雇される。これはカイザーが指摘しているようにスチワート夫人の怒りは、ぼやを引き起こされたことより家政婦の身分の者がその役割をこえる罪、すなわち読書したことにあったのかもしれない。[*23]

次に見つけた仕事は「女優」で、同じ下宿の住人ルーシーの紹介で舞台女優になる。劇の最初の役割は勇猛な女人族アマゾンの女王で、オルコットはクリスティに「彼女の心の状態にかなっている[*24]」役割を振っている。そして三年間女優として舞台に立ち、それなりの評価を得るようになって報酬も上がった。その間人間関係の難しさも経験するが、やがてクリスティは女優として立つことにむしろ不安と不満を感じるようになる。自分が求める仕事は女優だろうかと考える。これはクリスティが当時蔑まれる女優業に疑問を持ったわけではなく、彼女自身が自分と仕事との適性を熟考の末、自分に見合った仕事ではないと判断したのである。

次の仕事は「ガヴァネス」で、クリスティは裕福な家庭でガヴァネスとして働くことになる。雇用主はサルトンスタール夫人で、一家にはクリスティが教えることになる幼い二人の子どもと夫人の弟フレッチャーがいる。クリスティが田舎から出てきてから四年の月日が経過しており、今ならガヴァネスとして小さな子どもたちになら教えることが出来ると思う。これはまた彼女のように良い出自の女性にはうってつけの仕事であった。ここではクリスティは「仮面の陰で」のジーンの様にガヴァネス故に裕福な上流階級の人々から蒙る屈辱感、その結果生じる反発などは、フレッチャーとの関わりで多少出てくるとはいえ、それほど描かれていない。もっとも金に糸目を付けぬ着道楽の夫人の浪費ぶりや、満艦飾の子どもたちの出で立ちには呆れているが、仕事そのものは問題なく運び、子どもたちはクリスティに心からの信頼を寄せていて、教えることについても親が横槍を入れることはなかった。

この章ではむしろクリスティの結婚観が明らかにされている。クリスティは二五歳で当時としては結婚に遅れをとっていると思われる。そんな彼女の前に花婿候補として現れるのがフレッチャーである。彼は病弱で無為徒食の輩だが、それでも性格的によいところもあって裕福でもあり、クリスティは結婚の申し込みにいささか気持ちが揺らぐのだが、彼には人を自分の考えに従わせようとする所があるので申し込みを断っている、「あなたはすぐ私に飽きてしまわれますわ。美人でもありませんし、〔上流社会に相応しい〕教養も財産もありません。結婚する方には私の心と結婚の承諾を差し上げる他何もありませんのよ。それで充分でしょうか?」(82〜83)と問うている。クリスティがガヴァネスになる時、女優の経歴を隠す方がよいとの助言に従って前歴を雇い主に明かさなかった。だが、フレッチャーはそれを知っていて、私の妻になる人が女優であったことを許して忘れることに決めているので、それを二人だけの「秘密」にしておくからと結婚を迫る。恩着せがましい言葉は女優への蔑みが滲み出ている。しかし女優業は世間が否定するような仕事ではないことを知っているクリスティはすぐさま彼の申し出を撥ね付ける。そして彼がなおも私の自己犠牲をありがたく思ってくれるはずだと言うと、自己犠牲とは「一人がもう一人よりまさる」(87)ことになると、彼の思い上がりを指摘する。そして「あなたと結婚して私が犠牲にしなくてはならない若さと自由の見返りにあなたはお金と地位の他に何を与えてくださるのですか」(87)と畳み掛ける。これは煽情小説のヒロインとは決定的に異なる思考で、彼女は何よりも夫になるべき人の人柄や価値観を優先していて、間違いなく裕福で経済的な安定を与えてくれるフレッチャーを袖にする。

クリスティは自分と結婚相手のいずれか一方が他方に優ることのない男女の平等を願い、愛情を基盤とした結婚を目指している。この場面でクリスティは『ジェーン・エア』を読んでいて、作中の裕福なロチェスターと貧しいガヴァネスであるジェーンの結婚が二人の話題になり、フレッチャーはロチェスターについてクリスティの意見を求める。すると彼女はロチェスターは高潔な男性ではない、ジェーンがあんな男と結婚するのは許せないと言う。オルコットはフレッチャーを不実なロチェスターに擬《なぞら》えており、彼女はクリスティが「裕福な道楽者からの結婚の申し込みを断ることによって「『ジェーン・エア』のロマンティックなファンタジーを変えている……」[25]ともいえる。この結婚話は男女平等や自立を求めるクリスティの視点を明らかする。その後クリスティが女優であったことを雇い主は問題にせず、ガヴァネスとしての彼女の能力を認め、引き続き働いて欲しいとの要望があったが、フレッチャーとの関わり故にこの仕事を辞める。

次の仕事は「コンパニオン」で、クリスティは裕福なキャロル家の娘ヘレンの世話をすることになる。この話の状況——キャロル家の家族像、家庭の状況、一家が秘密にする精神病など——は、煽情小説「看護婦物語」(一八六五年)で既に使われており、ヒロインのケイト・スノウは健気に人生を歩むクリスティ似ている。ケイトは貧しくても良い家柄の出だが、孤児故に自分一人が頼りの人生だ。無論煽情小説なので話の展開はこの小説と異なるが、オルコットは同じ状況を使って、もう一度「閉ざされた」世界に住む女性を描いてみたかったのかもしれない。

クリスティがキャロル家へ出かけると、キャロル夫人はあらかじめクリスティの人となりを調べていて、彼女が物静かで忍耐力があって、病人の看護に相応しい能力を持っていることなどを知っていた。クリスティはヘレンの良きコンパニオンとなり、二人の友情は深まっていく。したがって、仕事そのものに不満はなかった。ヘレンは一時的にせよ精神病になったとされていて、彼女としては先のことを考えると暗くなる他なく、再発を恐れる兄弟・妹たちの不安もあいまって一家に絶望感が漂っている。この章が煽情小説を思わせるのは、一家に世に憚る秘密があり、狂気とされて精神的に虐待される女性を思わせるヘレンが登場するからだろう。ヘレンは婚約時に一家の病を知らされてやむなく恋人と別れるが、その後は喪失感と哀しみに沈み、やがて自分の精神に狂いが生じる可能性があるかもしれないことに苦しむ。キャロル家へ来るまでは自立を目指して働くことに意欲的なクリスティが描かれたが、ヘレンとの出会いはクリスティの働く姿と同時に社会から閉め出された世界に生きるヘレンの姿が明らかになってくる。

キャロル夫人はヘレンが肺結核で死ぬと世間の人々に信じ込ませ、精神病であることをひたすら隠した。ヘレンが恋人と別れた際、感情の激発を生じて正気を失ったような症状が表れたので彼女は鍵をかけられた部屋に一年間閉じ込められていた。その部屋の窓には横木が渡され、暖炉には炉格子が付けられ、壁はくるまれていて、ヘレンに言わせれば、血を凍りつかせるような装置が施されていた。やがて彼女はそこから自分の部屋へ戻るのだが、病気再発の恐怖にとらわれて鬱々たる日々を送っている。とはいえクリスティと過ごすヘレンは終始正気を保っており、クリスティへの対応も尋常なものだった。ヘレンがクリスティに会った時、彼女は「あなたのために穏やかにして私の神経をコントロールし、絶望的な考えを隠そうとして(109)」いて、己を律する能力があることを示している。

ヘレンは自分の部屋に閉じこもり終始閉塞的な状況にいる。見方によれば、ヘレンは「虐待された女性のパラダイム*26」である「暗闇の囁き」のシビルの母と重なる。この母の場合も正気を失った者として施設に送られたが、それは一時期生じた症状に過ぎず、彼女が狂っていなかったことは先に述べた通りである。キャロル家では皆が父親の血筋がもたらす精神病の恐怖にとらわれていたが、実のところクリスティ（二六歳）が勤めはじめた頃、ヘレンの兄、弟、妹は精神を病んではいなかった。クリスティはヘレンとの友情を育み、誠意を持ってヘレンの精神の支えとなっていたが力及ばず、結局ヘレンが自殺したことをきっかけにその仕事を止めている。しかし彼女がキャロル家を離れて中年（四〇歳）になった頃のキャロル家の人たちを見てみると、長男は極度の鬱病になっていて母親の助け無しには生きられない状況にあったが、次男ハリーも次女ベラも共に精神を病んではいず、健やかに生きている。換言すればハリーやベラは今後発病するかもしれないが、しないかもしれない。ヘレンにしても病が再発するという予測から生じた絶望感に追い詰められて自殺したのだが、これを狂気の果てととらえるべきかどうか判断は難しい。

ヘレンはクリスティに出会って友情と愛情を基にした「助け」や「慰め」を知ると、誰よりもそれが自分に必要だったと感じている。いうなればクリスティが現れるまで母も兄弟も正気を失うことを恐れるばかりでヘレンの「助け」にも「慰め」にもならなかったのである。失恋がヘレンを家に閉じこめるきっかけになったが、加えて秘密漏洩を避けるキャロル夫人の過度の警戒心が娘を傷つけ苦しめたのである。ヘレンは虐待された娘といっていい。「看護婦物語」では当主が隠していた若い頃の結婚で生まれた息子が登場し、様々なことが起こって、物語の内容は錯綜するが、『仕事』ではひたすらヘレンの哀しみに焦点が置かれる。クリスティはヘレンと良い関係を作り上げたが、つまるところヘレンを助けることが出来なかった。現実にオルコットは二八歳の時、「若い友が狂気の一時的な発作にとらわれている間、その世話をした経験があり、それは小説『仕事』における哀れなヘレン像に生かされている」[*27]という。

コンパニオンの次の仕事は「お針子」だ。これはいつも向上心を持ち、生き甲斐のある働き口を求めている彼女に相応しい仕事ではなかった。しかし悲劇的な結果となったヘレンとの暮らしを忘れるために取りあえず縫製工房で働くことにする。工房へ通うお針子は中産階級の女性の仕事としては望ましいものではなかったが、クリスティは身体を酷使して辛い思い出を断ち切ろうとする。しかし共に働くお針子たちが低俗な話題に終始するのに辟易させられるが、その中で友となるのはレイチェルで、後に判明するのだが彼女は良家の娘だった。そんな出自の娘を友とするクリスティには、オルコットが捨てることの出来ないスノッブ感が漂っている。

ともあれレイチェルはヘレンに代わる友としてクリスティの心の空洞を埋めてくれる存在になる。レイチェルは性格もよく針仕事にもすぐれていて、ゴシップにも加わらず二人はよい関係を築いていく。ところが彼女にはかつて男と駆け落ちした「墜ちた女」の過去があり、それが工房の雇い主キング夫人らの知るところとなって解雇される。その際クリスティはレイチェルを擁護するが、そのため彼女も工房を辞めざるを得なくなる。どこで働いていても過去を暴き出されて居場所を得られないレイチェル。

彼女のような過去のある女性が工房で働くことを問題視するキング夫人はその姓が示すように支配的で「家庭の天使」の倫理観を如実に示す存在だ。その結果レイチェルはクリスティの友情に感謝しつつ去っていく。いうなれば レイチェルは女らしく従順であることに逆らい、家族を裏切って己の願いを優先させたことで罰せられている。これは社会が男女に振り当てる役割が「不合理で非論理的で非人間的」であることを表しており、女性が「家庭の天使」であろうとすれば「……自主独立とアイデンティティを失うことを意味する」のだが、それをレイチェルのように拒否すると「孤独で不幸せな生活を招くこと」[*28]を語っている。

絶望の淵で

仕事を失ったクリスティは経済的に行き詰まり、下宿の支払いも滞る有様で、収入のない苦しみを味わいはじめる。しかしそれでも誰にも頼らず「出来る限り私の船は私が漕ぐ」(153)との気概を守り、それが却って彼女を追い込んでいることに自分では気づいていない。この信念はそっくりオルコットの日記にあるもので、困難な日常の中にあっても自立を守ろうとしたオルコットの姿を見る思いがする。しかし当然のことながら強い信念だけで暮らすことは出来ず、特にヘレンやレイチェルとの友情を失ったことが精神に大きなダメージを与えている。

クリスティは他に心を寄せる人とてない日々の中で孤独感に苛まれ、心身共に疲れ果て、絶望の淵に沈んで自殺しようとする。オルコット自身一八五〇年に「毎日が闘い。疲れ切っていて生きていたくない。でもたいしたことをしないうちに死ぬのは卑怯なだけ」（日記62）と考えている。だが、その八年後、「先週は心配ばかり、勇気はほとんど尽きています。皆忙しくて私が仕事を得ようが川へ飛び込もうが誰も気にかけませんから。本気で川へ飛び込むことを考えました。実際、ダムへ行って水を眺めたのですが、そこへ飛び込むか否かの闘いが終わる前に方向を変えて逃げだして家へ帰りました」（手紙34）と家族に書き送っている。

「お針子」を止めるまではクリスティが就いた仕事と彼女の働きぶりが描かれたが、働く場所を失うと絶望と挫折感にとらわれる。そのクリスティをレイチェルが助け、子沢山で陽気な暖かさに包まれたウイルキンズ家を紹介され、特に母親のようなウイルキンズ夫人がクリスティの慰め手となる。それに加えて一家を取り巻く人々との交流も生まれ、良き導き手であるパワー牧師もクリスティの精神的な支えになった。それまで知ることのなかった人々との出会いが孤独なクリスティにとって何よりの薬となり、心身の疲れは徐々に癒やされる。したがって、仕事を失うまではそれぞれの仕事をつなぐ物語形式だったが、無職になってからはクリスティの内面の悩みや苦しみに焦点が置かれる。

やがてクリスティはウイルキンズ夫人の手を離れて園芸農家スターリング家に身を寄せる。クリスティに健やかな精神を取り戻させるスターリング夫人の優しさは彼女に家庭の暖かさを伝え、そこに身を任せるクリスティは社会に出て働くというそれまでの願いが撓められたようにも思わせられる。クリスティは「つまるところ家庭は女性の領域で、男性から家庭の仕事の報酬として称賛を得られるならば、申し分なく肉を焼いたり、お茶を入れたり、おいしいプディングを作ったりするために生きることは価値がある」(288〜289)との感慨を持つに至るからだ。経済的基盤を作って自立を果たそうと懸命に働いてきたクリスティにはそぐわない家庭賛美で、「新しい独立宣言」の行方は曖昧になっている。ウイルキンズ夫人やスターリング夫人はクリスティを「家庭と感傷の中に後戻り」[*29]させているとも考えられるが、これは父権社会に過激に逆らうクリスティに家庭的な思考を加えて世間の批判をかわすためのオルコットの工夫かもしれない。

当時を生きるオルコットにとってリアリズムの小説の中でフェミニストの生き方を貫くヒロインを存分に描くことは、思いの丈を披瀝することが出来る煽情小説と違って難しく、作意を弛めたとも考えられる。家庭賛美は穏便で家庭的な味わいをクリスティに加えたが、その実結婚後の彼女の生き方に家庭賛美の影響は見られない。彼女は結婚後も婚家を出て働くことになっており、どこまでも己の信念を貫いて自立を後退させる行動を取ってはいない。恋愛や結婚は働くことを旨とするクリスティにとってはいわば停滞していた時期であったかもしれないが、彼女は結婚したその日、如何に生きるべきかという問題を抱えていた夫が、南北戦争に貢献するのが自分のなすべき仕事だと悟って、従軍する決意をしたのを知る。それに呼応してクリスティは戦線の傷病兵の看護婦として働くことを決める。その際クリスティの目は燃えたち、頬は紅潮して、自分の働きをしっかりなす意志を表情にみなぎらせている。したがって、先の家庭賛美はぼやけて、元来彼女が持っていた「働く」という信念がぶれていないことを知る。

クリスティは留守宅を守って夫の帰還を待つのではなく、自分が出来ることで世の中に役に立ちたい、夫と共に働きたいという心意気を示している。そこには働くことを何より尊ぶ姿がある。クリスティは結婚後は従軍する夫と共に家を出て、傷病兵の看護に明け暮れる。そして二年の間彼女は夫との短い逢瀬を繰り返すが、やがて夫の死を看取ることになる。その後クリスティはスターリング家の園芸農家の仕事に携わっているが、家庭の外で仕事に挑戦する姿は勢いを失っており、「『社会性のあるドキュメント』風の小説を期待している向きには『仕事』はそれにには達していない[*30]」とのショウォールターの指摘は当を得ている。

恋愛、結婚、天職

クリスティは三〇歳近くまで独身を通していたが、スターリング家の長男デイヴィッドとの出会いは彼女の人生を大きく動かすことになる。クリスティが彼との結婚を決めるプロセスは次の通りだ。結婚相手を選ぶ際、クリスティはデイヴィッドが如何に女性を受け止めるかをしっかり見る。彼は園芸農家を経営する傍らプラトン、シェイクスピア、ミルトン、モンタギューなどの著作を愛好する読書家であり、また一方では花の苗を育て、客の要望に応じてブーケを作る男性でもある。蔵書は「男性の力及び知性」を、草花を育てることは「養育[*31]」を表し、これは彼が「女性性」を持っていることを示している。いわば彼は「男女両性[*32]」の人物といっていい。

例えば彼が亡くなった幼児のためのブーケ作りをクリスティに依頼する際、女性は男たちが学ぶことのない優しいやり方で花束を作ると言ってクリスティの助力を求める。するとクリスティは一握りのユキノハナと羊歯を二、三葉加えて彼が考えていたより望ましいブーケが出来上がる。そこには共に力を出し合って働く者が持つ満足感があり、二人は出会って間がなかったが、それまでのよそよそしさがまたたくまに溶けていくのを実感している。もしデイヴィッドが雇用者の態度でクリスティに一方的に仕事を言いつけておれば、両者の間に協力しあった感覚は生まれてこなかっただろう。いうなれば彼は受身の態度を自然体で取ることが出来る男性で、女性に対する支配力は微塵もない。彼は「ヘンリー・デイヴィッド・ソローを理想化した男性[*33]」だといわれている。ソロー（一八一七～一八六二）は自然観察に長けた読書家で、『ウォールデン 森の生活』（一八五四年）を著し、「少女［オルコット］にコンコードの自然の美しさを見せた。少女は彼を崇拝した[*34]」経緯があった。それがデイヴィッド像に反映されたのである。

しかしかつては、デイヴィッドは女性の資質や能力を肯定する男性ではなかったが、彼が父権的な意識を変革することになったのは妹レティと関わりがある。レティは実はクリスティが工房で出会ったレイチェルで、長らくスターリング家から離れていた娘だった。彼女が家を出たきっかけは家庭の事情にもよる。当時一家はクリスティが知っている現在より貧しかった。そんな中でレティは落ち着かなくなり、辛い仕事に疲れ、少しばかりの楽しみを求め、退屈と思える家庭に倦み、自分の若さや美しさがすり減らされることに耐え難くなる。「誇り高く意気盛んで依存することを嫌っている」(343) 娘は家を出て経済的自立を計りたいと考える。

レティのいわば家庭に対する反乱はクリスティが叔父夫婦の家を出たときのそれと同じだ。結局レティは社会に出て働くことになってしばらくの間しっかり働いたが現実の生活はあまりに厳しかった。そのうちレティはある男と駆け落ちしてしまう。デイヴィッドにとってもはやレティは清らかなかわいい妹でなくなった。彼女は働く女性が直面する経済的困窮や「女性の堕落」を体現しているからだ。自立を目標に働く女性、自分の楽しみを享受したい女性、暮らしに倦怠感を持つ女性を罰する社会の視点をデイヴィッドはそっくり持っていた。オルコットはレティを描くことで「女性のセクシュアリティと［女性の］共同体のためにロマンティックなイデオロギーを批判するという大胆で新しいジャンル[*35]」に挑戦したのである。

レティはクリスティが陥ったかも知れない働く女性の暗部を示す存在だ。そんなレティを罰する急先鋒が兄のデイヴィッドだった。彼は妹が男と駆け落ちしたことが許せずその男が死んだ後、家に帰りたいという彼女の願いを拒否する。彼はレティに「父は［娘の出奔の］ショックで亡くなり、母は悲しみにくれ、兄が妹に抱く望みは潰えた。私たちはおまえの顔など二度と見たくない」(344)と手紙を書き送る。この時のデイヴィッドは「堕落」した女性に対して父権的な男性がとる典型的な対応をしていて、自分の判断に些かの疑いも持たず、意に添わない妹を徹底的に糾弾した。彼は女性の過ち――性的に奔放であったことを示す駆け落ち――を決して許さない当時の男性の視点を見せつける。

だが、レティが亡くなったという報が届いた時からデイヴィッドの苦悩が始まる。彼はレティを拒否したことから生じる自責の念を容易に消すことが出来ず挫折感にとらわれていたが、やがて無力な女性たちの力になることを決意する。そして現実にそれを実践して「娘たちの兄」と呼ばれるまでになる。すなわちデイヴィッドは自分の姉妹のように全ての女性を愛おしむ汚れのない心を持って、恵まれない女性、気の毒な状況にいる女性、働く女性らを受け入れ、かれらを守るために闘う力と勇気を持つ人物になったのである。その経験は彼が女性に対して持っていた因習的な観念を根底から改めることにつながった。

今や「両性具有」を思わせるデイヴィッドの思考や仕事は、実は生きていた妹レティを家に連れ戻す準備が整ったことを意味する。彼が苦難にあえぐ女性たちを助けることで学び取ったのは慣習や貧困にとらわれている女性の苦しみで、そこから彼は女性にとって「家庭の天使」が如何に非人間的な理想であるかを知り、自らの意識を変革したのだ。そしてそれはまたクリスティのような女性を妻に迎える下地を作ったともいえよう。クリスティはデイヴィッドを愛しているのだが、彼との結婚が実現することを願いながら、辛抱強く彼を見守っている。彼がレティのことで苦しまなくなるまで、また彼が如何に生きるべきかという難題に答を出すまで、さらに彼が自分を愛しているかどうかを確信するまでクリスティは待っていた。そしてそれらが全て解決した時点で二人の結婚が成立する。

「ソローやオルコット家を含む一九世紀のフェミニストは、結婚の調和は両性が平等であることによると信じており、［夫婦の］関係性において最も大切なのは寛大さと誠実さである。不平等は男性が女性を支配することになり、暴君や恐怖は開放的なコミュニケーションを破壊する」[*36]と考えられていた。クリスティとデイヴィッドはそれを具体的に示す理想の結婚をするのである。クリスティは結婚においてあくまで自立を最優先する信念を示しており、デイヴィッドを選ぶことで初めて自分が望む結婚を実現することが出来たといえよう。しかし出版当時の書評ではデイヴィッドは「鳩のように優しく、内気でもあり、親切で好感が持てるが、全体を見ると男らしさに欠けていて、少なからぬ失敗だ。おそらくミス・オルコットは彼を素晴らしいとは思っていないだろう」[*37]とある。父権的な社会では彼のような男性は軟弱者なのだろう。

結婚後の看護婦としてのクリスティの働きぶりは『病院のスケッチ』に描かれている通りで、傷病兵の看護に当たった実際の経験はこの作品の中で存分に生かされている。それに女性が戦時の病院で働くのは一般的でなかったことを思えば、クリスティは時代を先取りして生きる女性でもあった。病院で看護婦に必要な冷静さと的確さを大いに評価されるクリスティはまさにオルコットその人だ。クリスティにとって困難に直面する人々に尽くし、社会に貢献する仕事は有用でやりがいがあった。

彼女は主婦でありながら家庭の外で働く人で、結婚生活の有り様も自ずと当時の慣習的な主婦のそれとは異なる。クリスティとデイヴィッドは時代の規範にとらわれない結婚生活を送っており、二人は休みがとれる時だけ共に過ごしている。換言すればクリスティは結婚していながら夫や家庭に縛られない日々を送っており、家庭を守る主婦とはほど遠いところにいる。やがてこの結婚はデイヴィッドが敵兵に狙われた女性を助ける際に肺を撃たれて死ぬことで終わる。そして臨終の床でそれまで彼が人々を助けてきたように今後はクリスティにそれを受け継いで欲しい、君なら私よりもっと上手く助けられると言い、「僕の死を嘆かないで働くのだよ」(406) と言い残す。オルコットは常々仕事をすることが様々な問題を忘れさせてくれると心底思っており、「私には仕事が救いの神」(日記183) であった。小説の中でも仕事は孤独や悲しみの万能薬として勧められていて、彼の遺言もそれを表す。

デイヴィッドを失ったクリスティは喪失感と深い悲しみが襲うが、その中で娘パンジーの誕生と彼女自身の再生が語られる。クリスティは独身時代に様々な仕事を試みてきたが、オルコットはそれだけでは彼女が女性としての成長が充分でないとでもいうかのように、当時の女性が恐らくは避けて通れなかったと思われる結婚と出産を経験させている。例えば女性作家の場合子持ちである作家は優遇された時もあったそうだ。それは母性と作家としての能力に敬服したというのではなく、「母親を正常な女性」[*38] とみなす考え方があったからだ。未婚の女性や子どもを産まない女性はそれだけで欠陥人間とされる傾向があった。それでオルコットは恐らくそこをとらえて女性としてのいわば役目・義務と考えられていたことを全てクリスティに課したと思われる。

最後の章「四〇歳になって」では主に働く女性を援助するクリスティを中心とする活動が語られる。その全てを取り仕切るクリスティにとってデイヴィッドは「好都合なことに死ぬ」[*39]。彼の死後クリスティの前に広がる世界はより伸びやかに自由になっている。クリスティの暮らしは幸運に恵まれ、夫の寡夫年金、家業の園芸の繁栄、亡き叔父の遺産などがあって経済的な問題は無くなっている。かつてのように人に使われる仕事に就く必要はもはやない。今や彼女は己の判断で収入や財産を運用出来る所にいる。とはいってもこのような幸運は夫や叔父、すなわち男性から与えられたもので彼女が自力で得たものではない。そこに経済力を獲得することが出来ない女性の限界や無力さが露呈している。だが、クリスティは恵まれた状況に収まっているわけではなく、女性の労働者をまとめることに意欲を燃やし、財産などはそのために必要な費用として使うつもりでいる。「私は決断力に富む過激論者で改革家」(437)と自認するほどだ。クリスティが「働く女性の会」で自分が働いた際の様々な経験を話し、そこには試練、困難、誘惑などがあるが、女性が誠実に働けば必ずよきものをもたらすと話す。すると彼女が、今、未亡人であり母であることが女性の聴衆に親近感を抱かせ演説に説得力をもたらす。

オルコットがクリスティを仕事一筋に生き、自分の力で充分な経済力を獲得した独身女性にしなかったのは、恐らく当時としては非現実的なヒロインになることを避けるためだったと思われる。そして彼女は女性のコミュニティを作って女性が相互扶助することの重要性を説き、女性たちの「連帯」の輪をつくる。このメンバーは、ウイルキンズ夫人には夫がいるので別にしても、クリスティやスターリング夫人は夫と死別しており、レティには男がらみの過去があり、ヘプシーは元奴隷で、ヘレンの妹ベラは精神病を患う可能性が無きにしも非ずで結婚は出来ないとされている。すなわちその「連帯」は概ね「男性も結婚も不要なところで成立する。……それぞれが『オールドメイド』のそしりを受けることなく未婚でいられる理由を持っている」[*40]のである。その意味でデイヴィッドの死は都合がよかったのかもしれない。

クリスティは若い頃から望んでいた女性たちの「ホーム」作りを女性の「連帯」の輪を作ることで実現させた。彼女の仕事をふりかえって見ると、どれほど女性たちに助けられていたことだろうか。仕事に対する甘えを教えてくれたヘプシー、舞台に立つことを勧めてくれたルーシー、ヘレンやレイチェルの愛情と友情、ウイルキンズ夫人、後にクリスティの姑になるスターリング夫人の心からの慰めはクリスティに生きる力を与えてくれた。かれらとの心を開いた交流は女性たちとの互助の種を蒔き、女性の「連帯」の誕生につながったのである。

クリスティは女性が仕事を持つことの有用性を啓蒙する活動家になって、「私は人の役に立っている。そして自分が幸せだということを知っている」(424) 女性になっている。いわば天職と思えるものを見出したのだ。彼女は家庭の外で働くのではなく、女性たちを啓蒙する仕事に方向転換して、働く女性を鼓舞し、仕事をすることの意義を伝える使命を担っている。もっとも啓蒙の内容はいたって楽観的で、現実的な視点に欠けている感は否めないが。「活動家」になって仕事に対する熱意はクリスティに残っているものの寡夫年金や叔父の遺産は彼女が実際に働くことから遠ざけている。無論家業の仕事に携わっているので働いていないとはいえないが、さまざまな仕事を試みる若い頃の意欲と情熱は年齢的なものも作用してか失われている。恐らくは娘のパンジーが母に変わって「連携」の輪を広げ、女性が働くことが出来る新しい時代を築く力になるのだろう。

この作品は概ね好評でオルコットは『若草物語』の作家としてよりもっと「すぐれた作家であることを証明した」[*41] とか「アメリカ最高の女性小説家のレベルに急速に登った」[*42] と絶賛に近い評がある。またミス・オルコットはあえて厄介なテーマ――女性は何をすればよいのか？――を書き、作者自身の説得力のある明敏な感覚でその問題に光を投げかけた。物語は楽しくて、思考を促すものでもあり、多くの良い結果がもたらされる。これは若い女性が家で無益に過ごす代わりに「いかなる巡り合わせになろうとも心をこめて大いに働く」ことを奨励するはずだ。[*43]

といった理解が多く、女性が仕事を持つことに対する批判はあまりない。むしろ若い女性を導く作品と受け止めている書評が多い。しかし一方でこの小説にある実験は格別印象に残るものではなく、「むしろ退屈な小説[*44]」で、作品の根底にあるのは女性の仕事には見通しがつかないことを描いているとの指摘もある。それは女性が仕事に見通しがつけられるような教育を受けていなかったことによるのだが、オルコットの意図は様々な仕事に挑戦するクリスティを描くことにあって、仕事の見通し云々にあるのではではなかった。また『仕事』には「『昔気質の一少女』や正続の『若草物語』にあるような陽気な闊達さがないのは残念[*45]」との書評は、作品が持つ生真面目さに不満を持つ読者がいることを示している。オルコットは物語にユーモアや軽やかさを織り込んで、のびやかな雰囲気を作品に与えるのが巧みな作家だが、『仕事』ではひたむきにテーマを追い、苦しいときは楽しいことを考えるオルコットの精神があまり見えず、多分にある教訓的要素が小説を堅苦しいものにしているのは否めない。

作品全体を振り返って見ると先に述べた通り後半部は恋愛を中心とした家庭小説を思わせ、オルコットのフェミニズムの視点が希薄になっているのは確かだ。前半部に溢れていたクリスティの働くことに対する熱意と意欲は後半部でかなり勢いを失ない、デイヴィッドの死後看護婦を止めてからは彼女と仕事の関わりは途切れしまった。だが、オルコットの密かな「もくろみ」は幾つも読み取ることが出来る。主要なテーマである「女性と仕事」の他に、例えば「墜ちた女」を誹る大勢的価値観への抗議、結婚における夫婦の平等性、伝統的規範では許されない共働きの夫婦を描いて、それとなく当時の女性観に刷新の種が蒔かれている。この作品にはオルコットの「もくろみ」が可能な限り書き込まれ、「オルコットの小説の中でフェミニズムの思想を最も表していて……一九世紀の家庭小説を覆す作品[*46]」であることに違いはない。

先進するルース・ホール

オルコットは読者の反発を招かないように当時の女性の規範をある程度クリスティに与えて、女性の社会進出を描いても批判が生じない工夫をこらしているが、女性に対する規範や慣習など歯牙にもかけなかった女性作家にファニー・ファーン（一八一一～一八七二）がいる。『仕事』が世に出る一八年前の小説『ルース・ホール』(*Ruth Hall*, 1855)[*47]の作者だ。この小説の初めではヒロインのルースは良い夫に恵まれ幸せな結婚をしているが、過干渉で独善的な姑が新家庭に陰を落とす。姑はルースの生まれつきの巻き毛にさえ文句をつけるが、それでも彼女は穏やかに主婦・嫁として暮らし、姑の言いなりになっていた。だが、三人の娘の内一人、続いて夫を病気で亡くし、二人の女の子と彼女が残されて一家は路頭に迷う。『仕事』では夫亡き後クリスティに経済的苦労はなかったが、寡婦となったルースには年金や遺産は無く、生活苦は彼女にのしかかり、何としても自らの力で収入を得なければならなかった。ルースは貧困の中から立ち上がり、文筆の才能を駆使して雑誌にコラムを書く仕事に就く。それが人気を博し、その勢いにのってそれまで書いていたコラムをまとめて本として出版し、これも多くの読者を獲得する。ルースは誰にも依存せず、独力で経済的自立を果している。

ルースが極貧の暮らしをしている時、婚家や実家の親は裕福でありながら極めて強欲で、共に体面を考えて渋々ごく僅かの経済援助を施すのみだ。それでルースはいかがわしい通りにある粗末なアパートに住み、食べるに事欠く暮らしを余儀なくされる。彼女は働かなければならない差し迫った状況にいたが、周りの人々は経済的に恵まれた親族がいるので、かれらが援助すると考えて、仕事の世話をしてくれなかった。それに子ども連れではよけいに就職は難しかった。クリスティの場合女性が家庭の外で働くことを望まない社会規範や雇用者の使用人に対する蔑みに怒りを向けたが、ルースの怒りは社会に対してというより親類縁者に向けられる。

親たちは互いにルースと孫への援助を拒否し、責任の擦り合いをする。ファーンは親族の無慈悲ぶりを微に入り細に入り辛辣に描く。例えばルースの父親がホール家の舅にルースの子どもたちはホール家の孫なのだから面倒を見て欲しいというと、彼は「それはよう分からんなあ？　……孫とは思えんがね。あの子たちは母親に似て青い眼で楽天的な気性で、ホール家の血筋とは思えん」(71)と臆面もなく言う。そして健康のすぐれない孫の一人を一時的に預かる羽目に陥ると、姑は年端も行かない孫をいじめ抜く。またルースの実父は孫娘が病気の母の代理で金を融通して貰うために出かけて行くと、孫を見るなり、「おまえか！　また金がいるんだな？　……儂が金で出来るとでも思っとるのか？　……どうしておまえの親は稼がんのだ？……おまえもさっさと大きくなって稼がにゃいかん。金は木に生るわけじゃないんだ、わかっとるのか？……こんなふうに度々やってきて、儂の金を全部持っていくのが当たり前とでも思っとるのか、あん？」(87～88)と叱りつけ、一ドルをいかにも惜しそうに与える。またルースの実兄は有名な雑誌の編集長であったが、妹がそこへコラムを掲載してくれるように頼むと、おまえにはそんな才能はないとにべもなく断る。彼女は無情な親族の実態をイヤと言うほど知り、誰かに依存することの危うさを心底実感する。親類縁者はこぞってルースを見下しているのだが、一方で彼女は絶対にコラムを書く、それが出来る気がする、もう誰にも頼らないと決意する。

ルースはやっとコラムを掲載してくれるボストンの小さな雑誌社の仕事が決まり、生活に一筋の光を灯す思いをするのだが、原稿料はパンを贖う程度の微々たるものだった。彼女は生活苦のため精神的にも追い詰められる中であからさまに復讐を誓うわけではないが、情け容赦ない親族の態度、ひいてはそれが彼女の精神を虐待をすることにもつながり、かれらへの恨みは深く彼女の内面に浸透していく。また親族の他にも彼女を侮る編集者たちがおり、ルースは実力でかれらの思い上がりに報復するのである。まずは小さな文芸雑誌『スタンダード』と『ピリグリム』の編集者たちに、そして次は親族に。

彼女のコラムは人気を呼び、雑誌の購読者は倍増するが、それでも編集者は原稿料を上げず、暮らしが楽になることはなかった。しかしやがてルースの能力を高く評価する大手の雑誌『ハウスホルド・メセンジャー』から原稿の依頼が届き、一年間の専属契約を果たす。これは『スタンダード』の編集者にとっては手痛いことで、彼は慌てふためき、引き続き原稿料は低いままで何とかルースにコラム書かせようとするがルースは断固それを断る。また『ピリグリム』の編集者は腹を立てて「復讐してやる！」と叫んでいるが、復讐するのはルースだ。これは彼女の才能を利用するだけで正当な原稿料を払おうとしなかった編集者たちへの罰だ。一方、大手の雑誌社は彼女の能力に見合う稿料を支払い収入は増え本も出版してルースは絶大な人気を得る。そして娘たちと幸せな暮らしが送れるようになる。

ファーンは腹に据えかねる親族の非道ぶりを余すところなく描写して、その後ルースの成功に驚嘆する親族たちの姿を語る。姑は仰天し嫉妬をむきだしにして苛立ち怒りをふりまく。また実父は茫然自失の状態に陥っており、兄もルースの才能を認めなかったことを嘲笑され、彼女が妹であることを秘していたことも非難される。無力でバカな筈のルースが文才を生かして裕福な暮らしを楽しんでいることを親族は歯ぎしりせんばかりに悔しがり、彼女は見事かれらを見返したのである。

夫に頼る生活をし、姑に牛耳られていた弱くて頼りなげなルースは仕事をするにつれてしっかり自分を持するようになり、原稿料のやりとりや出版契約などの扱いにも長け、ビジネスの能力も発揮して最後にはセトン銀行の株式証券を獲得している。挿絵のない本だが、この証券だけは具体的に図示されており、ルースの作家及びビジネス・ウーマンとしての成功が確かであることを強調している。今後ルースが歩む未来は輝いているといっていい。

クリスティと比べるとルースは徹底的に因習を退けて成功の階段を駆け登っている。このような楽天的な成功は当時としては大衆小説のヒロインにのみ許されているように思えるが、実のところこれは自伝的な作品だった。ファーン自身が現実に人気を博すコラムニストで、その実像がルースに投影されており、彼女の成功は「幻想」でも「夢」物語でもなかった。自分が選んだ道を一途に歩むルースのサクセス・ストーリーが現実ものであることを視野におけば、一九世紀半ばの小説としては革新的だという他ない。換言すればルースは少なくともクリスティより一〇〇年余り先、二〇世紀に台頭した第二派のフェミニズム運動以降の時代から二一世紀を生きるヒロインを思わせる。

『ルース・ホール』は五千部売れれば大成功という時代に出版後八ヶ月でその一〇倍は売れたという。

ファーンはルースを通して「経済面での自己解放を成しえるという自立する女性の夢を可能にしたのである」[*48]。しかしクリスティはルースのように颯爽と自分の力で経済的自立を果すことが出来ず、ルースに遅れをとっている。オルコットはフェミニズムの思想をクリスティに背負わせているが、女性が自立しようとしても思うに任せない現実が立ちはだかっていることを語った。端的にいえばクリスティには当時の女性が抱える現実に即した状況が与えられているが、ルースは成功がファーンの現実であったせいか、一旦成功への足がかりをつかむと、女性に対する因習がどうであれ、選び取った道を堂々と歩んでいる。しかし数一〇年後ファーンの名前は忘れ去られてしまったという。

ルースは当時の女性としては革新的すぎたのかもしれないが、もう一つ考えられるのは『ルース・ホール』にはファーン自身の自伝的要素があると公表されたことが大きな要因だろう。自伝的であることが現実の家庭のもめ事を暴露し、家族を非難していると考えられて人々の反感を招いたと考えられる。それに何よりもその類の小説を女性が書くことに批判があびせられという[*49]。これに似た反応がオルコットの『気まぐれ』にも生じている。この小説は自伝ではないが「家庭内のもめごと」を書いたことへの反発や批判があって良い評価は得られなかったことは先に述べた通りである。当時としては禁じ手のテーマであったのかもしれない。

第五章　少女小説

『若草物語』『続若草物語』

『若草物語』『続若草物語』(*Little Women*)[*1]はオルコット家が比較的穏やかに暮らした数年間を舞台に一家の四姉妹の日常が描かれている。父ブロンソンはフルートランズの共同体が瓦解した後挫折に打ち拉がれていた。だが、そんな彼を余所に母アッバは父親の遺産とエマスンの援助でコンコードにヒルサイド・ハウスを購入し、ようやくオルコット家だけの水入らずの暮らし始まる。オルコットはそこで一二歳から一六歳になる直前まで暮らしており、彼女自身その時期は最も幸せな日々であったという[*2]。

この物語の文学形式は『病院のスケッチ』と同じで、マーチ家の姉妹たちのあるがままの姿が語られている。一家の長である父マーチ氏はかつては陸軍大佐で裕福な一家であったが破産の憂き目にあい、今は家計を助けるために次女のジョーはマーチ伯母のコンパニオンを務めなければならず、姉のメグもキング家のガヴァネスになっている。いずれもその仕事を嫌っているが働かざるを得なかった。だが、煽情小説のヒロインのように誰かをペテンにかけて己の身の安泰を計ることなど考えもしない分、生計の安定は容易でない。『若草物語』では家柄は良いが経済的な問題を抱える家庭の中で姉妹たちの悩みや夢がさまざまに描かれている。そして父が女性の理想として掲げる「小さな婦人（Little Women)」への道を歩もうとする四姉妹の姿が物語の軸になる。「小さな婦人」は『若草物語』の原題で、父マーチ氏が娘たちに求めるあるべき姿を意味する。彼は「おのおのの義務を誠実につくし、心の中の敵と勇敢に戦い、おのれ自身に美しく打ち勝ってこそ小さな婦人になれる」(50)と言う。具体的にいえば「家事全般に長け、美徳を重んじ、勤勉で質素で優美で、教養があり、忍耐強く献身的な女性[*3]」であれということだ。父はいわば到達不可能と思えるほどの範を垂れているが、そんな理想に近づけず悪戦苦闘する娘たちがいる。オルコットは実際にあったオルコット家の出来事や姉妹たちの心情を素材にしながら、巧みにフィクションの要素も加えて当時を生きる少女たちの姿を鮮やかに描き出した。オルコットの言によればおおよそ次のような実在の人々や実際に起こった出来事を物語に用いている。

子どもの頃の遊びと経験。ベスの死、ジョーの文学、エイミーの芸術に関する経験、メグの幸せな家庭、ジョン・ブルックとその死、デミの性格。……マーチ夫人については全てが真実だが、その良さの半分も書けていない。ローリーはアメリカの男の子ではない。私が知っている男の子は皆それは自分だというけれど。彼は一八六五年に海外で出会ったポーランドの若者。ローレンス氏は陸軍大佐である私の祖父ジョーゼフ・メイ。マーチ伯母さんは誰でもない。[*4]

まず子どもの頃の面白かった遊びを入れ、マーチ家の四人姉妹、長女メグ、次女ジョー、三女ベス、四女エイミーはオルコット家の四人姉妹、アンナ、ルイザ（オルコット）、ベティ、メイで、マーチ夫人は母のアッバだ。ジョン・ブルックとその死はアンナの夫ジョン・プラットとその死で、デミはアンナの子どもフレデリックをモデルにしている。かれらはオルコットの近くにいる人々だが、ローリーだけは彼女がヨーロッパ旅行に行った際出会ったポーランドの若者ラディスラス・ヴィシニェフスキーである。もっとも彼だけでなくオルコットの友人アルト・ホイットマンもモデルの一人だと伝えられている。またローリーの裕福な祖父はオルコットの母方の祖父がモデルだ。この物語の中で実在の人物でないのは姉妹を悩ませる独善的で口うるさいマーチ伯母さんだという。だが、この伯母さんはドロシー・クインシー・ハンコックおばさんと呼ばれる伝説的な女性——知的で強い意志の持ち主——の面影があるともいわれている。彼女はアメリカ独立宣言に最初に署名した政治家ジョン・ハンコックと結婚し、妻として大いに活躍した女性だ。マーチ伯母さんの一通りでない存在感はそこからも生まれたのだろう。

この物語の構成は当時多くの家庭で愛読書とされていたバニヤンの『天路歴程』をふまえている。先に述べたように『仕事』も『天路歴程』を大枠にしており、クリスチャンなら目指すのは天国だが、クリスティも彼女にとっての天国、すなわち自己実現に向かって進んで行った。オルコットはクリスティを通して女性にも困難な道を歩ませて自らが望む世界へ到達する姿を描いたのだが、『若草物語』でももう一度『天路歴程』を四姉妹の精神の支えにしている。娘たちはこれをよすがにクリスチャンに倣って「神の御前に至れるような立派な女性」、すなわち「小さな婦人」になれるよう努力を重ねる日々を過ごすのである。このように『若草物語』は初めから教訓的なメッセージがあるが、それでも興味を惹かれるのは容易に「小さな婦人」になれないごく普通の少女たちの姿が存分に描かれているからだ。一家は南北戦争に従軍牧師として赴任した父親マーチ氏と母親マーチ夫人と四人の娘で構成されている。父親は遠い戦地におり、母と娘たちの日常が物語の中心になっている。

マーチ家の娘たち

一家の長女メグは一六歳、淑やかで優しく大きな瞳を持つ肌の美しい娘である、彼女は一家が裕福であった頃を知っているので、ともすればかつてのように恵まれた暮らしをしたいという想いと、現実の貧しい暮らしとのあいだに心が揺れ動いている。それで裕福な家庭を見ると羨ましくて仕方がない。それが「心の敵」だが、やがて裕福な人々が必ずしも良い生き方をしているとは限らないこと、自分が「虚栄の市」の「富」に惑わされていたことを自覚するに至る。そして大人になると裕福とはいえないジョン・ブルックと結婚し、慎ましい暮らしに幸せを見出す。四人姉妹の中で最も常識的で「女らしい」娘である。彼女は良き妻、母となって堅実な家庭を築き、「小さな婦人」の境地に落ちついている。

次女のジョーは一五歳、上背があって痩せていて、手足が長く何となく子馬を連想させる。美人ではないがたっぷりとした髪の毛には自信があり、また「灰色の目は鋭く何もかも見ているようだ。ときによって荒々しくなったり、剽軽になったり、考え深くなったりする」。(41) 行動的で男の子のようだ。ジョーはメグと違って着飾って自分を美しく見せることに興味はなく、平気で継ぎの当たったドレスを着てパーティに出かけたりする。女らしい長いドレスを来てレディになるより男の子のように活動的でいたいという気持は抑えきれない。

このようにジョーの「心の敵」は当時の女性の慣習を受け入れられないところにある。それに加えて撓められない激しい気性に彼女自身が振り回される傾向が強く、怒りにまかせて妹エイミーを命の危機にさらしたこともある。内面に「アポリオン［魔王］」を潜ませたジョーは少なくとも続編の終盤までは父親が望む女性になっているとはいえない。彼女は作家志望で、姉妹で上演する芝居の脚本を書いたり、懸賞金を狙って煽情小説を書いたりする。ジョーの最も大きな望みは作家として世に出ることだが、その道は険しく悩みや不安を抱えている。彼女の野心は当時の女性の生き方から逸脱するもので、「小さな婦人」達成には最も遠いところにいる。

三女のベスは一三歳、物静かで自分だけの世界に閉じこもっていて、家庭の外で友だちを持つことすら出来ない引っ込み思案のはにかみ屋である。それが彼女の「心の敵」である。ジョーとは正反対の気質で、ベスはあまりに内気で学校へ行けず、ひとりでこつこつ勉強している。極めて家庭的で、外で働く姉妹や忙しい母のために家をきちんと片付けて心地よくするが、そのお返しを望むようなことはなく、ただ可愛がってもらえばいいと思っている天使のような少女である。いつも人にそれと悟らせないように自分を犠牲にして家族に尽くし、それを喜びとする。彼女は「小さな婦人」になる努力をしなくても、初めからほぼ理想像を体現している。

末っ子のエイミーは一二歳、金髪碧眼のほっそりとした美少女で、画才があって自惚れ屋だが、巧まず人を喜ばせる術を心得ている。彼女の「心の敵」は虚栄心や自惚れや我が儘だ。それで「小さな婦人」の域に到達するには時間がかかる。しかし彼女はジョーと違って必要ならば上品に行儀の良い態度を取ることが出来る要領のよい娘で、人に気にいられるコツを心得ている。彼女は何事も好転する運命を持っているようで、思い通りの人生を掴み取っている。だが、画家になる夢は、ローマでラファエロやダヴィンチの作品を実際に目にして自信をなくし（目標が大き過ぎる）、自分は偉大な画家になれないと悟ってあっさり夢を捨て、同時に画才があるという自惚れも捨てる。大人になるとジョーに振られたロリーを優しさと愛情で包み、彼と結婚して「小さな婦人」に近づいている。

簡単にいえば四姉妹が抱えている不満や自己中心的な思考、気短さや不機嫌を収め、いたずらに裕福な暮らしを求めたり、世俗的なことにとらわれず、それぞれが「心の敵」に打ち克つ闘いがこの物語の中心になっている。四姉妹の中で最も野心的なのはジョーで、エイミーと違って彼女は偉大な文学作品を読んだとしても、偉大になれないからといって作家になることを諦めたりしない。ジョーが持ち続ける作家になるという願望は他の四人姉妹が持つ願いの中では際だって強い。

如何に生きるべきかという命題を抱えている彼女はオルコットの「もくろみ」を如実に伝える役割を担っている。ジョーは当時の女性観に対する反発、女性も自分に相応しい仕事を見つけて自立すべきだという信念、また女性の領域に取り込まれないで自由に生きたいという願いを持っている。ジョーは作家として世に出ることは彼女が持つ信念や願望につながると考えて日々作品執筆に励むが、続編の最後で結婚を決めると執筆活動から遠ざかってしまう。その意味で彼女も「小さな婦人」に近づいているのだろう。だが、そこへ至るまでのジョーの生き方や小説執筆の来し方に焦点を置いて彼女の姿を見てみよう。

ジョーと煽情小説

ジョーは『若草物語』の終わりで、父に「一年前に私が家を出た頃の〝男の子ジョー〟はいなくなったね」(291)と褒められる。父の目には口笛を吹いたり、俗語で話したりせず、優しい心遣いができるジョーになっていた。表面的には父の望み通り礼儀をわきまえ、身なりを整え、話し声も低くなり、おとなしそうになったと語られる。そしてベス亡き後彼女に代わって家の中を整えたり、皆が心地よく過ごせるように気配りをして、ベスとジョーが一体化したかと思わせる時もあったが、ジョーはやはりベスではなかった。ジョーは

そこいらにいくらでもいるような懸命に生きる闘いをしている娘にすぎない。彼女はただ天性のおもむ

くままに行動した。生まれつき備わった性質の命ずるところにしたがって、悲しんだり、不機嫌になったり、ものうげになったり、活動的になったりした。立派な人間になりましょうというのは真に美徳のあることだが、だれだって急にそうなれるものではない(534)

のである。

ジョーが自立を目指しながら一家の稼ぎ手として小説を執筆する姿に「女らしさ」はない。『若草物語』の冒頭で父が戦地にいて留守の間マーチ家の男の役目を果たすのは自分だとジョーは宣言している。それでか父が戦地で病に倒れ、母が看病に行かなければならなくなった時、その費用を捻出するために彼女は髪の毛を売って二五ドル調達している。いつものようにマーチ伯母さんに金の都合をつけてもらう他ないのだが、ジョーはせめて彼女に出来ることとしたいと思ったのだ。ジョーは唯一自慢の長い髪を役立てた。これは見方によればジョーが「自分の女性性をなげうつことを表し……因習的な女性になることを拒否している」[*5]のかもしれない。そうであるならば断髪は彼女が一家の男の役目を果たそうする意志の表れとも考えられる。髪の毛を売る話は貧しさを端的に語るエピソードで、常に家計に不安を持っているジョーならではの解決法だ。

これは現実にオルコットの脳裏に浮かんでは消える問題解決の一手段だった。「借金が四〇ドル、髪の毛が売れるなら返済出来る」(日記109)と考えていた。当時彼女は一・四メートルにおよぶ豊かな髪を持っていたという。オルコットはジョーのように髪の毛を売ったかどうかよく聞かれたそうだが、実際に売ったことはなかった。しかしオルコットと姉妹たちはこの宝物をいざというときの頼みにしていたのは確かだ。暮らしに窮した時、髪を売るつもりでいたのは事実で、必要ならばそれで借金を払う覚悟があり、実際に髪の毛の値段を美容院に聞きに行ったという。[*6]

ジョーは自分の力で経済的に母を助けたいと思っていた。その手段として物語の執筆に力を注ぐのだが、これも彼女が一家の男の役目を果たすひとつの要素だろう。彼女が原稿をポケットに収めて新聞社に売りに行き、小説「画家の競り合い」が売れると、原稿料を得るようになれば家族にいろいろしてあげられるかもしれないと考えはじめる。無論彼女が一家を経済的に支えられるようになるのは容易なことではなかったが、ともあれジョーは煽情小説を書くことで報酬目的の作家への道を歩みはじめる。懸賞金付き小説で一〇〇ドルと編集者からのやさしい手紙を貰った時、彼女は「声をあげて泣き出した、……ジョーは懸賞金より出版社からの手紙のほうがありがたかった。それは彼女を励ましてくれたからだ。長い年月努力をしてきた後で、たとえ煽情的な物語を書いたにすぎないとはいえ、仕事をする何かを身につけたと知るのはとてもうれしいことであった」。(349) そしてその後も数回懸賞金を獲得し、一家の大黒柱になったような気がしている。

> 彼女のペンの魔力によってその「がらくた」は家の者みんなの暮らしを楽にするものとなった。「公爵の娘」で肉屋の勘定を払い、「幽霊の手」は新しい敷物になり、「コヴェントリー家の呪い」は雑貨屋の払いをすませたうえに皆のガウンを買うという恩恵をマーチ家にもたらした。……富というものは確かにとても望ましいことではある。しかし貧しさにも明るいところはある。一生懸命手を動かし頭を働かせたことから得る純粋な満足感は逆境がもたらす楽しいもののひとつである。……彼女の書くものは大した注目を浴びなかったが、売れ行きはよかった。(350)

ジョーは自分の力で家族の経済的な不安を軽減出来ることに喜びを感じている。このように少女小説においても彼女は深く煽情小説に関わっている。

ジョーは刺激的な物語を創作するのが得意だった。『若草物語』における煽情小説はクリスマスの余興に彼女が芝居の脚本を書くことから始まっている。脚本にしたがって、皆で工夫して舞台装置を作り、姉妹たちが劇のそれぞれの役割を演じて楽しむという趣向だ。クリスマスの余興は「小暗い森」と題された悲歌劇のロマンスだった。その内容は次のような按配だ。敵役のユーゴーは若者ロデリゴが愛する娘ザラに横恋慕し、ロデリゴを殺してザラと結婚するつもりでいる。ユーゴーのロデリゴ毒殺計画と失敗、ロデリゴとザラの結婚を望まないザラの父親が二人を土牢へ監禁。紆余曲折の末、ロデリゴとザラに莫大な富が譲られる運びとなって、二人の結婚は許され、芝居はめでたく終わる。ジョーが男役を演じるのは具体的に男子のような冒険の喜びを味わうためだろう。それが上演される際男子は入場禁止で、実に楽しそうに芝居を演じる姉妹たちがいて、それを一〇人あまりの少女たちが観ている。女子だけの気楽で楽しい世界だ。

罪のない娯楽は芝居だけでなく、姉妹は他にもさまざまなことをして遊ぶのだが、そのひとつにジョーが編集するピクウィック雑報がある。これはチャールズ・ディケンズの『ピクウィック・クラブ』（一八三七年）に因んで名付けられた雑報で、原作ではピクウィック氏をはじめとする四人の会員が旅先の見聞や出来事、出会った人や事件を報告するといった内容だ。それにならって姉妹たちはこの雑報にさまざまなことを書く。詩や物語、ちょっとした意見や出来事、それに広告欄もある。

そこに書かれた「仮面の結婚」と題する物語は華やかな仮面舞踏会場で始まり、ヴィオラ姫とアントニオ伯との結婚話でもちきりだ。姫はイギリスの画家フェルデナンド・ドヴァルーを愛しているが、父親はそれを認めず、急遽舞踏会場で姫とアントニオ伯との結婚式を執り行う。ところが式が終わり、仮面を取ると花婿はアントニオ伯ならぬフェルデナンドで、しかも彼は姫の父親が望む通りの家柄と莫大な財産を持つイギリスの伯爵であった。文句のつけようのない花婿でめでたく話は終わる。

「小暗い森」も「仮面の舞踏会」も煽情小説の常套的な筋立てで、『若草物語』以前にオルコットが書いた煽情小説の内容とそれほど違わない。ともあれ『若草物語』では煽情小説は少女たちのお楽しみの道具として使われ大いに歓迎されているが、やがて大人になったジョーがこのジャンルの物語を執筆することに没頭して原稿料を得るようになると、『続若草物語』ではその類の物語を創作することの是非が問われるようになる。端的にいえばジョーの作家としての資質を問うものになってくるのである。

煽情小説に対する両親の考え方は次のようなものだった。まずマーチ氏はジョーが煽情小説で懸賞金を獲得したとき、「ジョー、おまえはこの物語よりもっとよいものが書けるはずだよ。お金のことなど気にせず、最高のものをねらいなさい」(349)と作品を暗に批判しているが、マーチ夫人がこの作品の善し悪しを述べるところはない。因みにその賞金は病弱なベスが母に付き添われて海岸へ静養に行く費用に使われている。

その後同じ様な作品を何度も書いている内、ある作品について三分の一を削り、ジョーの気に入っている部分を全部省くという条件に従えば作品を掲載するという出版社からの提案があった。それに対してマーチ氏は「作品を台無しするようなことはやめなさい。そこにはおまえの気づかないいいところがあるんだよ。アイディアもよく書けている。もう少し待って機が熟すのを待ちなさい」(351)と言う。彼はここでも作品のレベルを守らせようとしているが、マーチ夫人の意見は夫のそれとは異なる。彼女は時を待つより、ためしにやらせてみたほうがジョーのためになると思っている。「このような仕事では批評がとてもよい試金石になります。本人には気のつかないいいところや悪いところが分かるでしょうから、この次書くときのよい助けになりましょう。私たちは身びいきですけれど、他の方がほめたり、けなしたりすることが役に立つことが分かるでしょう。稿料が僅かだとしても」。(351) いずれも真っ当な意見だが、マーチ夫人のほうが現実的な方法で娘の背中を押している。このような助言の裏には、たとえ人々に理解して貰えなくても高邁な教育理念を貫き通したブロンソンと、娘がどんな文学形式を取ろうと無条件にそれを受け入れ、その才能を信じたアッバの姿がある。

さて、一八歳になったジョーはちょっと私の翼を試してみるために飛び立ってみたいと考えてニューヨークへ行くことになる。これは『仕事』のクリスティと同じ心境だ。ジョーにとって家庭という小さな世界は生来の活動的な性格と冒険好きな精神には狭すぎたからだ。そこで彼女は下宿屋を経営している母の友人カーク夫人の許へ行き、そこに下宿して夫人の子どものガヴァネスとして働きはじめる。働くことは「「女性」解放の手段を表して」[*7]おり、女性が力や自立の感覚を得ることにつながる。ここには「息子のジョー」がいるだけだ。そしてジョーはカーク夫人や子どもたちともよい関係を築き一人暮らしを実践しはじめ、一方で煽情小説執筆に埋没する。

ジョーは実家にいた頃ある講演会に行き、そこでたまたま煽情的な絵入りの新聞に掲載されていた恋と神秘と殺人のどぎつい物語を読み、このくらいの小説なら書けると思った。その物語の作者はS・L・A・N・G・ノースベリ夫人で、その手の物語で人気を博していて、経済的にも恵まれた暮らしをしていることを知る。この作家は当時の読者にならば誰にでもわかる実在の人気作家のE・D・E・N・サウスワース(一八一九〜一八九九)を指している。[*8] したがって、ジョーの文学修業はノースベリ夫人ならぬサウスワースの影響を受けて煽情小説へ傾倒していったといえよう。

サウスワースは夫が彼女と二人の子どもを残して蒸発してしまい、生活苦に直面していた時、彼女が創作した短編が雑誌に掲載されたことを契機に、執筆活動をすることになった。彼女はその喜びを次のように手紙に書いている。「六ヶ月前には、貧乏で、病弱で、見捨てられ、中傷を受け、悲しみと、もの不足と、労苦と、孤独で死なんばかりだったのに、今、新しく生まれ変わったような気がする。自立と同情と、友情と、栄誉と、喜びが見いだせる仕事が見つかったのです」[*9]。このサウスワースの心境はジョーが懸賞小説で賞金と編集者からの手紙を受け取った時、声を上げた泣いた姿を彷彿とさせる。

ジョーはニューヨーク滞在中も煽情小説を書きつづけ、『週刊　ヴォルケーノ』に本名を使わないでスリラーや煽情小説を書き、一話二五～三〇ドルを稼ぐ。すると収入が増えてその類の物語を書くことがだんだん面白くなってくるが、そんな小説を創作していることに良心の呵責を感じている。父親は明らかに懸賞小説（煽情小説）には批判的で常にレベルの高い作品を書くよう助言していたことを脳裏から消すことが出来ないからだ。しかし原稿料は財布をふくらませてくれた。

こんな日々を送る内にフリードリッヒ・ベア氏と出会う。彼は故国ドイツでは教授であったが今は孤児になった甥と共に暮らすしがない家庭教師で、カーク夫人の下宿人だった。彼は四〇歳に近い男性でジョーの父親といっても可笑しくない年齢だ。ベア氏は見た目はさえない中年男性だが、カーク夫人や子どもたちに信頼され愛されていた。ジョーは彼が若くもなければ金持ちでもないが、少年のような幸福な心と慈愛溢れる心を持っているところに惹かれている。彼の本棚にはドイツ語の聖書やプラトー、ホーマー、ミルトンなどの書籍が並んでいて、彼の知性のほどを示しており、アメリカでこそしがない語学の教師だが、ベルリンでは錚々たる教授であった。ジョーは彼のすぐれた人格に心惹かれ、「ベア氏の自分に対する評価を尊重した。尊敬されることを切に望み、その友情に相応しいものになりたかった」。(444)

そんなある日ベア氏が煽情小説の類を激しく非難した。取り上げたのはジョー作品ではなかったが、彼女がそれに類似した物語を書いていることはうすうす知った上でのことだった。彼の煽情小説評は「うちの男の子たちにクズのような話を読ませますくらいなら、火薬を持たせて遊ばせる方がよっぽどましです」(447)だった。それに対してジョーは煽情小説を書くのは悪いとは思わない、立派な作家たちもそれを書いているし、真っ当な生き方もしていると抗弁する。だが、ベア氏は作家が「砂糖づけのプラムに毒を入れて、子どもにそれ食べさせます権利、だれにもございません。あの人たちそんなこと、これっぽちも考えておりませんです。そんなもの書く閑に道路掃除でもした方がよろし」(447)と憤り、ジョーの抗弁に耳を貸さない。常々ジョーはベア氏が豊かな知性を持つ人格者であることに心服していたので、彼の批判はジョーの作家としてのありようを根底から揺さぶった。そして自分の部屋へ戻って、『週刊　ヴォルケーノ』に掲載された自作の全てを「ベア氏の眼鏡」、すなわち彼の知的道徳的視点を根底において読んでみると、欠点ばかりが目につき、恥ずかしくてまじめに読むことすら出来なくなった。ジョーは徹底的に打ちのめされ、作品の束を残らず燃やしてしまう。それっきり彼女は煽情小説執筆の筆を折る。彼の言うように道路のゴミでも掃いているほうがましだと思ったからだ。

ベア氏の批判はブロンソンのそれを思わせる。オルコットは「どぎつい形式」の作品を書けば「善良な父は私のことをなんと思うでしょう」と友だちに漏らしており、またその類の小説を書けない自分は「コンコードのお上品な伝統の哀れな犠牲者だ」*10とも言っている。結局オルコットはブロンソンや世間の目を気遣い、そこから生じるオルコット自身のうしろめたさをジョーに反映させたのである。先に述べたように煽情小説執筆はオルコットにとっては日頃鬱積している感情を解放し、精神を浄化する働きがあった。ジョーもこのジャンルの小説を書くことが面白くなっていて、執筆を楽しんでいたのだが、ベア氏の批判を受け入れて、たちまちその世界を閉じてしまった。男性の知的権威に屈服したのである。

ベア氏はジョーにシェイクスピアの戯曲集を贈り、人間研究のためにそれを読むことを勧めている。「シェイクスピアの時代には、どんな女性にしろ、シェイクスピアの劇を書くことは信じがたいことで、絶対に出来なかっただろう……［女性が］事実を手に入れることはとても困難だから」[*11]と言ったのはヴァージニア・ウルフだ。無論シェイクスピアの作品を読むことは疑いもなく意義のあることであっただろう。しかしシェイクスピアの時代に限らず、ヴィクトリア時代になっても作品を執筆するために女性が「事実を手に入れることはとても困難」だった。ジョーの時代は社会的には「家庭の天使」、マーチ家では「小さな婦人」が娘たちの目標になっており、彼女が自らを解放して多くの経験を積むのは難しいことだった。女性が数多の事実を手に入れることなど、一九世紀のアメリカにおいても不可能に近かった。

因みにシェイクスピアは学歴もあったが乱暴な若者で、鹿や兎を密漁したり、運試しにロンドンへ行き、多くの経験をものにしていた。無論ジョーはそんな人生とは無縁で、「小さな婦人」であろうとする生真面目な娘だ。したがって、シェイクスピアや他の男性作家のような人生経験を得ることが許されないかぎり、ジョーは男性作家が書くような作品をものにすることは出来ないだろう。それ故ジョーは自分の空想の羽を伸ばして思いの丈を煽情小説の中で表現したのである。それにこの頃ジョーはシェイクスピアがどれほど偉いのかちっとも知らなかった。

ベア氏の煽情小説に対する批判を聞くまで、ジョーは実名を隠して煽情小説執筆に情熱を燃やし、あらんかぎりの想像力・創造力を駆使してヒロインを冒険させていた。彼女は男性が評価する方向に添うことはせず、彼女がよく知っている女性が生きる世界をじっくり見すえ、独自の視点を基に煽情小説を書いて楽しんでいたのだが、ベア氏はそれをこきおろし、ジョーは作家としての可能性のひとつを閉じてしまったのである。

ジョーとベア氏の結婚

ジョーは実家へ帰り、失意に沈んでいたが、母に書くことを勧められ、再び作品執筆に取り組む。そしてそれが人気雑誌に掲載されると、新聞はその写しを載せ、知人も未知の人もそれに賛辞を呈してくれた。小品であったが、それは読者の胸に迫る内容で多くの人々に読まれ、原稿依頼さえくるようになる。作品名は記されていないが、それは『病院のスケッチ』発表時の状況を語るものだ。マーチ氏が作品に寄せる賛辞――真実があり、ユーモアとペーソスがあって、ついに自分のスタイルをみつけた――は多くの読者が『病院のスケッチ』に与えたものだった。女性故に「事実を手に入れることはとても困難」であるオルコットが、傷病兵の苦悩を直視して様々なことを経験し、多くの事実を見て、その全てを彼女独自の視点で描き出したことは既に述べた通りである。

恐らく『病院のスケッチ』は男性が事実を手に入れて書くものとは違うだろう。その作品は傷病兵の厳しい現実を率直な筆致で描写しながら、そこには一人の女性の愛情と心遣いが全編に息づいており、女性作家ならではの戦時報告だった。もっともこれはオルコットの経験でジョーのそれではないが、『若草物語』の中で読者がジョーの小品におくる称賛は『病院のスケッチ』へのそれと同じだ。ジョーはこの小品をきっかけに煽情小説とは異なる文学形式を用いて創作する方向へ進むと予測されるのだが、その後ジョーが作家として活動する姿はほとんど描かれず、ベア氏との結婚話へと話の流れは変わる。そしてジョーが突然「世の中に家庭というものほど美しいものはないと心から思うわ！」(589) と言う時、彼女の作家になるという野心は勢いを失って、結婚と家庭賛美に傾いていく。

これは後年の短編「ダイアナとパーシス」("Diana and Persis," 1878)[*12] に描かれたパーシスを思わせる。彼女はオルコットの末の妹メイをモデルにしたもので、画家になるという熱い思いを抱いて絵の勉強にパリへ行くが、絵が評価された矢先に結婚する。そして彫刻家を目指す友人のダイアナが彼女を訪れると、絵の修練は二の次になっていて、ジョーと同じように「家庭というものほど美しいものはない」と思う彼女がいた。アトリエには埃がつもって、パレットは乾ききっており、彼女は子どもや夫の世話に手をとられている。芸術家と妻の立場との相克だが、この状況でパーシスは今後画家として生きる方法を見出せるだろうか。モデルになったメイが産褥で亡くなったせいかオルコットは結婚と芸術の結合といったテーマを追求しないままで物語は終わり、パーシスはどっちつかずの状況の中に佇んでいる。「家庭賛美」を謳う彼女とジョーは結婚後も彼らの野心を実現しようとすれば、極めて困難な道を歩むことになるだろう。

ともあれジョーは作家になることをひとまず休み、伝統的な女性の生き方を自分の生きる道にしている。エイミーにお姉さまの計画は昔思ってらしたのとはずいぶん違ったわね、と言われるとジョーは今だっていい本を書きたいという望みは捨てていないのよ、と答えている。いうなればオルコットは「不安定な比較評価を維持し、読者に家庭と女性が家庭的であることは価値あることだと肯定的なイメージを与えると同時に女性にとって創造的独立性の大切さをも説いている」[13]のだが、少なくともジョーは「創造的独立性の大切さ」を守るより「家庭的であることは価値ある」生き方を選んでいる。女性の領域を超えるという野心に満ちていたジョーだったが、マーチ伯母さんがプラムフィールドの屋敷をジョーに遺贈したことでベア氏と結婚して学校を開くことになるのである。

ジョーと年配のベア氏との結婚は多くの読者を失望させた。ビデルはジョーが全ての素晴らしい野心を追いやり、恋人を選ぶのではなく、年配の性的魅力もない指導者《メンター》を夫に選ぶことでロマンスと自立を犠牲にしていると見ている。[14]しかしオルコットはベア氏がジョーに相応しい人物であることを様々な側面から語る。彼は「性的魅力のない時代遅れの中年男」[15]のように思えなくもないが、見方によれば堂々とした慈愛あふれる温かい人物で、それなりの魅力がある。セアラ・エルバートが看破しているように「ベア氏はブロンソン・オルコットが欠いているすべての素質を持っている。温かさ、親近感、自分の愛情を表現する優しい包容力など、ルイザ［オルコット］が称賛し理性的なフェミニストの世界では男性が身につけることが望ましい女性的な特質を持っている」[16]。それに彼は妻が働くことを受け入れることが出来る男性でもある。ジョーが結婚を決めた時「私も自分のものは自分で分担するつもりです。フリードリッヒ、家のためにお金を稼ぐのを手伝いますわ。覚悟なさってね。そうでなければあなたの許へは行きません」(584)と言い、経済的に夫に依存するつもりがないことを明らかにしている。自分なりに稼ぐということはジョー自身の独立と自由を守るための基本事項であった。ベア氏はジョーにとって働くことが不可欠だということをよく理解していた。これは夫が妻を扶養すると生じやすい主従の関係を捨てて、夫婦が平等な立場にいることを意味する。いうなれば彼のような男性に出会って初めてジョーは結婚へと進むことが出来たのである。

明らかにオルコットはベア氏との結婚を「ジョーにとって〝思慮に欠けた結婚〟以上のものにしようと意図した」[*17]のである。しかしジュディス・フェッタリイが指摘しているように、「ベア氏とジョーの関係は明らかに先生と生徒、親と子ども、大きな男性と小さな女性のそれである」[*18]ことは免れない。何しろベア氏は教授という立派なステイタスを持つ知的な人物であり、哲学に通じ、見識もあり、それでいて心優しい人柄だ。『リトル・メン』と『ジョーの子どもたち』における二人の役割はベア氏が少年たちの教育を受け持ち、ジョーはかれらの心身の成長を支えながら身の回りの世話をすることだった。オルコットは父ブロンソンが信奉する教育理念――子どもたちの心を重んじ才能を見極め、それを伸ばすといった教育法――を尊敬していて、それをベア氏の男子教育に投影させた。換言すればオルコットはブロンソンの尊敬に値する思想をベア氏に持たせ、さらに彼に慈愛深さや人柄の良さを加えて、正続の『若草物語』では影のような存在でしかなかった父（マーチ氏）を人格者のベア氏に仕立てて後半の物語に参入させたのである。

ところで結婚することで消えてしまったかに見えるジョーの野心の行方はどうなったのか。『ジョーの子どもたち』の冒頭部でジョーは次のような感慨にひたっている。自分の務めは子どもの教育をすることに向いていたのかもしれないと。だが、この物語の中でジョーが突然作家として脚光を浴びる存在になっていることを知る。彼女はいつのまにか押しも押されもせぬ作家になっている。一体いつ物語を書いたのだろうか？　ジョーの説によれば学校経営が不況のあおりで縮小を余儀なくされ、経営が思うにまかせなかった一時期、彼女はかつてのように収入の不足を補うために少女小説執筆の依頼に応じてマーチ家におけるジョー自身と姉妹たちの姿を書いたという。するとそれは多くの人々に絶賛され、黄金と栄光をもたらした。作品名は書かれていないが、煽情小説のように実名を隠す必要のない作品『若草物語』の誕生である。しかし『リトル・メン』や『ジョーの子どもたち』の中で例え報酬目的であったとしても彼女がかつてのように執筆時に「渦」に飛び込む姿はなかったし、作家業に勤しんでいる風もなかった。したがって、シリーズ最後の物語で初めて語られるジョーの作家としての成功ぶりは如何にも唐突なエピソードになっている。確かにオルコットは『若草物語』を著して作家としての地位を確立した現実はあるが、それはジョーの現実にはなり得ない。彼女が物語の中で作家業に励む姿を納得いくかたちで描かれていない以上、その成功は物語の流れにそぐわず違和感さえ生じている。

学校で少年・青年たちの世話に奔走するジョーはかれらに敬愛され、マザー・ベアと呼ばれ、その姿は力に溢れている。しかも彼女は学校経営の主力要員としての働きも見事で、この仕事が彼女の天職ではなかったか、と思わせられるくらいだ。無論ベア氏の妻としてもどこ欠けることのない姿も見せている。だが一方で作家であろうとするジョーの熱意は希薄で、その成功は絵空事でしかない。彼女の作家として立つという野心はベア氏との結婚、学校運営に方向転換したところで終わっている。もっとも「『若草物語』は完璧な芸術は性的、知的双方の要求をみたした女性から産まれるというオルコットの信念があって、その実現をジョーのために想像しようという彼女の努力を示すものである」[*19]ならば、作家としてのジョーの姿を『リトル・メン』や『ジョーの子どもたち』の中でもっと丁寧に書いておかなければならなかった。

時代にそって息づくジョー

正続の『若草物語』のジョーに読者が共鳴するのは、ひとつはジョーが作家になるという野心を持ち、自由と自立を望み、当時の女性観に従うつもりはなかったが、最終的には野心を収め、結婚して妻、母になり、女性の伝統的役割を果たしたところだろう。つまるところ彼女は野心より結婚を優先し、「やはり女の居場所は家庭」であることを明らかにしている。当時としてはそんなジョーに安堵感と共感を持った読者は多かっただろう。作品発表当時の新聞や雑誌などに掲載された書評集（*Louisa May Alcott The Contemporary Reviews*）によればジョーは社会の規範から逸脱した少女とは考えられていない。書評は概ねマーチ家の四姉妹の暮らしが生き生きと描かれていることに注目しており、「メグ、ジョー、ベス、エイミーらの人物描写は巧みで、少女たちは現実の少女のようにおしゃべりをしたり行動したりする……作品のトーンは健全で、押しつけがましくない教訓があって」[*20]躾に厳しい親でも娘に相応し作品と思うだろうと高く評価している。「四姉妹はしゃべることも奮闘することも、［現実の］暮らしから写し取られたものなので、自然体」[*21]で、ジョーが他の三人と違って異彩を放つととらえる書評は少ない。

強いていえば「ほんの一握りの読者はジョーおよびジョーの未来を定めようとする行為に興味を持たずにはいられないだろう」[*22]とか「私たちは他の三姉妹よりジョーが好きだと思う……」[*23]といった視点があるにはある。前者は大抵の読者はジョーの生き方に興味を持たないだろうと予測し、筆者自身もジョーに好意を寄せていないことを滲ませている。後者はジョーをむしろ肯定しているようだが、いずれの評もそこに留まっていてそれ以上ジョーに言及することはない。

いうなればジョーは十把一絡にされた四姉妹の一人に過ぎない。ジョーの作家志望やレディになりたくないという不満、荒っぽくておよそ女らしくない立ち振る舞いなどは、彼女が少女から大人の女性へと成長する過渡期の混乱状態にあると考えられてか、その破天荒ぶりを咎め立てする視点もない。彼女は父親が満足するような娘になり、結婚後はベア氏が満足するような妻になったことで、作家になるという野心は行方を失っている。つまるところ彼女は主婦となってメグやエイミーと同じ所に立っているので、正続の『若草物語』は「家庭を幸せにし、娘たちの人生を望ましいものにするために若い娘が学ぶ必要のある教えを、好ましい気持のよい方法で説き聞かせる魅力的な作品[*24]」として多くの人々に迎えられたのである。

とはいってもジョーはメグやエイミーとは異なった生き方をする主婦ではある。ジョーは学校を作り、夫と共に仕事をしていて他の姉妹のように家庭に収まっているわけではない。これは彼女が婚約時にベア氏に約束したように結婚生活の中で自分の分担を引き受け、家計を支えていることにもなるのだろう。オルコットは主婦であるジョーに他の姉妹にはない生き方をさせて主婦業に携わりながら働くジョーを描いた。したがって、ジョーは『仕事』のクリスティのように夫と共に働いている姿は当時のステレオタイプの主婦とはいえないだろう。だが、ジョーの暮らしの軸はベア氏の妻であること、二人の実子と学校で学ぶ少年たちの母であることだった。野心的で激しい気性のお転婆娘、しかも男の子にもなりたかったジョーは今や望ましい母親になっている。したがって、「ジョーは夫や自分の子どもや学校の男の生徒たちといて幸せだ。それ以上何を望むことがあろうか？[*25]」といった指摘は母の鑑となっているジョーに満足感を示すものだ。いうなれば『続若草物語』の「優れた素晴らしいエンディング[*26]」は、オルコットがジョーの野心を雲散霧消させ、家庭賛美を謳わせたところから引き出されたものだ。

またもうひとつ読者がジョーに共感するのは、作家になるためのジョーの苦心や自立して自由になりたいという心からの願いを自分の願いと重ね合わせたからではないのか。すなわち読者は女性であっても自分の生き方を選ぶことが出来る可能性を思い描く事が出来た。だが、ジョーが家庭の主婦に収まるところで読者の願いは裏切られたといえよう。しかしその読者たちが一〇〇年後の書評を読むことが出来れば、そこに浮かび上がったジョーに我が意を得たりの感慨を覚えるだろう。正続の『若草物語』に関する評論集 (*Critical Essays on Louisa May Alcott*) は初版時の書評とはかなり異なる。

そこではこの物語の本当の魅力は本全体にあるのではなく、ヒロインのジョーにあり、彼女が極めて独創的なキャラクターであると指摘している。その理由として彼女が一九世紀の小説の中で個として己の独立心を守っていること、また女性として生を受けたとはいえ当時の女性観に従うのではなく、人として必要な自立心のいかなる部分も諦めていないことなどが評価されている。[*27] いうなればジョーは反逆者で親に反抗するのもそれだが、それだけでなく世の中の貧困、不平等、無知などに目を向け、それを変革しようと様々に力をつくす姿が読者に好まれたのである。[*28] これらはいずれも一九六八年の書評で、第二波フェミニズムの運動が台頭してきたこと、それが文学評論にも及んでいることを示している。ジョーの内面にある革新的な部分が照らし出されたのだ。

キャロリン・C・ハイルブランはジョーについて次のように述べている。「ジョーは一つの奇跡」といえる存在で、彼女が「窮屈な家族に閉じこめられているという運命を越えて、正続の『若草物語』以降、自立と自分自身による経験の可能性を夢見る少女たちが絶えずお手本にする唯一の女性モデルであったのかもしれない[*29]」のだ。したがって、続編でジョーが結婚・家庭賛美を謳う時、「女性のモデル」はその魅力を失うといえるだろう。結婚して作家であることを遠ざけたジョーはオルコットが「商業的成功のために自分の想像力をそれに妥協させた転換点だ[*30]」とみるフェミニストの批評家は多い。また結婚を選び執筆を休止したジョーは「彼女の全ての素晴らしい野心――彼女自身、読者、物語の初めに示した輝かしい決意を裏切った[*31]」と評されている。

しかしながら結婚を決め作家活動を遠ざけるまでのジョーは、オルコットの「もくろみ」を担って社会を相手に孤軍奮闘している。ハイルブランは、ジョーは少女小説に収まって、ぼんやり記憶されているだけかもしれないが、それでも彼女は「因習的な女性になるつもりのない女の子がどんな気持がするものなのか、またとても小さいときからその気持を知っていたことを、［オルコットは］それまでほとんど書かれることがなかった方法で表現した」[*32]のだ。作家として海のものとも山のものとも知れないジョーが獅子奮迅の勢いで世の中に割って入ろうとしたその努力を忘れることは出来ない。

家計のために懸賞小説に幾度も応募したり、読み捨てられる運命にある煽情小説執筆に没頭して原稿料を稼ぐジョーの懸命な生き方は「家庭の天使」への反逆でもあった。少なくとも結婚するまで自分の意志にしたがって、誰にも撓められなかったジョーは一九世紀の少女小説のヒロインとしては稀有な存在だ。たとえ結婚したことで作家志望の野心が希薄になったとしても、それまで彼女が示した社会に対する反骨の精神と抵抗の実践は消え去るものではない。

正続の『若草物語』ではジョーの心の葛藤が丁寧に描かれていて、女性を抑圧する不条理がじわりを浮き上がり、物語の明るさに影を投げかけている。オルコットはジョーが思春期から娘へと成長する過程でアイデンティティを得ようとして生じる苦悩を一人の少女の思考に添って率直に、しかし声高でない方法で描いた。四人の娘はそれぞれ将来への希望を持っていて、ジョーの希望も他の娘たちと同じように語られるが、彼女の場合それは生き方と密接につながる真剣なものだった。だが、そこから生じる彼女の思うに任せない不満と不安は物語全体に流れている。「フェミニズムはオルコットの遺伝子」とまでいわれる彼女は多くの著作に「もくろみ」を入れたが、これまで取り上げた作品の中で正続の『若草物語』ほど作者の意図を巧みに表している物語は他にない。

まず物語の構成や人物の性格付けは少なくともここで取り上げた他の小説や物語より優れている。そしてマーチ家の日常生活や娘たちの心情を描く中で、どうしても野心を果たせないジョーの悩みが巧みに織り込まれ、全てが作為を感じさせることなくリアルにかつ自然に描かれている。「家族の肖像を作り上げるオルコットの並外れた手腕は一夜の内に生まれたのではない。ほとんどの優れた著作がそうであるように、様々な文学の分野における実験の結果である。オルコットの物語は彼女自身の生活の糸から紡ぎ出されただけでなく、彼女自身の実験を試みるペンから生まれている」[*33]。そしてその「実験」が読者の反発を招かない形で入っていることで、『若草物語』は時代を超える物語になったのである。「「家庭小説［少女小説］」は女性の生き方を指南する道徳の教科書」[*34]であったことを視座におけば、ジョーは少女小説のヒロインとしては独自の個性を持っていて、それが物語の教訓的要素をかなり取り払っている。

ここで『リトル・メン』や『ジョーの子どもたち』に描かれた女の子たちについても簡単に述べておこう。男の子の学校を作ったことをハイルブランは「いうまでもなく、ジョーは男の子たちの学校をはじめます。だれが馬鹿な女の子たちと無駄な時間を過ごしたいでしょう？」[*35]と辛口の視点を示しているが、少数ながら学校に賢い女の子たちがいた。中でも印象的なのは「お転婆ナン」だ。ジョーに作家になるという野心を貫かせることが出来なかったオルコットは「自分の夢に」忠実な娘、断固として結婚を拒否する娘をシリーズ後半の物語に登場させている。遂げられなかったジョーの野心を引き継がせるためと思われる。彼女は明らかにジョーの分身で、一事が万事荒っぽく、ジョーと同じく手の付けられないお転婆娘として語られる。彼女は優れた頭脳と男勝りの力を持ち、淑やかさとは無縁だったが、ジョーは彼女の天職となる仕事を見つける手助けをし、才能を伸ばしてやり、その結果ナンは立派な医師になる。そして生涯独身を貫いて病気の人々を癒やすことに身を捧げている。

かつてジョーが出版社の要請にしたがって、原稿を変更するかどうかで悩んだ時、エイミーはジョーが有名になればどんなことでも書けると言ったことがあった。オルコットはそれを裏書きするようにナンを登場させている。彼女が思い通りに仕事を選び、「ひとのせわにならない独身女性となり」、結婚せず、魂が飢えることのない人生を歩んでいる。オルコットはナンを文字通り独立させ、ジョーより完璧な形で誰にも何にも棹されない女性にした。しかし彼女には当時の女性が自立して生きることから生じる悩みや迷いなどはそれほど描かれず、女性に因習的な時代にあっても難なく思い通りの生き方を掴んでいる。その分、通り一遍のキャラクターで終わっているのが惜しまれる。

『リトル・メン』や『ジョーの子どもたち』にはナンの他にも才能を生かしてそれを花咲かせる少女たちがいる。もっともメグとブルックの娘デイジーは間違いなく「家庭の天使」で、ハイルブラン風に言えば「おばかさん」だが、妹のジョージィは女優、ローリーとエイミーの娘ベスは彫刻家志望で、それぞれが名誉を与えられるほどに才能を認められたと僅かに書き添えられている。女性にも機会と力を与えたいと考えるオルコットの意図がこの娘たちに生かされていて、しかもかれらは芸術家であることが結婚の障害になってはいないと極めて楽観的に語られている。オルコットは「ダイアナとパーシス」では芸術家になることと、妻であることについて次のように述べたてている。

私は女性が［仕事と結婚］を両立させる力と勇気があるならば、いずれも持つことが出来るし、そうすべきだと信じている。男性はそれらを当然のこととして期待してやり遂げる。なぜ女性の人生は男性と同じように満ち足りて自由になれないのだろうか？　歩む道は異なるかもしれないが、行き着く先は同じで、目的とするものは公正に与えられるべきだ。愛情だけでは大きな飢えたる魂には十分ではない。(424)

このような願望や信念を達成しているのはここで取り上げた作品群の中ではジョージィやベスたちで、その成功は至って気楽に書き添えられているだけだ。ジョーは野心を捨て積極的に結婚や学校運営の世界へ飛び込んでいったが、それでよかったのだろうか？　ジョーの結婚についてショウォールターは結婚や母性をジョーの人生から外して、彼女のために満足のいく人生をオルコットは想像することが出来ただろうか、と問うている。[*36] またビデルも同じ問いかけをして、「独立した作家になるということはジョーの夢に忠実かも知れないが、ジョーの性格、彼女の生きた時代、場所に当てはまるものではない。彼女はジョルジュ・サンドではない。そしてここはアメリカでフランスではない」[*37] との答えを出している。そうかもしれない。しかしジョーが学校運営に携わり、マザー・ベアとなって充実した日常を送っているとはいえ、それまでジョーが作家であろうとした情熱と努力を思い起こせば、彼女の作家魂が消えているとは思えずその行方を憂わずにはいられない。

ジョーの先達たち

ここでジョーの先達と思えるヒロインを描いた小説を二点だけあげておこう。一点目は『ニューヨーク・

レジャー』紙に連載された『隠れた手』(*The Hidden Hand*, 1859)[*38]のヒロイン、キャピトラ・ブラック(一三歳)だ。キャピトラは一九世紀半ばの大衆小説の中で男の子そこのけの大活躍をする。この物語は人気を博し、サウスワースの最も成功した作品といわれている。ジョーを煽情小説執筆に傾倒させたあのノースベリ夫人、つまりサウスワースが書いた冒険譚で、有為転変の筋運びの中でキャピトラが八面六臂の活躍する「アクション・コメディ」だ。

ブラックという姓の通り、髪はブルネット、黒い睫、灰色の瞳の少女で、いかにも理想の女性像から逸脱している容姿の持ち主だ。アメリカ文学では一九世紀半ばまで、ブルネットは「家庭の天使」が持ってはならない「情熱」や「経験」を表し、「闇や死」と結びつけられていた。[*39]そしてブロンドは明らかに理想の女性の一要素だが、サウスワースはそんな女性を無能に描く傾向があった。悪女の趣きを漂わせるキャピトラは初めから騒ぎを巻き起こすに違いないヒロインといっていい。しかし、キャピトラの「情熱」と「経験」は全てを良き方向へと導くためのもので、誰かを悪に取り込むことなどない。悪党を懲らしめ、難事があると飛んでいって事の解決をはかる雄々しい娘であるが、また優しい心根の娘でもある。サウスワースはブルネットがもたらす否定的イメージを一顧だにせず、頭がよくて機転がきき、無鉄砲で茶目っ気があり、陽気かつ快活で、しかも勇気あふれるキャピトラを描いた。

無論キャピトラは「小さな婦人」になれるタイプではなく、またジョーのようにより良き女性になるための努力もしないし、失敗を反省することもない。また自らの将来をどのように生きるかを考えてみることもない。このようにキャピトラはジョーとは随分異なるキャラクターのように思える。しかし彼女もジョーのように男の子に生まれなかったことを悔しがっているし、女の子では仕事を貰えないので男装して働いている。また女らしい礼儀作法、言葉遣い、服装、などを嫌う様子もジョーに似ている。だが、もっと大きな類似点はキャピトラもジョーも何より「自由」を尊ぶことだった。誰にも従わず自分の自由と独立を堅持するのが二人の精神の核だった。

キャピトラは保護者であった女性が姿を消したため一人でニューヨークの街をうろついていたが、ひょんなことから大農園主のオールド・ハリケーンに引き取られてそこで成長していく。オールド・ハリケーンは気に入らないことがあると嵐のように怒りを放って周りの人々に恐れられているが、キャピトラはへまをやらかして叱りつけられてもあっけらかんとしている。彼女は引き取られてオールド・ハリケーンの恩恵を受け生活の苦労は去っているのだが、それでも「従え（obey）！」と命じられると「イヤだよ！」と口答えするのが常で、彼は苛立つがキャピトラは平然としている。服従することをとことん拒否する娘だ。

「私は恩恵など嫌いです。そんなものは重圧を与えますし、奴隷になったように感じます。むしろどんなことでも自分でやって、完璧に独立していたいのです」(382)と言ったのはジョーだが、キャピトラも全く同じ考えの持ち主で、従うくらいなら、ニューヨークへ戻るだけだと言う。衣食住が満たされていても「自由」が侵されれば生きていることを実感する感覚が失われる。キャピトラは何よりも自由を尊び、服従を嫌い、彼女にとって正しいこと、試みたいことは全力をかけて取り組んでいる。オルコットは少なからずキャピトラの影響を受けてジョーを創り上げたと思われる。無論キャピトラに比べるとジョーの方が「お上品な娘」だが、いずれも人生に対する挑戦的な態度は同じだ。少女が憶せず縦横無尽に行動するこの物語は少女小説でも家庭小説でもないので教訓を添える必要はなく、キャピトラは大衆小説では咎められることのない女の力を全開させていて、底抜けに明るい冒険譚になっている。

二点目はオルコットの若書きの短編「レディとウーマン」("The Lady and the Woman," 1856)*40である。これは「リアリズムで書かれた初期の実験」に分類されている短編の一つで、ジョーが登場する一二年前、キャピトラが現れる三年前の作品である。タイトルにある「レディ」と「ウーマン」が対照的に語られ、オルコットが女性に意識の変革を促す実験的な短編だ。

まず、物語の冒頭に理想の男性とおぼしいエドワード・ウインザーとケイト・ローリングの会話が繰り広げられる。彼は「ウーマン」であるケイトにどんなタイプの女性を賛美するかと問われると、彼は「男性の保護と支えを必要としていて、そのお返しに愛情と温順さを与えてくれる女性を称賛する。美しくかつ優しくて我々の意志に従い、その判断を信じ、間違いには寛大でいてくれ、恵まれた環境でいつくしまれ、「人生の」厳しさから守られている女性だ」(35) と答える。これぞ真の「家庭の天使」だ。するとケイトはそんなお馬鹿さんになりたくないと言う。彼女は一人で立っていられるような強い女性、考えて行動出来る勇気のある女性、自立していても謙虚で、強いけれど優しい女性になりたいと願っている。するとエドワードは「考えているだけなら立派だが、現実には冷たくて女らしくないのではないか……男性的な女性は不自然で美しくない」」(35) と言い、「レディ」であるアメリアは「誰かが言っていましたけれど『男は頭で女は心』(イギリスの桂冠詩人テニソンの詩の一部) ですわ。それは全く真実だと申せましょう」。(36) と言う。

物語の内容はエドワード、アメリア、ケイトと弟のアルフが二日の予定で山や渓谷のある地方へ旅をする。そして農家へ宿泊するのだが、豪雨のため農家の周りは濁流に取り囲まれ納屋は潰れ、農夫は怪我を負い、右往左往する。そんな中でケイトは医者を呼びに危険を冒して出かけて行く。エドワードは農家の夫婦とその子どもたち、アメリア、病弱なアルフを守るため後に残らねばならない。凄まじい雨の中で誰もがケイトの安否を気遣い不安は増す一方だったが、ケイトは医者と助けになる人々を案内して戻ってくる。だが、橋が流されて川を渡ることが出来なかったが、ケイトの提案で木を切り倒して丸太の橋をかけ、皆農家にたどり着く。農夫は無事医者の手当てを受け、やってきた人々は濁流の流れを変える溝を掘り、全てが上手くいきケイトの力強さと有能さを知らしめることになる。このように彼女は勇敢で力強いが、そればかりでなく不安を持つ誰に対しても優しく親切で、てきぱき働く。エドワードはそんなケイトに感じ入る。「レディ」のアメリアは気を失ったり、泣いたりで何の助けにもならず形無しだが、ケイトはあっぱれ「ウーマン」ぶりを発揮するのである。

「ケイトはアメリカ文学において現代のフェミニストの教義をはっきりと表現した最初の女性の一人である。彼女はオルコットが作り上げた初めてのタイプの女性で、ヒロインの財産狙い、作為、ヨーロッパ風の計略などと比べると、ケイトは貧しいが率直で生まれのよいアメリカ娘、自立していて健全で、強いが優しくもあり、手管や策略を巡らせることなどない女性だ[*41]」。そんなケイトにジョーが重なる。しかしケイトはオルコットの意図を伝える役割に終始し、キャラクターは一面的で物語そのものも図式的で魅力に欠けるといわざるをえない。しかしケイトのような娘がやがてオルコットの内部で徐々に成長し、野心を持ちながら思い悩み、喜びも悲しみも味わい、魔王のように怒りを発散するが一方で優しくて剽軽な、とても真面目な娘、すなわち複雑な内面を持つ血と肉を備えたジョーを描くことにつながったのである。

あとがき

本書ではオルコットの作品群の中から煽情小説、戦時報告書、リアリズムの小説、少女小説などから主に一〇作品を選んだ。そしてある物語では密かに、またある物語ではおおっぴらに語られるオルコットの「もくろみ」に焦点をおいた。もっとも作品数を限ったためオルコットの意図を充分に述べていないことになろうが、ともあれオルコットを「子どもの友」といったイメージだけでは括れない作家であることを知った。

煽情小説ではヒロインが「家庭の天使」を装いつつ家柄の良い裕福な男性や周りの人々をペテンにかける様子が鮮やかに描かれていて、刺激的なお楽しみが詰まっている。しかしその物語の根底にあるのは女性は結婚して男性に依存する以外に生きる術がないこと、結婚出来ない場合貧しさにあえぐ状況に陥る女性がいること、「家庭の天使」礼賛はファム・ファタールの温床になることなどだった。かれらは父権的な社会が女性に与える闇に憤り、その不条理に闘いをしかけたのである。

ヒロインが闘うことはリアリズムの小説においても同じで、娘たちは人をペテンにはかけないが、地道に生きながら社会が女性に求める規範に闘いを挑んでいる。かれらはファム・ファタールの対極にいるが、守るべき大勢の慣習に逆らっているのは確かだ。『レディとウーマン』のケイトを原点に娘たちは「家庭の天使」の仮面をかぶることなく己の意志を尊重し積極的に行動する。娘たちは「おばかさん」の理想の女性を受け入れず、自分の人生が如何にあるべきか、女性としてどのように生きるべきかを考える。「私の奉公体験」のルイザ、『病院のスケッチ』のトリブ、『若草物語』のジョー、『仕事』のクリスティはケイトが姿を変えたものだ。かれらは皆「家庭の天使」を余所に、己が正しいと信じる道を歩む気概がある。端的にいえば、本書で取り上げたヒロインたちは煽情小説であれリアリズムの小説であれ、皆、女性に抑圧的な社会に挑戦する女たちだ。

伝統的な生き方に従わないヒロインはオルコットに限らず数多の女性作家のペンから生まれている。例えば先に述べたファニー・ファーンやサウスワースらは理想の女性に背く女たちを描いた。因みにオルコットが敬愛するナサニエル・ホーソン（一八〇四～一八六四）がファーンの『ルース・ホール』を読んだ時次のような手紙を出版社に送った。「慎み深さという制約をかなぐり捨てて、いわば素っ裸で大衆の前に出てきたときには、女性の本は確かな質と価値をもつことになります」[*1]と。しかしオルコットは、煽情小説は別として、他の作品では終生「慎み深さという制約」を捨てることが出来なかった。

彼女と違ってファーンもサウスワースもそんなことなど何処吹く風だ。一八五〇年にサウスワースの精神的な自伝といわれる『捨てられた妻』が『サタデイ・イヴニング・ポスト』誌に連載された時、編集長は次のような手紙書き送った。「若い人にもお年寄りにも読んでもらえるような、つまり、家庭の居間やテーブルの上に置けないものを作家が――小説家と言うべきでしょうが――書いてもいいとお考えですか、あなたは？」[*2]これは父ブロンソンがルイザ・オルコットに、ベア氏がジョー・マーチに宛てた手紙だと思い違いしそうだ。しかしサウスワースは態度を変えなかった。彼女は夫が蒸発し、堪え忍ぶだけの人生に疑問を抱き、実際の生活と理想との間にあるギャップを身をもって経験していた。[*3]それ故編集長の不満など聞く耳を持たなかったのだろう。オルコットもサウスワースと同じ人生観を持っていた。しかし彼女は、『若草物語』が作り上げた家庭小説・少女小説の作家としてのイメージ守ることに終始し、煽情小説執筆の筆を断った。このジャンルで作家の力量を遺憾なく発揮したオルコットを思えば残念な決断だった。彼女が実名を使い、「父に忠実な娘」の呪縛を解き放って、自由な精神で思うままに「がらくた」を書き続ければ、さらに興味深い小説を物にすることが出来たかもしれない。しかしスターンが指摘するように恐らく「オルコットが『若草物語』とともに入り込んだ場所は心地よすぎてそこを立ち去ることは出来なかった[*4]」のだろう。

それはそれとして「もくろみ」を担ったジョーは自立を求める「アメリカ女性の神話そのもの[*5]」になっていること、また「ジョー・マーチは自立した創造的なアメリカの女性にとって、もっとも影響を与えたヒロインであり……アメリカの女性作家の作品に影響を与えている[*6]」ことをオルコットは想像し得ただろうか。彼女は『若草物語』でようやく「慎み深さ」を可能な範囲で振り切り、ジョーの苦悩や独自の生き方を求める様子を自然な流れにのせて真摯に語った。当然のことながら、男性にああしろ、こうしろと権威づくで指導されて書いた物語ではなく、「男性が書くようにではなく、女性が書くように書いた[*7]」のである。そして煽情小説執筆の際には「慎み深さ」を捨て去って、男性が賛美する理想の女性を思いのままに転覆させて読者と彼女自身を楽しませたのである。

なお、本書の出版をつよくお勧め下さった燃焼社の藤波優さん、ならびに装幀をして下さった松原民雄さんに厚くお礼を申しあげます。

二〇一六年　新春　寓居にて

廉岡　糸子

註・参考文献

註

第一章　不撓不屈の右手

1 Norma Johnston, *Louisa May*（New York: A Beech Tree Paperback, 1991）p. 26.（『ルイザ』谷口由美子訳　東洋書房　二〇〇七年）

2 Elaine Showalter, *A Literature of Their Own*（New York: Prinston University Press,1977）p.48. 以降書名は *Literature* とする。（『女性自身の文学』みすず書房 一九九三年。諸所を参照）

3 Ibid.

4 *The Selected Letters of Louisa May Alcott*, Joel Myerson & Daniel Shealy（Ed.）Madeleine B. Stern, Associate Editor（Athen: The University of Georgia, 1995）

5 井上一馬　（『若草物語』への旅』晶文社、一九九九年。諸所を参照）四七頁。

6 同書　五九頁。

7 同書　六〇頁。

8 同書　六二頁。

9 同書　一三六頁。

10 同書　一四六頁。

11 Johnston, *Louisa May*, p.68.

12 Ibid. p.60

13 井上　一四〇頁．

14 *The Journals of Louisa May Alcott*, Joel Myerson & Daniel Shealy（Ed.）Madeleine B. Stern, Associate Editor（Athens: The University of Georgia, 1997）（『ルイザ・メイ・オールコットの日記』宮本陽子訳　西村書店　二〇〇八年。諸所を参照）

15 Cornelia Meigs, *Invincible Louisa*（Boston: Little, Brown and Company,1968）p.50

16　井上　一五二頁．

17　*Louisa May Alcott Her Life, Letters and Journals*, Ednah D. Cheney（Ed.）（Boston: Little, Brown and company, 1928）p. 76. 以降書名は *Louisa* とする。諸所を参照。

18　*Alcott in Her Own Time*, Daniel Shealy（Ed.）（Iowa City: University of Iowa Press, 2005）p.11.

19　Cheney, *Louisa*, p.76.

20　Ibid. p.124.

21　Elaine Showalter, *Sister's Choice*（Oxford: Oxford University Press,1994）p.51.（『姉妹の選択』佐藤宏子訳　みすず書房　一九九六年。諸所を参照）

22　Cheney, *Louisa*, p. 306.

23　Ibid. p.308.

24　Ibid. p.94.

25　Virginia Woolf, *A Room of One's Own and Three Guineas*（London: Collins Classic, 2014）p.93.（『自分だけの部屋』川本静子訳　みすず書房　一九九八年）

26　Cheney, *Louisa*, p.335.

27　Tillie Olsen, *Silences*（New York: Dell Publishing, 1965）pp. 204-205.

28　Cheney, *Louisa* pp.327-8.

29　Showalter, *Sister's Choice*, p.45.

30　井上　一五七頁。

31　同書　一六三頁。

32　Showalter, *Sister's Choice*, p.44.

33　Chehey, *Louisa*, p.74.

34　Ibid. p.223.

35 Ibid. p. 328.

36 Ellen Mores, *Literary Women* (New York: Oxford University Press, 1977) p.85.（『女性と文学』青山誠子訳　研究社出版 一九七八年）

37 Stern (Ed.), "Introduction," *The Hidden Louisa May Alcott* (New York: Avenel Books, 1984) xiii.

38 Stern, "Introduction [to *Behind a Mask*]," Madeleine B.Stern (Ed.) *Critical Essays on Louisa May Alcott* (Boston: G.K. Hall & Company, 1984) p.61. 以降書名は *Critical Essays* とする。

39 Mores, *Literary Women*, p. 86.

第二章　煽情小説

1 Showalter, *Literature*, p.159.

2 Ibid. p.167.

3 Ibid. p.55.

4 Stern, "Introduction [to *Behind a Mask*]," *Critical Essays*, p.53.

5 Ann Douglas, "Mysteries of Louisa May Alcott," *Critical Essays*, p.233.

6 Showalter, *Sister's Choice*, p.46.

7 LaSalle Corbell Pickett, [Louisa Alcott's "Natural Ambition" for the " Lurid Style" Disclosed in a Conversation] *Critical Essays*, p.42.

8 Judith Fetterley, "Little Women: Alcott's Civl War," *Little Women and the Feminist Imagination* (New York: Garland Publishing 1999) p.27. 以降書名は *Feminist Imagination* とする。

9 Johnston, *Louisa May*, p.80.

10 Madelon Bedell, "Introduction," *Little Women* (New York : The Modern Library, 1988) xxxii.

11 Showalter, *Literature*, p.159.

12 Johnston, *Louisa May*, p.42.

13 *My Heart is Boundless*, Eve LaPlante（Ed.）(New York: FREE PRESS, 2012) p.124.

14 Stern, "Introduction [to *Behind a Mask*]," *The Feminist Alcott*, Madeleine B. Stern（Ed.）(Boston: Northeastern University Press, 1996) vii. 以降書名は *Feminist* とする。

15 Ibid.

16 Ibid.

17 Leona Rostenberg, "Some Anonymous and Pseudonymous Thrillers of Louisa M. Alcott," *Critical Essays*, p.44.

18 Showalter, *Literature*, pp. 57- 8.

19 Ibid, p.58.

20 Martha Saxton, "The Secret Imaginings of Lousa May Alcott," *Critical Essays*, p.259.

21 Cheney, *Louisa*, p.85.

22 Saxton, *Critical Essays*, p.259.

23 Stern, "Introduction [to Behind a Mask]" *Critical Essays*, p.51.

24 Ibid.p.55.

25 Ibid.p.51.

26 *Louisa May Alcott Selected Fiction*, Daniel Shealy, Madeleine B. Stern and Joy Myerson（Ed.）（Athens: The University of Georgia Press, 2001）に収められている。

27 Showalter, "Introduction," *Alternative Alcott*（New Brunswick: Rutgers University Press, 1988）xvi. 以降書名を *Alternative* とする。

28 Stern, "Introduction [to *Behind a Mask*], *Critical Essays*. p.52.

29 Stern, "A Writers' Progress: Louisa May Alcott at 150," *Critical Essays*, p.242.

30 *UNMASKED Collected Thrillers*（Boston: Northeastern University Press, 1995）に収められている。以降書名を *UNMASKED* とする。

31 Stern, "Introduction," *UNMASKED*, xvi.
32 Elizabeth Lennox Keyser, "The Wrongs of Woman": "A Whisper in the Dark," *Whispers in the Dark* (Knoxville: The University of Tennessee Press, 1993) p.6. 以降書名は *Whispers* とする。
33 Stern, "Introduction [to *Behind a Mask*]," *Critical Essays*, p.56.
34 Keyser, "The Wrongs of Woman": "A Whisper in the Dark," *Whispers*, p.7.
35 エレイン・ショーウォーター『The Female Malady 心を病む女たち』山田晴子他訳　朝日出版社　一九九〇年。一〇四頁。
36 Sandra M. Gilbert, Susan Gubar, *The Madwomen in the Attick* (New Heaven: Yale University Press, 1984) p.360.（『屋根裏の狂女』山田晴子他訳　朝日出版　一九八八年。）
37 川津雅江訳　アポロン社　一九九七年。
38 Keyser, "T he Wrongs of Woman": "A Whisper in the Dark," *Whispers*, p.8.
39 Ibid. p.13.
40 Ibid. p.10.
41 Ibid.
42 *UNMASKED* に収められている。
43 Stern, "Introduction," *Behind A MASK* (New york: Quill William Marrow, 1975) xxii. 以降書名は Mask とする。
44 山口ヨシ子『女詐欺師たちのアメリカ』彩流社　二〇〇六年。一九二頁。
45 辻本庸子「一九世紀アメリカ女性作家の探偵物語」『探偵小説と多元文化』別府恵子編　英宝社　一九九九年。七七頁。
46 山口　一九三頁。
47 辻本　七五頁。
48 *UNMASKED* に収められている
49 Rostenberg, "Some Anonymous and Pseudonymous Thrillers of Louisa May Alcott," *Critical Essays*, p.49.
50 Stern, "Introduction." *Mask*, xviii.

51 Ibid.

52 『ウイルキー・コリンズ傑作選六巻』 横山茂他訳　臨川書店　二〇〇一年。

53 Ann Douglas, "Mysteries of Louisa May Alcott," *Critical Essays*, p.236.

54 『ヴィクトリア小説のヒロインたち—愛と自我—』 松村昌家編　創元社　昭和六一年。一九～二一頁。

55 Bedell, "Introduction," *Little Women*, xlii.

56 Saxton, *Critical Essays*, p.258.

57 進藤鈴子『アメリカ大衆小説の誕生』 彩流社　二〇〇一年。一一〇～一一一頁。

58 Keyser, "The Second Sex" : *Behind a Mask or A Woman's Power*," *Whispers*, p.52.

59 Showalter, *Literature*, p.120.

60 Ibid. p.190.

61 Keyser, "The Second Sex: *Behind a Mask or A Woman's Power*, *Whispers*, p.52.

62 Showalter, "Introduction," *Alternative*, xxx.

63 Keyser. "The Second Sex" : *Behind a Mask or A Woman's Power*," *Whispers*, p.50.

64 Showalter, *Literature*, p.119.

65 Stern, "Introduction," *Mask*. xviii-xix.

66 Judith Fetterly, "Impersonating 'Little Women' The Radicalism of Alcott's Behind a Mask," *Women's Studies* 10(1983). p.2.

67 Showalter, *Literature*, p.29.

68 Showalter, "Introduction," *Alternative*, xxix.

69 Douglas, *Critical Essays*, p.237.

70 Stern, "Introduction," *UNMASKED*, xxiii.

71 Stern, "Introduction," *Feminist*, xiv-xv.

72 Stern, "Introduction," *UNMASKED*, xxiii.

73 Saxton, *Critical Essays*, p.257.
74 Ibid.
75 Stern, "Introduction [to *Behind a Mask*]," *Critical Essays*, p.61.
76 Mores, *Literary Women*, p.72
77 Ibid. p.77.
78 Ibid.
79 Douglas, *Critical Essays*, p.239.
80 Mores, *Literary Women*, p.71.
81 Ibid. pp. 70-71.
82 川本静子『ジェイン・オースティンの娘たちーイギリス風俗小説論』研究社　昭和五九年。六四頁。
83 Showalter, *Literature*, p.29.
84 Ibid.
85 中野康司『ジェイン・オースティンの言葉』筑摩書房　ちくま文庫　二〇一二年。四一頁。
86 Showalter, "Introduction," *Alternative*, xxix.
87 *UNMASKED* に収められている。
88 Stern, "Introduction," *UNMASKED*, xxiv.
89 (New York: A Dell Book, 1995)（『愛の果ての物語』広津倫子訳　徳間書店　一九九五年）
90 "About The Editor," *A Long Fatal Love Chase*.
91 Charlotte Brontë, *Jane Eyre*（Wordsworth Classic, 1999）
92 "Chronology," *The Portable Louisa May Alcott*（New York: Penguin Books. 2000）Elizabeth Lennox Keyser（Ed.）, xxvii.
93 Bedell, "Introduction," *Little Women*, xlvii.

第三章　南北戦争時における病院の現状報告

1 (Bedford: Applewood Books, 1993.（『病院のスケッチ』谷口由美子訳　篠崎書林　昭和六〇年）

2 Bassi Z. Jones, "Introduction to *Hospital Sketches*," *Critical Essays*, p.27.

3 *The Boston Investigator* 33.17 (September 1863): 134:1, Beverly Lyon Clark (Ed.), *Louisa May Alcott The Contemporary Reviews* (Canbridge University press,2004) p.9 以降書名を *Reviews* とする。

4 Cheney, *Louisa*, p.113.

5 *The Boston Evening Transcript* 35.10,159 (4 June 1863): [2]: 3. *Reviews*, p.9.

6 *National Anti-Slavery Standard* 30.20 (18 September 1869): [3]:3. *Reviews*, p.17.

7 Anonymous, [Review of *Hospital Sketches and Camp and Fire side Stories*,1869). *Critical Essays*, p.26.

8 Jones, "Introduction to *Hospital Sketches*, " *Critical Essays*, pp.28-9.

9 Ibid. p.27.

10 Ibid. p.28.

11 Cheney, *Louisa*, p.114.

12 Ibid. p.113.

13 Showalter, "Introduction," *Alternative*, xxxviii.

14 *Philadelphia Inquirer* Quoted in back matter of Shawl-Straps, by Alcott (1872): n. p. *Reviews*, p.19.

15 *Round Table*. Quoted in back matter of *Shawl-Straps*, by Alcott (1872) : n. p. *Reviews*, p.20.

第四章　リアリズムの小説

1 初版（New Brunswick: Rutgers University Press, 1999）改訂版（Boston: Roberts Brothers, 1882）

2 Keyser, "Woman in the Nineteenth Century": *Moods*, *Whispers*, p.19.

3 Bedell, "Introduction," *Little Women*, xl.

4 Ibid. xxxix.
5 [James, Henry. "Moods" *North American Review*, 101.208. (July 1865):276-81. *Reviews*, p.36.
6 *The Commonwealth* 3.19 (7 January,1865): [1] 6, *Reviews*, p.28.
7 [James, Henry. "Moods" *North American Review*, *Reviews*, p.36.
8 *Harper's Weekly* 9. 421 (21 January 1865), *Reviews*, p.29.
9 *Taunton Daily Gazette* 23. 18 (21 January 1865): 2: 2, *Reviews*, p.29.
10 Bedell, "Introduction," *Little Women*, xxxix.
11 *The New York Times* 31.9478 (23 January 1882): 3: 1, *Reviews*, p.40.
12 Cheney, *Louisa*. p.95.
13 *Providence Daily Journal* 36. 22 (26 January 1865): [1]:6. *Reviews*, p.31.
14 *The Independent* 17.846 (16 February 1865): 2:6. *Reviews*, p.31.
15 Sarah Elbert, "Introduction," *Moods*, xiv.
16 (New York: Schocken Books,1977)
17 Cheney, *Louisa*, p.220.
18 Ibid. p.105.
19 Ibid. p.220.
20 Keyser, "The Quest for Identity": *Work: A Story of Experience*, *Whispers*, p.101.
21 進藤　一三二頁。
22 Keyser, "The Quest for Identity": *Work: A Story of Experience*, *Whispers*, p.101.
23 Ibid. p.103.
24 Ibid.
25 Showalter, "Introduction," *Alternative*, xxxii.

26 Keyser, “The Quest for Identity”: *Work: A Story of Experience*, *Whispers*, p.106.

27 Cheney, *Louisa*, p.90.

28 Bedell,”Introduction,” *Little Women*, xxxvii.

29 Showalter, “Introduction,” *Alternative*, xxxiii.

30 Ibid. xxxiv.

31 Keyser, “The Quest for Identity”: *Work: A Story of Experience*, *Whispers*, p.112.

32 Ibid. p.113.

33 Elbert, ” Introduction,” *Work*, xxxv.

34 Martha Saxton, *Louisa May*（Boston: Houghton Mifflin, 1977）p.115.

35 Showalter, “Introduction,” *Alternative*, xxxiii.

36 Elbert. “Introduction,” Work., xxxv-vi.

37 “Miss Alcott's ‘Work’.” *The Daily Graphic* [New York] 1.96（23 June 1873）: 3:1-2. *Reviews*, p.195.

38 Showalter, *Literature*, p.70.

39 Showalter, “Introduction,” *Alternative*, xxxv.

40 野口啓子、山口ヨシ子　『アメリカ文学における女性と仕事』彩流社　二〇〇六年。二三〇頁。

41 *New York Evening Mail*. Quoted in back matter of *Cupid and Chow-Chow*, by Alcott（1874）: n.p. *Reviews*, p.224.

42 *The British Quarterly Review*（American edition）58.]2]（October 1873）*Reviews*, p.217.

43 *Arthur's Illustrated Home Magazine* 41.8（August 1873）545. *Reviews*, pp.206-7.

44 *The Ladies' Repository* [Boston] 50,[1]（July 1873）: 73-74. *Reviews*, p.195.

45 Excerpt from “Two American Tales.” *The Athenaeum* no. 2387（26 July1873）: 111. *Reviews*, p.205.

46 Showalter, “Introduction,” *Alternative*, xxxi.

47 （New Brunswick: Rutgers University Press, 1986）

48 進藤 一四七頁。

49 同書 一五〇頁。

第五章 少女小説

1 (Cambridge: The Belknap of Harvard University Press, 2013)（『愛の若草物語上、下』『続愛の『若草物語上、下』吉田勝枝訳 角川文庫 昭和六二年。諸所を参照）

2 井上 一四九頁。

3 羽澄直子「仮面が隠すもの、暴くもの」『名古屋女子大学紀要四九（人・社）』二五一頁。

4 Cheney, *Louisa*, pp.158-59.

5 Bedell, "Introduction," *Little Women*, xx.

6 Cheney, *Louisa*, p.142.

7 Bedell, "Introduction," *Little Women*, xx.

8 Nina Baym, "Introdnction," *The Hidden Hand* (Oxford: Oxford University Press, 1997) xi.

9 進藤 一一七頁。

10 Picket, *Critical Essays*, p.42.

11 Woolf, *A Room of One's Own*, pp.44.

12 *Alternative Alcott* に収められている。

13 Shirley Foster and Judy Simons, *What Katy Read* (Iowa City: University of Iowa Press, 1995) p.87.（『本を読む少女たち』川端有子訳 柏書房 二〇〇二年）

14 Bedell, "Introduction," *Little Women*, xxiv.

15 Ibid.

16 Sara Elbert, *A Hunger For Home* (Philadelphia: Temple University Press, 1984) p.164.

17 Showalter, *Sister's Choice*, p.61.

18 Fetterley, *Feminist Imagination* (New York: Garland Publishing, Inc., 1999) p.39

19 Showalter, *Sister's Choice*, p.61.

20 Walpole. *Providence Daily Journal* 39.248 (15 October 1868) *Reviews*, p.62.

21 *Springfield Daily Republican* 25.252 (21 October 1868) *Reviews*, p.62

22 [Larcom, Lucy?]. *Our Young Folks* 5.9 (September 1869) : 640. *Reviews*, p.79.

23 *The Guiding Star*. Quoted in back matter of *Shawl-Straps*, by Alcott (1872), n.p. *Reviews*, p.86.

24 *Springfield Daily* Union (10 October 1868) : 1:6. *Reviews*, p.62.

25 M., K. *Boston Daily Evening Transcript* 52. 11, 970 (21 April 1869) : [1]:4. *Reviews*, p.70.

26 *The Liberal Christian* 24.21 (8 May 1869) : 3:1. *Reviews*, p.74.

27 Elizabeth Janeway, "Meg, Jo, Beth, Amy and Louisa," *Critical Essays*, p.98.

28 Lavinia Russ, "Not To Be Read On Sunday," *Critical Essays*, p.101.

29 Carolyn C. Heilbrun, "Alcott's Little Women," *Hamlet's Mother and Other Women* (New York: Columbia University Press, 1990) p.141. 以降書名は *Hamlet's Mother* とする。

30 Showalter, *Sister's Choice*, p.57.

31 Bedell, "Introduction," *Little Women*, xxiv.

32 Heilbrun, *Hamlet's Mother* ,p.146.

33 Stern, "A Writers Progress Alcott at 150," *Critical Essays*, p.241.

34 進藤　六四頁。

35 Heilbrun, *Hamlet's Mother*, p.145.

36 Showalter. *Sister's Choice*, p.62.

37 Bedell, "Introduction," *Little Women*, xxiv.

38　(Oxford: Oxford University Press. 1997)

39　進藤　一〇九頁。

40　*Louisa May Alcott Selected Fiction*, Daniel Shealy, Madeleine, B.Stern, Joel Myerson (Ed.) に収められている。(Athens: The University of Georgia Press, 1990)

41　Bedell, "Instruction," *Little Women*, xxxviii.

あとがき

1　進藤　一三五頁。

2　同書　一二〇頁。

3　同書　一一七頁。

4　Stern, "Introduction," *Mask*, xxvii.

5　Bedell, "Introduction," *Little Women*, xi.

6　Showalter, *Sister's Choice*, p.42.

7　Woolf, *A Room of One's Own*, p.73.

参考文献

Alcott, Louisa May, *Moods A Novel*（1881）（Boston: Robert Brothers, 1882）

Alberghene, Janice M, Clerk,Beverly Lyon,（Ed.）, *Little Women and the Feminist Imagination*（New York: Garland Publishing, Inc., 1999）

有賀夏紀『アメリカフェミニズムの社会史』勁草書房　一九九〇年。

Bedell, Madelon（Ed.）"Introduction," *Little Women*（New York: The Modern Library,1985）

——. *The Alcotts*（New York: Clarkson N. Potter, Inc., Publishers, 1980）

別府恵子編『探偵小説と多元文化社会』英宝社　一九九九年。

Bradden, Mary Elizabeth, *Lady Audley's Secret*（Oxford World's Classic, 2012）

Brontë, Charlott, *Jane Eyre*（Wordsworth Classics, 1999）

Cheney, Ednah D.（Ed.）*Louisa May Alcott Her Life, Letters and Journals*（Boston: Little Brown, and　Company, 1928）

Clark, Bevery Lyon（Ed.）*Louisa May Alcott The Contemporary Reviews*（Cambridge: Cambridge University Press, 2004）

Doyle, Chrisrine, *Louisa May Alcott & Charlotte Brontë*（Knoxville: The Univer sity of Tennessee Press, 2000）

Elbert, Sarah, *A Hunger For Home*（Philadelphia: Temple University Press, 1984）

——. "Introduction," *Work*（New York: Schocken Books, 1977）

エヴァンス、サラ、『アメリカの女性の歴史』小檜山ルイ他訳　明石書店　一九九七年。

Fern, Fanny, *Ruth Hall*（New Brunswick: Rutgers University Press, 1986）

Fettery, Judith, "Impersonating "Little Women": The Radicalism of Alcott's Behind a Mask," *Women's Studies 10*（1983）: 1-4

Gibert, Sandra M. and Guber, Susan, *The Madwoman in the Attic*（New Haven:Yale University Press, 1979）

Gorsky, Susan Rubinow, *Femininity to Feminism*（New York: Twayne Publishers, 1992）

Heilbrun, Carolyn C., *Hamlet's Mother and Other Women*（New York: Columbia University Press, 1990）

井上一馬『「若草物語」への旅』晶文社　一九九九年。

Johnston, Norma, *Louisa May* (New York: A Beech Tree Paper Book, 1991)
川本静子　『ジェイン・オースティンの娘たち』研究社出版　昭和五九年。
———.『ガヴァネス』中央公論社　中公新書　一九九四年。
Keyser, Elizabeth Lennox, (Ed.) "Introduction," *The Portable Louisa May Alcott* (New York: Penguin Books, 1987)
———. *Whispers in the Dark* (Knoxville: The University of Tennessee Press, 1993)
コリンズ、ウイルキー『ウイルキー・コリンズ傑作選六巻』横山茂他訳　臨川書店二〇〇一年。
LaPlante, Eve, (Ed.), *My Heart Is Boundless* (New York: Free Press, 2012)
松村昌家編　『ヴィクトリア朝小説のヒロインたち』創元社　昭和六三年。
Meigs, Cornelia, *Invincible Louisa* (Boston: Little, Brown and Company, 1933)
Moers, Ellen, *Literary Women* (New York: Oxford University Press, 1963)
Murphy, Ann B. "The Borders of Ethical, Erotic, and Artistic Possibilities in *Little Women*," *Sign* Volume 15 Number 3 (The University of Chicago Press, Spring 1990)
Myerson, Joel & Shealy, Daniel, Stern,Madeleine (Ed.) *The Selected Letters of Louisa May Alcott* (Athens: The University of Georgia Press, 1995)
———. *The Journals of Louisa May Alcott* (Athens: The University of Georgia Press, 1997)
中野康司　『ジェイン・オースティンの言葉』筑摩書房」ちくま文庫　二〇一二年。
Olsen, Tillie, *Silences* (New York: Dell Publishing, 1972)
佐藤宏子　『アメリカの家庭小説』研究社出版　昭和六二年。
Saxton, Marth, *Louisa May* (Boston: Houghton Mifflin Company, 1977)
Showalter, Elaine, *A Literature of Their Own* (New Jersey: Princeton University　Press, 1977)
———. *Sister's Choice* (New York: Oxford University Press, 1991)
———. "Introduction," *Alternative Alcott* (New Brunswick: Rutgers University Press, 1997)

——.『The Female Malady 心を病む女たち』山田晴子訳　朝日出版　一九九〇年。
Stern, Madeleine B.（Ed.）"Introduction," *Behind a Mask*（New York: Quill Willow Morrow, 1975)
——. "Introduction," *The Hidden Louisa May Alcott*（New York: Avenel Books. 1984)
——. "Introduction," *Unmasked Collected Thriller*（Boston: Northeastern University Press,1995)
——. "Introduction," *The Feminist Alcott*（Ed.）(Boston: Northeastern University Press, 1996)
Shealy, Daniel（Ed.）*Alcott in Her Own Time*（Iowa: University of Iowa Press, 2005)
Southworth, E.D.E.N, *The Hidden Hands*（New York: Oxford Univeersity Press,1997)
Strickland, Charles, *Victorian Domesticity*（Alabama: The University of Alabama Press, 1985)
ストウ、チャールズ・エドワード『ストウ夫人の肖像』鈴木茂々子　ヨルダン社　一九八四年。
進藤礼子　『アメリカ大衆小説の誕生』彩流社　二〇〇一年。
山口ヨシ子『女詐欺師たちのアメリカ』彩流社　二〇〇六年。

〈著者紹介〉
廉岡　糸子（かどおか　いとこ）

梅花女子大学名誉教授
著書　『シンデレラの子どもたち』（阿吽社）
『大胆不敵な女・子ども』（燃焼社）
『少女たちの冒険』（共著）（燃焼社）
共訳書　『赤頭巾ちゃんは森を抜けて』（阿吽社）
『家なき子の物語』（阿吽社）

ルイザ・メイ・オルコットの秘密
―煽情小説が好き―

平成二十八年二月二十五日発行

Ⓒ著　者　廉岡糸子
発行者　藤波優
発行所　㈱燃焼社
〒543-0035　大阪市天王寺区北山町三―五
TEL　〇六―六七七一―九二二三
FAX　〇六―六七七一―九四二四
振替口座　〇〇九四―四―六七六六四
印刷所　㈱ユニット
製本所　㈱免手製本

ISBN978-4-88978-119-9 Printed in Japan 2016

バーネットの作品にみるヒロインたち

『大胆不敵な女・子ども』

―『小公女』『秘密の花園』への道―

廉岡《かどおか》 糸子 著

A5判　二一〇頁（二〇〇〇円＋税）

ISBN 4-88978-052-1

『小公女』『秘密の花園』の子どもたちは少女小説の教訓から解き放たれて、大人に頼らず自分の価値観に従って生きている。同様にバーネットのロマンス小説でもヒロインは悪女まがいの力を発揮して勝手気ままに人生を楽しむ。

独自の世界を持つ女・子どもの姿を明らかにする。

児童文学評論

『少女たちの冒険』

―ヒロインをジェンダーで読む―

廉岡《かどおか》糸子・近藤眞理子 共著

A5判　三五〇頁（二八〇〇円＋税）　ISBN 4-88978-065-9

ヴィクトリア朝社会が強化した女性に対する規範が綻びかかった一八七〇〜一九〇〇年代初頭の間、子どもの物語の書き手として創作活動に従事した主に女性の作家たちが、おとぎ話、ファンタジー、少女小説の中でどのようなヒロインを描いたかをジェンダーの視点で考える。

燃焼社刊